시와 시조 창작론

이정자 著

본서는 그간 교육 현장에서 강의하고, 지도한 내용들을 바탕으로 재편성하였다. 모자라는 것은 보태고 넘치는 것은 자르고 하여 정정하였다.

『시와 시조 창작론』이라고 제목을 정했다. 물론 '시' 장르 안에 자유시와 정형시가 있다. 현대시는 자유시이고 시조는 정형시이다. 그렇다면『시창작론』이라고만 하면 된다. 그런데 구태어 시와 시조를 구분하여 이렇게 제목을 붙인 것은 요즈음 우리 문학계의 현실을 참작하여 이렇게 제목을 붙인 것이다. 시라하면 현대시인 자유시를 연상하게 되고 시조는 거의 '시조'라는 별칭을 붙이는 예를 보아도 그렇다. 그래서 어떤 학자들은 시조를 '시조시'라 해야 된다느니 '시조시인'이라 스스로 부르는 시인들도 있다.

본서의 구성은 4장과 부록으로 이루어진다.

제1장에서는 글쓰기의 기본이라는 주제 아래 글쓰는 자세와 그 기본적인 내용을 다루었다. 시창작 이론을 다룬 책이지만 글쓰기의 기본을 제1장에 넣은 것은 글쓰기는 모든 장르를 초월하여 가장 기본이 되고 살아가면서 수시로 쓸 수 있는 기회가 오고 시인에게는 생활 에세이 정도 쓰는 것은 기본이기 때문에 글쓰기의 기본적인 이론을 실었다. 그리고 시를 창작함에 있어서도 퇴고를 비롯해서 활용되는 이론이 있기 때문이다.

제2장은 시창작의 이론과 방법 및 실제를 다루었다. 그래서 자유시나

3

정형시나 다 같이 적용되는 부분이다. 시 창작 이론의 근본은 자유시나 정형시인 시조나 마찬가지이다. 왜냐하면 둘 다 표현의 내용이 같기 때문이다. 이 말은 시는 그 자신과 더불어 관조하는 세계를 표출하는 작업이라는 의미에서 똑 같기 때문이다. 그래서 제2장은 시창작 이론의 기본이 된다.

제3장은 시조를 창작하고자 하는 이들을 위한 기본 이론이다. 이론을 알고 짓는 것과 모르고 짓는 것과는 엄연히 다르다. 같은 자질이라면 아는 것이 유리하다. 적어도 규범을 벗어난다거나 실수만은 하지 않는다. 그래서 시조 창작을 익히고자 하는 사람들은 시조의 이론을 3장에서 하고, 창작에 대한 기술과 표현은 2장을 참고하기 바란다.

제4장은 시의 감상론으로 현대시의 아니마론과 고시조의 아니마론을 각각 실었다. 이 부분은 학문적인 시의 감상 차원에서 실었음을 밝힌다.

부록에는 자기소개서 쓰기를 실었다. 참고하기 바란다.

본서에는 많은 시인의 시가 인용되었다. 일일이 양해를 구하지 못함을 말씀드리며 교육적인 차원에서 활용된 것이니 양해를 구한다.

아무쪼록 배우고 익혀서 좋은 시를 쓰는데 도움이 되었으면 한다.

2004. 9. 이 정 자

차 례

제4장 시의 감상론

제1장

글쓰기의 기본

1. 마음의 자세

억세고 투박한 독일어를 아름답게 만든 것은 괴테(Johann Wolfgang von Goethe1749~1832))와 실러(Fridrihi von Schiller1759~1805)이다. 이들은 독일 최대의 시인이며 극작가로서 자국어의 품위를 한껏 높였다는 평을 받고 있다. 이들은 같은 시대의 문우로서도 유명하다. 영국이 식민지였던 인도와도 셰익스피어(William Shakespeare(1564-1616)를 바꾸지 않겠다는 말은 유명하다. 그 만큼 작가의 영향력이 크다는 것이다. 특히 애송하여 읽는 시의 영향은 지대하다. 우리도 소월의 시나 영랑의 시를 애송하면서 한국어의 아름다움을 느끼고 있다. 무엇보다 시인은 모국어를 잘 이해하고 아끼고 사랑하며 다듬어야 한다. 다음에서 모국어에 대한 마음의 자세를 살펴보자.

1) 한글에 대한 긍지

주시경은 자국어의 발전은 국가의 흥망성쇠와 직결된다고 했다. 그래서 그는 한글 전용과 국어 순화운동과 국어 연구로 한평생을 살다 간 국어학자로서 현대 국어문법의 기초를 다졌다. 한글은 자랑스러운 우리글이다. 우리가 글을 통하여 갈고 닦고 다듬어야 한다. 아름다운 말로써 아름다운 마음을 아름다운 글로 표현해야 한다. 한글에 내포된 의미를 먼저 알아보자.

(1) 한글은 음운학과 철학적 의미가 있다.

서구의 알파벳을 비롯한 다른 글자와는 달리 한글은 다음 표와 같은 철학적 의미가 있다.

〈표 1〉

五行(오행)	木(목)	金(금)	火(화)	水(수)	土(토)
五常(오상)	仁(인)	義(의)	禮(예)	智(지)	信(신)
方位(방위)	東(동)	西(서)	南(남)	北(북)	中(중)
四大門(사대문)	興仁門(홍인문)	敦義門(돈의문)	崇禮門(숭례문)		
基本(기본)字(자)	ㄱ	ㅅ	ㄷ	ㅇ	ㅂ
音聲(음성)分類(분류)	牙(아)	齒(치)	舌(설)	喉(후)	脣(순)

한글 닿소리 기본 다섯 자는 오행(五行)과 오상(五常), 방위(方位)와 관련을 갖고 맥을 잇고 있다. 사대문의 이름도 방위가 갖는 오상의 의미에서 붙여진 것이다.[1]

훈민정음의 이론적 배경은 중국음운학과 송학(주자학)이론이다. 이

둘은 고려 중기에 도입되어 훈민정음 창제시에는 학자들간에 크게 보급되어 관심이 높았다. 특히 세종대왕 때는 宋代(송대)의 모든 학자들의 설을 집대성한 『성리대전(性理大典)』이 우리나라에 전래되어 되었다. 이를 통하여 왕을 비롯한 학자들은 중국음운학과 송학이론을 함께 섭취하기도 했다. 그래서 중국음운학의 지식을 바탕으로 당시의 최고 철학이었던 宋學(송학)이론으로써 훈민정음은 창제되었다.

훈민정음의 제자 및 그 결합의 철학적 배경은 성리학적 이론인 三極之義(삼극지의)와 二氣之妙(이기지묘)에 바탕을 두고 있다. 三極(삼극)은 天(천)·地(지)·人(인) 三才(삼재)를 말하고, 二氣(이기)는 陰陽(음양)을 말한다. 이 삼재와 이기는 우주일체의 四象(사상)을 主宰(주재)하는 기본이념이다. 그래서 이 삼재와 陰陽(음양)을 떠나서는 우주일체의 四象(사상)이란 존재할 수 없다. 그렇기 때문에 사람의 聲音(성음)도 그것이 개념을 表象(표상)하는 그릇이므로 근본적으로 삼재와 음양의 원리에서 벗어날 수 없는 것이며, 말소리의 체계는 삼재 음양의 체계와 일치해야 한다는 것이 당시의 언어관이었다. 따라서 훈민정음은 그 음의 분류에 있어서나 制字(제자)원리에 있어서 그 철학적 이론은 모두 이러한 언어관에 입각하고 있다.

성리학에 따르면 모든 사상은 음양, 오행, 방위의 수가 있으므로 음의 분류도 오행의 수에 맞추어 위 <표 1>과 같이 분류하였다. 자음은

---

1) 닿소리 기본 5자인 아(牙), 치(齒), 설(舌), 후(喉), 순(脣)음 곧 ㄱ, ㅅ, ㄷ, ㅇ, ㅂ은 방위(方位)로는 동(東), 서(西), 남(南), 북(北), 중(中)이고, 오상(五常)으로는 인(仁), 의(義), 예(禮), 지(智), 신(信)이며, 오행(五行)으로는 목(木), 금(金), 화(火), 수(水), 토(土)이다. 아(牙)음인, ㄱ은 방위는 동(東)이고 오상으로는 인(仁)이고 오행으로는 목(木)이다. 그래서 동대문을 흥인문(興仁門)이라고 하고, 남대문을 숭례문(崇禮門), 서대문을 돈의문(敦義門)이라 한다.

발음기관의 형상을 본떴고 모음은 천지인 삼재에 따랐다.

(2) 한글의 우수성에 대한 자부심을 갖는다.

이렇게 창제된 한글은 무엇보다 배우기가 쉽다. 누구나 익혀 자기의 의사를 글로 쉽게 표현할 수 있다. 중국한자의 어려움은 지금도 중국인들을 문맹에서 벗어나지 못하게 한다. 간자체를 만들어 써보지만 이것도 중국인들을 혼란케 하는 또 하나의 부작용이 있다. 간체자(簡体字)를 배운 세대는 번체자(繁体字)를 모르기 때문에 다시 또 번체자를 익혀야 고문을 읽을 수 있으니 二重(이중)으로 노력을 해야 한다. 그런가 하면 대만은 그대로 번체자를 사용하고 있기 때문에 중국본토에서 쓰는 간체자는 또 다른 번거로움도 뒤따른다. 이에 비한다면 한글은 초성, 중성, 종성으로 이루어지는 과학적인 글자로서, 원리만 이해하면 쉽게 배우고 바로 적용할 수 있는 우수한 글자이다.

(3) 한글은 유사 의미에 대한 다양한 표현이 가능하다.

곧 붉다-불그레 하다, 불그스럼하다, 빨갛다, ... 파랗다-. 퍼렇다, 파르스럼하다, 푸르스럼하다, 푸르다..........등등.

(4) 한글은 담지 못하는 말이나 글자가 없다.

또 기존 글자로써 신어나 조어를 얼마든지 만들어 표현할 수가 있다. 시인은 언어의 마술사가 되어야 한다.

이렇게 배우기 쉽고, 한 가지 의미에 대한 다양한 표현이 가능하고, 모든 말을 다 담을 수 있는 언어 기호가 한글이라는 자부심을 갖고 글쓰기를 하여야 한다.

2) 한글에 대한 올바른 이해

(1) 한글은 닿소리(자음)와 홀소리(모음)의 조화로 이루어진다.

닿소리 기본자 14자와 홀소리 기본자 10자로서 모든 표현이 가능하
다. 닿소리(자음) 14자의 표기와 읽기를 바로 알자

필자가 초등학교에 다닐 때는 학교에 입학하면 닿소리와 홀소리부
터 먼저 배웠는데 요즈음은 거의 대부분의 아이들이 한글을 깨우쳐서
오기 때문인지 한글 짜임의 기초인 닿소리와 홀소리를 가르치지 않는
것으로 보인다. 실제로 아이들도 글자는 다 알지만 닿소리와 홀소리
를 잘 모른다. 심지어 대학생들조차 닿소리의 읽기와 차례를 모르는
학생들이 다수 있다.

다음을 보고 잘 기억해 두기 바란다.

ㄱ(기역), ㄴ(니은), ㄷ(디귿), ㄹ (리을), ㅁ(미음), ㅂ(비읍), ㅅ(시옷),
ㅇ(이응), ㅈ(지읒),
ㅊ(치읓), ㅋ(키읔), ㅌ (티읕), ㅍ(피읖), ㅎ(히읗),
ㄲ(쌍기역), ㄸ(쌍디귿), ㅃ(쌍비읍), ㅆ(쌍시옷).- (19자)
* 기역과 디귿과 시옷만 읽는 방법이 다르고 다른 것은 똑 같은 방법으로
  쓰고 읽히는 것을 알 수 있다.

홀소리(모음) 21자의 표기와 읽기
ㅏ(아), ㅑ(야), ㅓ(어), ㅕ(여), ㅗ(오), ㅛ(요), ㅜ(우), ㅠ(유), ㅡ(으), ㅣ

(ㅣ), ㅐ(애), ㅒ(얘), ㅔ(에), ㅖ(예), ㅚ(외), ㅙ(왜), ㅘ(와), ㅟ(위), ㅝ
(워), ㅞ(웨),ㅢ(의).

* 홀소리 는 〈ㅇ〉을 뺀 것이고 읽기는 홀소리 앞에 〈ㅇ〉을 붙여서 읽는 것
  과 똑 같다. 기본 단모음 10자에 이중 모음 11자이다. 그래서 모음은 모
  두 21자이다.

(2) 문법을 알고 맞춤법을 지켜야 한다.

문법은 중·고등학교 때 기본적으로 배운다. 여기서는 틀리기 쉬운
글자만 지적하고 넘어간다. 틀리기 쉬운 글자를 다음에 열거하니 따
로 익혀 두기 바란다.

① ㅐ / ㅔ → 잘난체하다, 선채로, 찌개, 금새(금세는 병용함)
② ㅚ / ㅙ / ㅞ → (돼는 되+어) 그러므로 되어는 맞고 돼어는 아니
   다. 웬일인지. 왠지, 軌道(궤도), 掛図(괘도) 등도 익혀두어야 한다.
③ 이 /히→깨끗이. 따뜻이, 일일이, 틈틈이, '히'로 발음되는 것은
   '히'로 쓴다.
④ 안('아니'의 준말) / 않(아니하'의 준말)
⑤ 더(과거) / 든(선택) → 춥더라, 하던데, 먹든 말든, 배든지 사과든지.
⑥ 사이시옷 → 나뭇가지, 시냇물
⑦ 모음조화 → 100% 적용되는 것은 아님 (아름다워, 반가워)
⑧ 띄어쓰기 →
   첫째 단어와 단어, 부사나 관형사(안 와, 잘 가 등)는 띄운다.
   둘째 동사나 형용사의 어간과 어미는 붙인다(갈지라도, 좋은데
      도, 고울뿐더러).

셋째 조사는 붙인다.(처음부터, 꽃처럼, 그뿐, 나만큼, 웃고만)
넷째 의존명사와 단위를 나타내는 명사는 앞 말과 띄어 쓴다(아
는 것, 할 수 있는, 먹을 만큼, 아는 이, 뜻한 바, 한 개, 다
섯 채, 여섯 켤레 등)

(3) 한글에 대한 긍지를 가진다.

이상에서 보였듯이 한글의 우수성을 깨닫고, 긍지를 가지고, 바로
알고, 바로 쓴다. 한글의 우수성은 언어학적으로도 세계적으로 인정받
고 있다.

첫째 글을 익히기가 쉽다. 그 요령만 알면 하루아침에 배울 수 있는
글자이다.

둘째 과학적이다. 초성 중성 종성으로서 모든 낱말을 다 기록할 수
있다.

셋째 다양한 표현이 가능하다. 어떠한 말이나 비슷한 말도 다 담을
수 있다.

2. 언어와 문장

1) 말과 글

말과 글은 자기의 생각이나 뜻을 남에게 전하는 수단이다. 말은 음
성을 통하여 행해지는 전달 수단이고 글은 언어 기호인 글자를 통하
여 행해지는 전달 수단으로 각 장르에 따라 약간의 형식을 취한다. 그

래서 말로 하는 것 보다 글로 나타내는 것을 어렵다고 생각한다. 그 이유는 말은 자유스럽고 글은 형식이나 요령을 요구하기 때문이다.

그러나 각 장르에 따른 약간의 형식이나 글 쓰는 요령을 익히고 보면 글로 표현하는 것이 어려운 것은 아니다. 사실은 말하기보다 더 쉬운 것이 글이다. 그 예로서 사람들이 여러 사람 앞에서 연설을 한다거나 자기 의견을 발표할 때도 원고를 보고 읽거나 말하는 것을 볼 수 있다. 이로 미루어 볼 때 쓰기보다 말하는 것이 어렵다는 것을 알 수 있다.

글쓰기는 유명한 문학가가 되기 위함이 아니고, 일상생활에서 필요를 느낄 때 거리낌 없이 필을 듦으로써 자연스럽게 표현하고자 하는 데 목적을 두고 써야 한다. 곧 생활을 윤택하게 하고자 하는데 목적을 두어야 한다. 그렇게 하다 보면 쓰는 것에 익숙해지고 문장력도 생기고 표현력도, 묘사력도 발전하여 전문가도 되고 문학가도 된다. 시를 쓰는 것도 마찬가지이다.

글은 인간이 이룩한 가장 귀한 보화이다. 글을 통해 나를 나타내고 남을 안다. 글도 우리가 늘 말하는 것과 같다고 생각할 때 글쓰기는 쉬워진다.

2) 말과 생각, 그리고 사고(思考)

말은 의사소통의 기본 매체이며 사고의 바탕을 이루는 요소이다. 사고는 형체 없는 생각의 덩어리이다. 곧 사고는 성운(星雲)과 같은 것이다. 이 말은 밤하늘에 반짝이는 별이 새벽의 서광(曙光)과 함께 사라져가고, 파란 하늘에 떠 있는 탐스런 뭉게구름도 바람과 함께 떠나버리는 것과 같이 생각의 덩어리인 사고는 시간이 지나면서 머릿속에서

깡그리 없어질 수도 있다는 것이다. 그래서 그 생각이 사라지기 전에 메모를 해 두면 편리하다. 특히 시인에게는 더욱 그렇다. 시상이 떠올랐을 때 곧 바로 옮겨 두어야 그 정서가 그대로 살아난다. 그리고 퇴고를 한다.

밤하늘의 별이 다시 뜨고 구름이 다시 그 자리에 새겨지듯이 그 생각이 다시 떠오를 수도 있지만 떠나버린 구름이 그 구름이 아니듯이 똑같은 생각이 아니 올 수도 있는 것이다. 그러므로 말이나 글로 표현함으로써 우리의 사고는 분명해진다.

더구나 복잡하고 추상적인 사고는 인간만이 할 수 있다. 왜냐하면 인간만이 언어를 가졌기 때문이다. 그러므로 인간은 만물의 영장으로서 인간을 Homo loquence(언어적 인간)이라 한다. 하지만 인간이 발산하는 사고의 능력은 개인마다 다르다. 그것은 개인이 가진 知(지) 情(정) 意(의)의 가치에 따라 좌우된다. 곧 개인의 지식수준과 문화적 혜택과 정서적 차이에 따라 다르게 나타난다.

3) 언어 능력과 어휘력

언어능력과 어휘력은 서로 비례한다. 실제로 언어 능력이란 모국어의 語彙力(어휘력)을 기준으로 한다. 그러므로 언어능력이란 곧 풍부한 모국어의 어휘를 활용하고 운용하여 적지 적소에 자연스럽게 표현을 할 수 있는 능력을 일컫는다. 우리가 말을 구사할 때나 글쓰기를 할 때는 풍부한 어휘력을 요구한다. 때에 따라서는 외래어도 모국어를 대신해서 말하기도 한다. 그것은 적절한 우리말을 못 찾을 경우에 한해야 한다. 그런데 일반적으로 우리가 언어의 능력에 대해서 말할 때 외국어 능력이나 외래어를 포함시킬 때가 있다. 이것은 잘못된 생각이다. 피치 못하여 쓰긴 쓰지만 그것으로 인해서 언어 능력을 평가해서는 안 된다. 언어 능력이나 어휘력은 어디까지나 모국어를 중심으로 잣대를 삼아야 한다.

특히 창작 활동을 하는 작가들은 어휘력이 풍부해야 한다. 형용사 부사 동사 등 묘사와 수식을 하기 위한 類似語(유사어)를 많이 알고 있어야 한다. '말하다'의 유사어를 학생들과 함께 찾아보니 무려 20개가 넘게 나왔다. 이렇게 우리말 어휘는 풍부하다. 비슷한 말을 찾으면서 어휘력을 향상시킬 수 있다.

3. 글을 쓰는 절차

1) 소재 찾기

글쓰기를 함에 있어서 먼저 다가오는 문제는 무엇에 대하여 쓸 것인가?이다. 그리고 왜 내가 이것을 쓰고자 하는가? 이다. 이것이 분명해야만 주제가 뚜렷하게 드러난다.

다음과 같은 방법으로 글쓰기의 소재를 찾아본다.

첫째, 선행자의 모범적인 글을 많이 읽는다. 이러한 간접경험을 통하여 지식이 쌓이면서 어느 시점에서 그와 유사한 경험이 나에게 다가오면 거기서 나의 글이 솟아난다.

둘째, 자연을 아끼고 사랑한다. 자연을 관조의 대상으로 하여 감정이입을 통하여 자연을 인격화하고 생명을 부여한다. 들풀, 들꽃, 나무,

하늘의 별, 달, 어둠 속에서, 자연을 감상하며 그 미적 감정을 언어로 기호화함으로써 자연의 미를 예술의 미로 승화시킨다.

셋째, 인생에 대하여, 사회에 대하여 사색하고 고민하고 배우고 익힌다. 이 과정을 통하여 자연스레 글쓰기의 소재가 나타난다.

넷째, 자신과의 대화, 로고스와의 대화를 통하여 소재가 나타난다. 내면 깊숙이 자리 잡은 순수한 자아와의 대화를 통하여 그 속에서 울려 퍼지는 생명의 소리를 글로 표현하는 것이다.

다섯째, 내가 접하는 사물에 대하여 애정을 갖고 관찰한다. 아무리 사소한 대상이라도 내가 관심을 갖고 관찰하면 그 대상은 의미를 갖고 나에게 다가온다. 그 대상에 나의 인격을 이입시킴으로써 표면적인 내용보다 숨겨진 그 이면의 진실성을 표출해 낼 수 있다.

여섯째, 모범적인 글을 읽고 습작을 해본다. 모방하는 습작의 시기에서부터 시작하여 나만의 독창적인 창작이 이루어지도록 노력한다.

▶ 〈문제4〉 위에 제시한 여러 유형에서 소재를 찾아 글을 써보자.

2) 주제 정하기

주제 ; 휴일을 건강하게
주제문 ; 현대인은 휴일을 건강을 위한 날로 보낸다.

3) 제목 붙이기

제목은 글의 얼굴이다. 독자의 마음을 끌어당길 수 있는 것으로서

호기심을 유발할 수 있는 것으로 정한다.

* 현대인의 휴일 개념

4) 줄거리 만들기

소재; 현대인이 휴일을 보내는 방법과 목적에 관해서
주제; 휴일을 건강을 위한 날로
주제문; 현대인은 휴일을 건강을 위한 날로 보낸다.
제목; 현대인의 휴일 개념
(1) 주제와 관련된 재료를 선택 ; 휴식, 놀이 운동, 등산 기타
(2) 선택된 재료를 순리적으로 배열 ; 구체화, 합리화, 예시 방식의
전개로.

5) 글쓰기의 실제

위에서 정하여진 소재와 주제를 염두에 두고 아래 순서에 따라 자기가 쓰고 싶은 글감을 찾아서 정리해보자.

(1) 着想(착상)

무엇에 대해서 쓸 것인가? 글감을 찾아야 한다. 곧 소재를 찾아야 한다. 글감 소재는 여러 가지가 있다. 위에서 살폈듯이 우리 주위에 널려 있는 그 모든 것이 글감이 된다. 자연 현상, 인생살이, 인생철학. 사회의 상황, 그 시대 철학, 나의 이웃, 내 주위의 이야기... 헤아릴 수 없이 많다. 이 중에서 무엇에 대하여 가장 관심이 있고 내가 자신 있

게 표현할 수 있는가를 곰곰이 생각하여 머리에 그려본다. 뚜렷하게 이야기가 전개되도록 한다. 그것이 착상이다.

(2) 構想(구상)

착상이 되었으면 메모를 하면서 그 순서를 정한다. 설계사가 건축 설계도를 그리듯 차례를 생각하며 각 단원마다 들어가야 할 제재를 정한다.

(3) 敍述(서술)

구상이 되었으면 누구나 알 수 있도록 쉽게 서술해 간다. 추상적인 표현은 피하고 구체적으로 솔직하게 표현한다.

(4) 推敲(퇴고)

일단 다 서술을 끝냈으면 찬찬히 읽으면서 고칠 것은 고치고, 버릴 것은 버리고, 더할 것은 덧붙인다. 퇴고를 하지 않아도 되는 것도 있지만 그래도 읽고 또 읽으면서 글을 다듬는다.

6) 퇴고(推敲)

글을 지을 때 자구(字句)를 다듬어 고치는 일이다.

(1) 퇴고의 유래

당나라의 시인 賈島(가도)가 말 위에서 다음과 같은 시를 지었는데 마지막 구(句) <僧敲*月下門(승고월하문)>에서 推(추, 퇴)로 할까 敲(고)로 할까 골똘히 궁리하다가 한유의 행차를 방해했다. 당시의 대문장가였던 韓愈(한유)는 그 연유를 물었다. 賈島(가도)의 얘기를 듣고, 韓愈(한유)는 敲(고)가 좋다고 했다. 그 후 글을 고치는 것을 퇴고(推敲)라 했다.

李凝(이응)의 幽居(유거)에 題(제)함

閒居隣並少(한거인병소) -. 한가하게 사노라니 사귄 이웃 드물고
草徑入荒園(초경입황원) -. 풀밭사이 오솔길은 황원으로 뻗었네.
鳥宿池邊樹(조숙지변수) -. 저녁 새는 연못가의 보금자리 찾는데
僧敲*月下門(승고월하문) -. 스님은 달빛 아래 절간 문을 두드린다.*

(2) 퇴고의 원칙

㉠ 附加(부가)의 원칙 -. 첨가 보충하면서 표현을 상세하게 표현한다.
㉡ 削除(삭제)의 원칙 -. 불필요한 것, 지나친 표현, 조잡하고 과장된 것은 삭제한다.
㉢ 構成(구성)의 원칙 -. 글의 순서는 바른가? 글의 효과를 높이기 위해 순서를 바꿀 것은? 등등을 살핀다.

(3) 전체적 검토

㉠ 주제는 잘 나타났는가?
㉡ 반대 해석이나 오해될 부분은 없는가?
㉢ 제목이 주제와 조화를 이루는가?

(4) 부분적 검토

㉠ 論点(논점)이나 단락 등 글의 주된 부분이 유기적으로 통일되어
   있는가?
㉡ 각 부분은 그 중요도에 따라 적당한 비율로 구성되어 있는가?
㉢ 각 부분의 비율은 논리적으로 명료한가?

(5) 각 문절의 검토

각각의 문절은 내용을 정확하게 나타내고 있는가?

(6) 용어의 검토

㉠ 용어는 적절하게 사용 되었는가
㉡ 독자가 이해하기 힘든 용어는 없는가?
㉢ 내용을 정확하고 효과적으로 전하고 있는가?

(7) 표기법 검토.

誤字(오자), 脫字(탈자), 맞춤법, 문장부호 등이 알맞게 쓰였는지 살
핀다.

(8) 최종적 문장 검토

낭독하면서 객관적 자기 평가를 한다. 그 평가의 기준은 일반적으
로 다음과 같이 한다.

㉠ 평이하고 객관적인가? (평이성과 객관성)

㉡ 가치 있고 독창성이 있는 신선한 주제인가?

㉢ 주제에 대한 통일은 되었는가?

㉣ 구체적이고 강력한 소재인가?

㉤ 논리적이고 효과적인 구성인가?

㉥ 문단과 문단 상호간에 긴밀성은 있는가?

㉦ 내용이 정확하고 표현이 풍부한 문장인가?

㉧ 정확하고 구체적이며 명료한 용어를 사용하였는가?

㉨ 문법적 표기, 문장부호, 서식은 알맞은가? 등등이다.

   * 퇴고는 어떠한 형태의 글에서나 적용되고 필요하다.

▶ 〈문제3〉 문장 부호에 대하여 알아보자.

4. 글의 구성 방법

1) 자료의 배열에 따른 구성

(1) 시간적 순서-.자연 발생적 순서에 따라 전개(새벽, 아침, 저녁, 밤, 유년기, 소년기, 청년기, 장년기, 노년기)

(2) 공간적 순서-.공간적 이동에 따른 전개 방법(집, 버스안, 거리, 직장)

(3) 논리적 순서 -.글을 쓰는 자료나 개념들 사이의 논리적인 관계나 순리적인 연결 관계에 따라 전개해 가는 것을 말함. (1) (2) 이 외

는 모두 이에 속한다.

① 특수화의 순서-.글의 주제(일반사항)와 관련된 몇 개의 소항목(특수사항)으로 나누어 서술하는 방법
② 일반화의 순서-.일반사항을 마지막에 제시하는 구성 방법.(일반사항을 순리적으로 이끌어 낼 수 있도록 세부 사항을 먼저 나열하여 제시함, 특수화의 순서와 정반대임)
③ 찬·반의 순서에 따른 구성-.서로 엇갈리는 내용을 절충하면서 제시하는 방법

2) 단락 전개에 따른 구성

(1) 단락의 소주제와 소주제문

일반 단락은 그 핵심 내용인 소주제가 반드시 있다. 소주제는 전체 주제의 일부를 이루는 요소가 됨과 아울러 단락이라는 토막글의 중심 과제가 된다. 소주제는 대개 명제 형식으로 표현되는 소주제문을 가진다. 이것은 단락의 요지를 이해하는데 길잡이가 된다. 단락에서 소주제문을 뺀 나머지 문장을 뒷받침문장(supporting sentence)이라 한다.

(2) 소주제의 요건

① 글의 주제와 관련된 것이어야 한다.
② 알맞은 범주의 개념이라야 한다. (독서의 가치-.실용적, 취미, 오락적, 교양적 가치)
③ 소주제는 단일한 것일수록 좋다.- 하나의 초점으로 모이는 것이

바람직

④ 복합개념의 소주제는 특수한 경우에만 쓰인다.-시는 회화성과 음악성을 지닌다.

(3) 소주제문의 요건

① 간결할수록 좋다.- 신사임당은 훌륭한 시적 재능을 지녔다.(주재; 사임당의 시적 재능)

② 확실한 표현일수록 좋다.- 교양은 고독 속에서 자란다.(주제; 고독의 정신)

(4) 바람직한 뒷받침 문장

① 소주제와 관련된 문장 -. 소주제를 풀이하거나 논술하여 전개하는 문장(무관하거나 반대되는 내용은 피해야 한다.)

▶▶▶ 〈예문11〉

　　국어 순화는 우리말을 순수하게 가꾸자는 것이다. 순화란 잡것을 걸러서 순수하게 한다는 뜻이며, 우리말을 잡스럽게 어지럽히는 온갖 독소들을 제거하여 깨끗하고 아름답게 다듬고 가꾸자는 것이 국어순화의 본뜻이다. …… 또 토박이말 가운데서도 발음하기 쉽고 듣기 좋은 말로 바꾸는 것도 국어순화의 길이다.

② 소주제를 충분히 발전시키는 뒷받침 문장 -.구체화와 합리화하여 이해시켜야 함

▶▶▶ 〈예문12〉

　　한국의 미는 한 마디로 '자연의 미'라고 할 것이다. 한국의 산수는 요란스럽지가 않다. 산은 둥글고, 물은 잔잔하며 산줄기는 멀리 남쪽으로 중첩하지만 둥근 산 뒤에 초가 마을이 있고, 산봉이 높은 것 같아도 초동이 다니는 길 끝에는 조그만 산사가 있다. 봄이 오면 진달래가 피고, 가을이 오면 맑은 하늘 아래 단풍이 든다. ……

3) 단락 유형에 따른 구성

(1) 두괄식 단락 −. 소주제문이 먼저 서술되고 이어 뒷받침문장들로 이루어진다.

▶▶▶ 〈예문〉

　　산불은 그 마을을 휩쓸어 버렸다. 한 집도 제대로 남아 있지 않았다. 울타리도 담도 쓸어져 버렸다. 가구도구도 하나 제대로 건지지 못했다. 이재민들은 멀리 떨어진 마을 회관에 모여 넋을 잃고 있었다. 火魔(화마)가 할퀴고 간 마을은 폭격을 맞은 것보다 더 처참했다.

(2) 미괄식 단락 −. 뒷받침문장들이 먼서 서술되고 단락 마지막에 소주제문으로 이루어진다.

▶▶▶ 〈예문12〉

　　산불로 인하여 그 마을은 한 집도 제대로 남아있지 않았다. 울타리도 담도 쓸어져 버렸다. 가구도구도 하나 제대로 건지지 못했다. 이재민들은 멀리 떨어져 있는 마을 회관에 모여 넋을 잃고 있었다. 화마가 할퀴고 간 마을은 폭격을 맞은 것 보다 더 처참했다. 이렇게 산불은 그 마을을 휩쓸어 버렸다.

(3) 양괄식 단락

소주제문이 먼저 진술되고 뒷받침문장들로 설명이 이어지다가 마지막에 소주제문으로 마무리를 한다.

4) 특수단락

도입단락, 전환단락, 종결단락, 주 단락, 종속단락 등으로 나눈다.

(1) 도입단락의 구실

글의 첫머리에 놓이는 단락으로서 글의 성패를 결정짓는 열쇠의 구실을 한다. 도입단락은 독자의 관심과 흥미를 불러 일으켜서 읽도록 만들어야 한다.

(2) 도입단락의 구성 요령

① 문제의 제기 -.다루어질 문제를 내세움으로써 독자의 관심을 불러일으킨다.

▶▶▶ 〈예문13〉

　'사랑'이라는 말보다 보편적이면서도 매력적인 말도 드물 것이다. 좁은 의미의 사랑에서부터 넓은 의미의 사랑이 있고, 깊은 사랑이 있나하면 얕은 사랑도 있다. 남녀간의 사랑이 있나하면 형제간의 사랑이 있고 부모와 자식간의 사랑이 있다. 그런가하면 나라사랑이 있고 인류사랑 자연사랑 …… 헤아릴 수 없이 많이 있다.

② 주제의 제시 -.도입부에서 주제를 제시하여 관심을 집중시키는 경우이다.

▶▶▶ 〈예문14〉

종교는 인간을 확실히 변화시킨다. 그 변화에는 여러 유형이 있다. 긍정적인 면과 부정적인 면이 있다. 또 종교의 유형에 따라서 그 변화에도 적극적인 면과 소극적인 면도 있다. 어떻든 종교의 힘이 크다는 것을 요즈음 몇 가지 사건에 접하면서 더욱 실감하게 된다.

③ 주제의 구분 제시 -.본문에서 다루어질 주제를 몇 개로 구분해서 제시하는 경우이다.

▶▶▶ 〈예문15〉

오늘 실시될 여야총재회담은 지금까지의 불신의 벽을 허물고 상호 신뢰를 회복하는 자리로서 다음 몇 가지 문제에 관해 깊이 있는 의견을 나눌 것으로 보인다. 첫째 새로운 여야관계설정, 둘째 남북정상회담의 성공적 성사를 위한 협력, 셋째 민생현안과 경제문제 등에 관해 폭 넓게 논의될 것으로 본다.

④ 사건의 제시 -.주제와 관련 있는 사건을 내세워 독자의 관심을 불러일으킨다.

▶▶▶ 〈예문16〉

　　두 사람의 철학자가 같이 길을 걷고 있었다. 골목길을 들어섰는데 갑자기 갓난아이의 울음소리가 들렸다. 막 세상으로 나온 갓난아이의 우렁찬 울음 소리였다. 두 사람은 걸음을 멈추고 한참 동안 그 '울음소리'를 듣고 있었다. '아기는 태어나면서 왜 울까?'

　⑤ 인용문의 제시 -.본문에서 다루어질 문제점이나 주제와 관련되면서도 참신한 맛이 있는 명언이나 명구 가 효과적이다.

▶▶▶ 〈예문17〉

　　운명이란 참으로 기묘한 것이다. "운명은 사소한 원인에서부터 결정된다."고 시저는 말했다.

　(3) 전환단락 -.긴 글의 중간 부분에서 서술방향을 제시하는 구실을 한다.

▶▶▶ 〈예문18〉

　　이제까지 우리는 논술문을 포함한 글쓰기 전반에 대해서 강의해 왔고, 또 실제로 논술형식을 빌려서 글쓰기를 해 보기도 했다. 하지만 이론을 아는 것과 실제로 글로 표현하는 것과는 차이가 있다. 아무리 이론을 알아도 쓰지 않고는 소기의 목적을 달성하기가 어렵다. 그러면 그 목적 달성을 위해서 어떻게 하는 것이 효과적일까? 앞으로는 이 점을 바로 중심과제로 삼고자 한다.

　(4) 종결단락 -.내용전개나 뒷받침은 필요 없고 다만 맺는 말 정도로 그친다.

① 본문 내용을 간추려 주제를 다지는 경우 -.글 전체의 주제가 되는 수도 있고, 그 주제를 여러 갈래로 하위 구분한 것일 수도 있다.

▶▶▶ 〈예문19〉

이상에서 문장력 향상은 여러 가지 대상과 방법을 통하여 증진된다는 것을 밝혔다. 첫째로 책에서 배우며, 둘째로 자연의 교감에서 많은 것을 배운다. 셋째로 로고스와의 대화, 내면적 사유를 통하여 많은 것을 깨닫는다. 이 과정을 겪으면서 부단히 쓰는 작업을 통하여 문장력은 저절로 증진된다. ② 주제만을 상기시키고, 전망을 하는 경우 -.주제를 마지막으로 상기시켜서 다짐하고, 전망한다.

▶▶▶ 〈예문20〉

그러므로 '은근'은 한국의 미요, '끈기'는 한국의 힘이다. 은근하고 끈기 있게 사는 데에 한국의 생활이 건설 되어가고, 또 거기서 한국의 참다운 예술 문학이 생생하게 자라날 것이다.

③ 글의 주제와 관련된 어구 등으로 여운을 남기는 경우 -.주제를 뚜렷이 상기시키는 대신에 관련된 표현으로 여운을 남기면서 끝맺는다.

▶▶▶ 〈예문21〉

스피노자는 "비록 내일 지구의 종말이 온다고 하더라도 오늘 한 그루의 나무를 심겠다."고 했다. 내일이 없고 미래가 없는 양 행동하는 저 어리석은 사람들은 깨어나야 한다.

④ 본문 내용을 마무리하면서 전망하는 경우 -.글을 마무리하면서 남은 문제점을 가리키거나 전망을 하기도 한다. 또 본문 내용을 간추리지 않고 독자에게 바라는 점이나 전망만을 적고 끝맺는 경우도 있다

▶▶▶ 〈예문22〉

한국사회에 공업화 현상이 진전함에 따라 그것이 뿜어내는 거대한 생산력이 한국사회와 그 속의 구성원의 성격을 크게 바꾸어야 할 것이며 정치와 사회의 구별이 더 뚜렷해짐에 따라서 새로운 권력 구조의 형성이 불가피해질 것이다. 정치의 주체자로서의 민중의 힘이 자람에 따라 한국정치의 미래상도 크게 바뀌게 될 것으로 가늠해 보는 것이 희망적인 관측만은 아닐 것이다.

(5) 주단락과 종속단락

주단락은 소주제를 개괄하여 나타내고 종속단락은 주단락에 나타난 소주제를 좀 더 자세히 전개하는 뒷받침 구실을 한다. 그러므로 주단락과 종속단락은 함께 따라다닌다.

▶▶▶ 〈예문23〉

미국평화봉사단의 목적은 두 가지로 볼 수 있다. 하나는 상대국가에 대한 봉사를 통한 우호의 증진을 꾀하는 것이다. 다른 하나는 미국 젊은이로 하여금 외국 문화권에 접촉을 하도록 하는 것이다. 이 두 가지는 세계에 대한 지도력을 유지하고 발전시키려는 미국이 노리고 있는 일거양득의 목표이다.

봉사를 통한 우호의 증진은 미국의 평화적이고 문화적인 원조계획의 하나이다. 이차 대전 후 미국은 세계의 여러 나라에 경제적으로나 군사적으로 원조를 해 왔다. ……
외국문화권에 대한 접촉은 미국젊은이로 하여금 경험과 시야를 넓혀서 미래 지도자의 자질을 갖추게 하는 계획의 하나이다. 사람이란 자신을 바로 알고, 또 바른 인생관이나 세계관을 세우려면 남을 알고 세계를 두루 경험해야 한다. ……

5. 주제 표현의 원리

인간은 표현의 동물이다. 자기의 생각이나 느낌을 타인에게 알리고 싶은 욕구가 있다. 이를 널리 전달하기 위해서 결국은 글을 쓰는 것이다.

좋은 글이란 먼저 주제가 뚜렷이 나타나야 한다. 한 편의 글을 읽고도 무엇에 대하여 쓴 것인지 알 수 없다면 아무리 미사여구로 묘사가 뛰어나다 하더라도 실패한 글이다. 어떠한 글을 읽었을 때 이것은 무엇에 대하여 썼다는 주제가 확실히 드러나야 한다. 이것은 산문이나 시에 있어서나 마찬가지이다. 작자가 독자에게 주고자 하는 메시지가 확실히 드러나야 한다. 그리고 작자가 나타내고자하는 주제의 내용이 분산되지 않고 하나의 초점을 향해서 집중되어 나타나야 한다. 또 저자의 반짝이는 아이디어가 효율적으로 표현되어 독자에게 잘 전달되어야 한다.

이렇게 주제가 뚜렷이 드러나기 위해서는 다음과 같은 기본 원리를 알아야 한다.

1) 주제 경중의 원리

주제를 작성하고 글을 시작한다. 다루고자하는 여러 가지 소재 중 가장 중요하다고 생각하는 바를 주제로 하여 써야 주제가 분명한 글이 된다.

▶▶▶ 〈예문2〉
　사람은 첫째로 사람에게서 배운다. 사람의 스승은 우선 사람이다. 글을 읽는 것, 간접적이긴 하나 내용에 있어서 사람의 말을 듣는 것과 다를 바 없다. 우리는 글을 배운다면　먼저 책을 생각한다. 그러나 그때에도 사람에게서 배우고 있는 것이다. 소크라테스도 인간은 인간사회에서 배우는 것이 가장 많고 의의있는 것이라고 하였다. 옛날부터 성현들이 仁(인)을 혹은 사랑을 혹은 자비를 가르쳤음은 한결같이 인간관계를 떠나서는 살아갈 수 없음을 의미하였던 것이다. 사람은 사람에게서 배우고 사람에 의하여 구실을 하게 마련이다.

- 박종홍, '학문의 길'에서 -

2) 재료 선택의 원리

주제에 알맞은 재료만을 선택해야 한다. 주제와 관련되고 주제를 발전시킬 수 있는 재료만을 선택 곧 주제를 쉽게 풀이하는 설명, 주제를 합리화하고 증거 하는 사실, 주제를 실증하는 사례만 선택하여 서술한다.

▶▶▶ 〈예문3〉
　'성군 밑에 충신 난다'는 말이 있다. 세종 때 유난히 淸白吏(청백리)가 많았다. 천성이 검소한 황희는 정승의 자리에만 30년 있었지만 검약 생활은 벼슬하기 전과 조금도 다름이 없었다. 좌의정을 지낸 유관도 마찬가지였다 빗줄기가 방안으로 쏟아져 내리자 우산으로 가리며 부인에게 "우산도 없는 집에서는 어떻게 견딜고"하고 걱정했다 한다. 사육신 중 박팽년, 성삼문, 유응부도 청백리로 명성이 높았다. 이들은 모두 세종이 등용해 아끼던 분이다.

- 동아일보, '횡설수설'에서 -

3) 제재 배열의 원리

주제가 뚜렷이 드러나도록 모든 제재를 배열해야 한다. 제재 배열의 요건으로, '연결성의 원리'라고도 한다. 적절한 제재를 적지적소에 배치한다. 이는 시간적 공간적 논리적 순서에 따른다.

▶▶▶ 〈예문4〉
〈시간적 순서〉
　위트가 위기를 모면해 주는 일이 있다. 어느 날 저녁 때 임금이 대궐 안을 산책하고 있었다. 우연히 주방 앞을 지나다가 보니 수라상을 마련하는 여자가 홍시를 혀로 핥아서 닦고 있었다. 임금은 못 본 체 하고 그 앞을 지나갔다. 그 이튿날 아침에 수라상에 그 홍시가 올려 있었다. 임금은 은근히 화가 치밀어 그 여인에게 물었다. "음식은 어떻게 해야 깨끗한고?" 여인은 가슴이 철렁했다. 순간 기지를 발휘했다. "아니 보시면 깨끗하나이다"

- 임정현, '감의 맛'에서 -

▶▶▶ 〈예문5〉

〈공간적 순서〉

　밤은 역시 아름답다. 여기저기 켜진 등불들은 순박한 눈동자처럼 다정한 호기심으로 반짝거리고 멀리보이는 찻길에는 몇 대의 차들이 불을 밝히고 달리고 있다. 그 모습은 마치 신데렐라의 호박마차처럼 신기하게 느껴졌다. 어둠에 가려진 밤의 풍경은 희망에 찬 불빛만 보인다. 집들도 그렇다. 창마다 비치는 환한 불빛은 한결 아늑함과 따스함을 준다. 낮의 모습과는 다른 세계를 연상케 한다. 어두움에 가려진 밤의 풍경은 아름답기만 하다.

- 강은교, '문 앞에서'에서 -

4) 주제 강조의 원리

주제가 인상 깊게 드러나도록 충분한 재료를 활용한 보조문이 있어야 한다. 이를 '강조의 원리'라 한다.

▶▶▶ 〈예문6〉

　우리말을 고스란히 적을 수 있는 글자를 어느 때에 갑자기 만들어 냈다는 사실은 참으로 놀라운 기적이다. 단순하고 불완전한 어떤 기호에서 몇 십 년 또는 몇 백 년을 두고 조금씩 고치고 다듬어 오는 사이에 차차로 완전하게 이루어진 글자가 아니라 한 임금의 이끄심 밑에서 몇 사람의 학자들이 20년도 못 걸려 그처럼 훌륭한 글자를 만들어 낸 것은 하늘 아래 처음 있는 일이다. 그것도 뜻과 느낌과 소리를 완전히 갖춘 살아있는 말을 고스란히 적을 수 있는 '쉽고도 알뜰한' 글자를 몇 사람의 지혜로 만들어냈다는 것은 기적이라 하지 않을 수 없다.

- 김수업, '배달 문학의 길잡이'에서 -

▶ 〈연습2〉 논제; 술의 장점과 단점에 대하여 논하시오.

* 개요 작성의 실례 -.술의 장점과 단점

1. 서론
2. 술의 장점
2-1. 정신면 -. 괴로움의 망각, 상상력의 촉진
2-2. 생활면 -. 기분 전환, 사교 및 향연의 흥취, 노동자의 작업능률 상승
2-3. 생리면 -. 혈액순환의 촉진, 피로회복
3. 술의 단점
3-1. 정신면 -. 의지력 약화, 기억력의 감퇴
3-2. 생활면 -. 과용과 시간낭비, 주벽발생, 사무의 지연
3-3. 생리면 -. 중독의 우려, 다른 질병과의 연쇄 반응
4. 결론

* 술에 대한 인식 태도와 실천 방안. - 4단 구상으로 서술하면서 개요정리

6. 주제 전개의 방법

1) 구체화 방법에 의한 전개

주제는 글의 요지를 간추린 것이므로 대개는 추상적이고 포괄적인 개념이다. 이를 알기 쉽게 풀이 또는 쉬운 말로 해석해 나가기 위해서는 구체적으로 서술하거나 접속어구를 활용하여 쉽게 풀어 써야한다. 다음에서 추상적 서술과 구체적 서술에 대해서 알아보자.

(1) 추상적 서술과 구체적 서술

추상적 서술은 주로 다음과 같은 경우에 활용된다. 곧 ① 포괄적 명제 ② 사람이나 사물의 공통된 성질 ③ 사건이나 행동의 깊은 뜻 해석 ④ 일화나 실화의 뜻을 집약 ⑤ 상위 개념 ⑥ 결론이나 결과 ⑦ 조사 실험 결과를 간추려 나타낼 때 활용한다. 이에 비하여 구체적 서술은 다음과 같은 개념에 활용된다. 곧 ① 부분적 설명 ② 사람이나 사물 개개에 대해서 관찰 파악한 것 ③ 사건이나 행동을 있는 그대로 보여주는 것 ④ 일화나 실화를 들려줌 ⑤ 하위 개념 ⑥ 이유나 원인 ⑦ 구체적인 요인을 보이는 것 등이다.

다음 각 번호에 따라 예문을 보면서 이해를 돕자.

▶▶▶ 〈예문7〉 : 추상적 서술과 구체적 서술
　　① 추상적 서술 -.유럽을 여행하면서 느낀 것인데, 스위스는 깨끗하고 시원한 인상을 주었다.
　　구체적 서술 -. 집들은 붉은 지붕에 흰벽면으로 되어 있어 녹색의 자연 환경과 파아란 하늘과 어울려 깨끗하고 시원한 느낌을 주었다.

② 추상적 -. 그들 형제는 매우 끈질긴 사람이다.

구체적 -. 형은 취직을 하기 위해 3개월 동안이나 끈질기게 그 사장을 쫓아다닌 끝에 드디어 그 회사에 취직하게 되었고, 동생은 아르바이트를 하면서도 끈질기게 도전에 도전을 거듭하여 이번에 드디어 그 대학에 입학했다.

③ 추상적 -. 드디어 김정일이 개방을 선언했다.

구체적 -. 김정일은 신의주를 특별행정구역으로 정하고 신의주 행정장관에 중국인, 양빈(楊斌)을 임명했다. 또 특구 정부는 검찰 사법 제도를 관장할 특구 초대 법무국 수장에 유럽인을 임명 유럽식 사법제도 적용을 통해 외국인 투자 분위기를 적극 조성하고, 의회 역할을 하는 입법회원도 15명 중 절반 이상을 외국인들에게 배당하기로 했다.

④ 추상적 -. 사람은 죽음의 상징인 무덤 앞에서 희망을 찾을 줄 아는 지혜를 가졌다.

구체적 -. 아버지와 아들이 사막을 가고 있었다. 날씨는 타는 듯 뜨거웠고 길은 지루하기 한이 없었다. 아들이 아버지에게 말했다. "아버지, 목이 타서 죽겠어요" 그러자 그 아버지는 이렇게 격려를 했다. "아들아, 용기를 내라. 우리의 선조들도 이 고통의 길을 다 걸어갔단다. 이제 곧 마을이 나타날꺼야." 아버지와 아들은 계속 걸었다.

⑤ 추상적 -. 황희 정승은 조선 초의 이름난 정치가로 청백리로 유명하다.

구체적 -. 그가 정치가로서 수완을 발휘하게 된 것은 47세 때에 지신사(知申事)가 되면서부터이다. 그는 태종의 극진한 예우를 받고 육조의 판서를 역임하는 등 내외의 요직에 있으면서 문물과 제도의 정비에 노력하여 훌륭한 업적을 많이 남겼다. 세종 때에는 영의정이 되어 국정을 위임받아 꾸준히 정치에 힘쓰다가 86세로 은퇴하였다. 그는 평소에 관후(寬厚)인자(仁慈)하고 청백한 관원 생활을 한 것으로 유명하여 청백리의 귀감이 되었다.

⑥ 추상적 -. 웃음은 건강과 젊음을 준다. 그러므로 웃음에 인색하지 않아야 한다.

구체적 -. 생리현상에서 보면 웃음이란 호르몬 분비가 증가되고, 호르몬의 균형이 잡히고, 혈액 순환이 왕성해지고, 혈액의 산도가 알카리성으로 바뀌고, 신경의 긴장 완화로 호흡이 길어지고, 소화가 잘 되는 따위의 이로운 효과를 낼 수 있어 웃음은 건강과 젊음을 준다고 한다.

⑦ 추상적 -. 수명은 습관이 좌우한다.

구체적 -.미국 캘리포니아의 주민 6928명을 대상으로 한 5년간의 실험 결과 생활습관을 잘 지킨 사람이 그렇지 않은 사람보다 10년이나 넘게 오래 살았음이 밝혀졌다. 그 7가지 습관은 ① 하루에 7,8시간씩 잠을 잔다.② 아침식사를 거르지 않고 먹는다.③ 간식은 하지 않는다.④ 적당한 체중을 유지한다.⑤ 규칙적으로 운동한다.⑥ 담배를 피우지 않는다.⑦ 술을 전혀 마시지 않거나 조금 마신다.

2) 풀이 방식에 의한 전개

글을 전개하는데 가장 많이 쓰이는 기본적인 전개법이다. 풀이 방식에 의한 글의 전개요령은 다음과 같은 '접속어구'를 마음속에 뇌이면서 글을 전개해 간다. 이러한 '접속어구는 문장 속에 꼭 드러날 필요는 없다. 생략하는 경우가 많다.

이를 예시해보면 다음과 같은 접속어들이다

세부적으로 말하면, 자세히 말하면, 또한, 특히, 구체적으로 말하면, 다시 말하면, 풀어서 말하면, 알기 쉽게 말하면 등등이다.

3) 합리화 방식에 의한 전개

주장이나 결과에 대해서 그 근거를 밝히고자할 때 이유나 원인을 밝힘으로써 주제문을 전개하고자할 때 쓴다. 주제문이 앞에 제시될 경우는 <왜냐하면, 그 까닭은, 그 이유는 그 원인은>을, 주제문이 맨 끝에 올 경우는 <그러므로, 그래서, 그 결과로, 그리하여> 등의 접속어를 속으로 뇌이면서 글을 전개한다.

▶▶▶ 〈예문8〉

텔레비전은 바보상자라 할만한 점이 분명히 있다. (왜냐하면) 텔레비전은 우리가 조용히 생각할 수 있는 시간, 곧 고독의 시간을 빼앗는다. (풀어서 말하면) 고독의 시간은 우리를 쓸쓸하게 만들기도 하지만 독자적인 생각을 많이 할 수 있게 만드는 기회가 된다. 그런데 텔레비전은 여러 가지 오락과 흥미꺼리를 가지고 우리를 유혹함으로써 그 앞에 멍하게 앉아 있게 만든다. 결국 우리로 하여금 스스로 탐구하고 창조하는 힘을 약화시킨다.

4) 예시 방식에 의한 전개

어떤 사건이나 행동, 또는 역사적 사실이나 전설 등을 예시하면서 전개한다.

▶▶▶ 〈예문9〉

　　우리는 아이들의 교육에서 가장 중요한 것을 저버리기 쉽다. 옛날 어떤 어머니가 아들의 장래에 관해서 의논하고 조언을 얻기 위해서 그를 데리고 마을의 현자(賢者)를 찾아갔다. "우리 아들은 누구보다도 열심히 공부를 하고 하루에도 몇 시간씩이나 책과 씨름을 하며, 무엇을 물어보아도 모르는 것이 없을 정도로 아는 것이 많습니다." 이 말을 들은 현자는 한참 있다가 입을 열었다. "아깝게도 바보가 되어 있겠군." 이 말을 들은 어머니와 아들은 서로 얼굴을 쳐다보며 의아해 했다. 현자는 다시 입을 열었다. "생각을 할 수 있는 여유가 없이, 지식을 얻는 일에만 골몰하고 있으니 바보가 될 수밖에 없지"

- 정원식, '생각하는 경험' 중에서 -

제 2 장

시창작의 이론과 방법

1. 시의 시작과 최초의 시집

1) 시의 시작과 그 의미

시는 언제부터 생겼을까? 시는 어떻게 해서 생겼을까? 시의 발생부터 알아보자.

시는 인류의 시작과 더불어 자연적으로 발생했다. 아득한 옛날, 원시시대부터 노래와 춤과 그 노랫말이 있었다. 그들은 동물을 잡기 위해 산 속으로 갔다. 그들은 동물의 움직임을 감지하기 위해서 가만히 귀를 기울인다. 움직임을 따라 바람과 함께 기류가 흐른다. 바람소리가 은은히 들려온다. 그 소리를 흉내 내면서 흥얼거리며 부르던 것이 노래의 시작이다.

그러면 춤은 어떻게 해서 이루어졌을까?

바람이 나부끼는 나무의 율동에서 시작되었다. 나뭇잎이 나부끼고 가지가 흔들리는 것을 보고 그들은 두 손을 옆으로 흔들기도 하고 위로 높이 치켜들고 흔들면서 율동을 하기 시작했다. 원시인들은 노래를 부르고, 율동을 하면서 거기에 알맞은 노랫말을 찾았다. 그렇게 한 것이 '詩(시)'의 시초이다. 오늘날도 아프리카를 비롯해 오지에 살고 있는 여러 부족들과 원주민들의 축제 모습을 보면 알 수 있다. 종합예술로서의 기능을 다하고 있음을 본다.

이렇게 발생한 노랫말은 집단가요에서 개인가요로 발전했다. 우리의 고전 시가 중 <구지가>는 집단 가요로서 행해졌고, <황조가>와 <공무도하가>는 개인 가요로 불리어졌다. <구지가>는 가야국(김해)의 시조 김수로왕의 탄생설화와 함께 전해진다.

삼국사기 駕洛國記(가락국기)에 의하면 「禊浴日(계욕일: 액을 없앤다는 의미로 목욕하는 날)에 그곳 북쪽 龜旨峯(구지봉)에서 수상한 소리가 났다. 이상히 여겨 많은 사람들이 모였다. 형상은 보이지 않고 소리만 들렸다. "여기에 사람이 있느냐?" 구간들이 이에 답했다. "우리들이 여기 있습니다." "여기가 어디냐?" "구지라 합니다." 이어 말하기를 "천황이 나에게 命(명)하기를 이곳에 와서 나라를 새롭게 하여 임금이 되라 하였으니 너희들은 마땅히 구지봉 위에서 흙을 파면서 '거북아, 거북아 네 머리를 내어 놓아라 네 머리를 내어놓지 않으면 구워먹으리라' 하고 노래하며 춤을 추라" 하였다. 그곳에 모인 모든 사람들이 그렇게 하였다. 곧 하늘에서 자색 줄이 내려와 땅에 닿았다. 줄 끝을 찾아보니 붉은 폭에 금합이 싸여 있었다. 열어보니 해와 같이 둥근 여섯 개의 황금 알이 있었다. 모두 기뻐하며 절을 하였다. 다시 싸서 구간 중의 한사람인 我刀(아도)의 집으로 돌아와 탑 위에 두고 각자 집으로 갔다.

12일(浹辰협진)이 지나 다음날 해가 돋을 무렵 많은 사람들이 다시 모였다. 금합을 열어 보았다. 여섯 알이 변하여 童子(동자)가 되어 있었다. 용모가 매우 뛰어났다. 나날이 자라 10여일이 지나니 신장이 9척이나 되어 은나라의 천을과 같았고, 얼굴은 용과 같아서 한나라의 고조와 같았고, 八彩(팔채) 눈썹은 唐(당)의 高(고)와 같았다. 눈동자가 두 개 있음은 虞(우)의 舜(순)과 같았다"」고 하여 그 용모가 범상하지 않음을 말해 주고 있다. 그리고 그 달 보름에 즉위하였다고 되어 있다. 처음으로 나타났다고 하여 이름을 首露(수로)라 하였고, 나라 이름은 대가야 혹은 가락국으로 육가야의 하나이다. 김해 김씨의 시조이기도 하다. 알에서 나온 나머지 다섯 사람도 각각 五伽耶(오가야)의 주인이 되었다.

이 때 부른 노래 곧 수로왕을 맞이하기 위해서 부른 <구지가>가 황조가와 함께 전해지는 가장 오래된 가요 중의 하나이다. 노래의 가사를 다시 찬찬히 읽어보면 <거북아, 거북아 네 머리를 내어 놓아라 네 머리를 내어놓지 않으면 구워먹으리라> 매우 위협적인 가사이다. '네 머리를 내어 놓아라'는 게 무엇이겠는가? 머리는 생명이고 주권이고 영토이다. 지금까지 너희들이 다스리던 그 자리를, 그 영토를, 그 주권을 '나에게 내어 놓아라'는 것이다. 새로운 체제로 나라를 다스릴 새 임금이 내려가니 맞이할 준비 태세를 갖추라는 것이다. '내어놓지 않으면 구워 먹겠다니?' 이것은 무엇을 말하겠는가? '그렇게 하지 않으면 죽이겠다.'는 것이다. 거북은 물론 구지봉을 끼고 있는 김해 땅을 가리킨다. 구지봉은 그 형상이 거북형상을 닮았다 하여 이렇게 불리어졌다.

이렇게 옛 노래 속에는 그 노래의 배경 설화가 있어서 독자가 이해하기도 쉽고 그 설화로 인해서 그 노래 가사에 재미를 더해준다.

2) 최초의 시집

최초의 시집은 동양에서는 공자(BC552~BC478) 오경 중의 하나인
詩経(시경)이고. 서양에서는 성경에 있는 시편이다. 시경은 공자가 그
때까지 각처에 흩어져 전하여 내려온 민요를 모두 수집하여 그 중에
서 305편만 택하여 편집한 것이다. 그 내용은 백성들 사이에 널리 불
려진 민요인 風(풍)과 천자의 궁중에서 잔치에 연주되던 음악인 雅(아)
와 천자의 종묘에서 제사 지낼 때 연주하던 음악인 頌(송)으로 이루어
졌다. 이 가운데 風(풍)이 전체에서 반을 차지한다.

그 소재는 하늘과 神(신), 인간사에 이르는 여러 가지 내용들로서
경천사상이 있고, 유미적이고 낭만적인 아름다움과 사랑이 있고, 제왕
의 이야기에서부터 일반 서민에 이르는 매우 인간적이고도 현실적인
아픔과 환희가 담겨져 있다.

반면에 서양의 최초의 시집인 시편은 총 150편의 시들이 다섯 권의
책으로 구분되어 있다. 이것은 모세의 율법이 5권으로 나뉘어 있는 것
과 관련이 있는 것으로 학자들은 보고 있다.

저자는 다윗왕의 시가 73편으로 가장 많고 고라 자손의 시가 11편,
아삽의 시가 12편, 솔로몬의 시가 2편, 에단의 시가 1편, 모세의 시가
1편, 등 100편의 시는 그 작자가 뚜렷하게 나타나 있고 나머지 50편은
작자가 나타나 있지 않다.

시편은 네 가지 유형으로 구분되어 있는데 첫째 신앙 공동체의 시,
둘째 개인적인 신앙고백의 시, 셋째 찬양의 시, 넷째 왕의 시 등이다.

시편의 핵심어는 '찬양'과 '신뢰'이다. 곧 선민 이스라엘 민족의 유일신으로 믿는 하나님에 대한 신뢰와 찬양으로서 하나님의 위대한 성품과 그분이 행하신 일들과 앞으로 되어질 일들을 노래했다. 또 자기의 백성을 보호하시고, 사랑하시며 구원하시는 하나님을 온전히 신뢰하는 노래들로 가득 차 있다.

동·서양의 최초의 시집을 한 마디로 나타낸다면 시경은 '인간의 사랑'이야기이고 시편은 '하나님 찬양' 이야기이다.

예를 들면 다음과 같다.

▶▶▶ 〈예시 1〉

노래하는 한 쌍의 물수리
황하의 물가에 노는구나
얌전하고 조용한 아가씨는
덕 높은 군자의 좋은 짝이어라

－ 시경, 관저 첫 연 －

* 周(주)나라 문왕이 요조숙녀인 太姒(태사)를 배필로 맞아들여 궁중 사람들이 정숙한 태사의 婦德(부덕)을 보고 이 시를 지었다고 전한다. 그러므로 작자는 알 수 없다. 이 시에서 군자는 문왕을 가리킨다.

▶▶▶ 〈예시2〉

남쪽에 우뚝 솟은 저 소나무
그늘이 있어야 쉬어가지
한 수가에 노는 저 아가씨
만날 수 있어야 사랑하지
한수는 넓고 넓어

헤엄 칠 수도 없구요.
강수는 길고 길어
뗏목 타고 갈 수도 없네.

-시경, 한광(漢廣)첫연 -

* 당시 중국은 풍기가 문란하였다. 그래서 문왕이 교화에 힘써 그로 인해
  남녀가 품행이 단정하여지고 서로가 사모하고 기다릴 줄 아는 풍토가 조
  성되었다.
  이 노래도 그를 증명하듯이 남성이 여성을 그리워하며 때를 기다릴 줄
  아는 정서를 노래한 것이다.

▶▶▶ 〈예시3〉

복 있는 사람은
악인의 꾀를 좇지 아니하며
죄인의 길에 서지 아니하며
오만한 자의 자리에 앉지 아니하고
오직 여호와의 율법을 즐거이 하여
그 율법을 주야로 묵상하는 자로다
저는 시냇가에 심은 나무가
시절을 좇아 과실을 맺으며
그 잎사귀가 마르지 아니함 같으니
그 행사가 다 형통하리로다.

- 시편, 1편 1-3 -

* 시편 전체의 서론에 해당하는 부분으로 악인의 길과 의인의 길을 밝히
  고, 의인의 행복과 악인의 패망을 대조시켜서 인생의 나아갈 길을 제시
  하고 있다.

▶▶▶ 〈예시4〉

여호와는 나의 목자시니

내가 부족함이 없으리로다

그가 나를 푸른 초장에 누이시며

쉴만한 물가로 인도하시는도다

내 영혼을 소생시키시고

자기 이름을 위하여

의의 길로 인도하시는도다

내가 사망의 음침한 골짜기로

다닐지라도

해를 두려워하지 않음은

주께서 나와 함께 하심이라

주의 지팡이와 막대기가

나를 안위하시나이다.

....

나의 평생에 선하심과

인자하심이 정녕 나를 따르리니

내가 여호와의 집에

영원히 거하리로다.

-시편 23편 다윗의 시 -

* 하나님과 성도의 관계를 목자와 양의 관계로 비유하고 있다. 이 시에
서 다윗은 택함 받은 성도가 구원에 이르는 과정을 생생하게 묘사하고
있다.

2. 시의 의미와 그 내용

1) 시의 의미

시는 가장 오래된 문학 장르로서 언어로 이루어진 예술이다. 도공에 의하여 흙이 아름다운 도자기로 빚어지듯이 시인에 의하여 일상적인 언어도 아름다운 시로 승화되는 것이다. 시인은 상상의 날개를 펴고 언어를 도구로 하여 아름다운 집을 짓기도 하고, 하늘을 유영하기도 하고, 바다를 안기도 하고, 세상을 노래하고, 계절을 노래하기도 한다. 사물을 사랑하고 관조하기도 하여 언어의 집을 지으며 노래한다. 이렇게 이루어진 것이 시이다. 그래서 시인은 언어의 마술사이기도 하다.

세상을 바라보고, 사물을 바라보고, 자신을 바라보는 눈은 누구나 가졌으되, 언어를 부려서 몇 행의 글로 표출할 수 있는 것은 시인만이 할 수 있다. 아름다운 자연을 바라보고 감탄하고 감격은 누구나 할 수 있으되 몇 행의 글로 표현 할 수 있는 것은 시인만이 할 수 있다. <그랜드 캐넌>이나 <나이아가라>의 절묘하고 신비한 그 전경을 바라보고 모두가 탄성을 울리지만 그 감흥을 몇 행의 시로 표현할 수 있는 것은 시인만이 할 수 있다.

시의 정의를 내리는 데는 사람마다 각양각색이다. 이는 각 사람마다 느끼고 경험하고 표현하는 방식이 다르기 때문이다. 이를 몇 가지만 소개하겠다.

첫째 시를 기능 및 효용면에서 다루어 공리적인 문학관으로 해석을 하였다.

최초의 동양시집으로 일컬어지는『詩經』305편을 일러 공자가 말한 '詩三百一言而蔽之曰 思無邪'란 말도 시의 공리적 효용가치를 말하고 있다. '시는 율어(律語)에 의한 모방'이라고 한 아리스토텔레스 (Aristoteles, BC384~BC322)는 시창작의 본질을 모방에 두었다. 곧 비극은 숭고한 행위의 모방으로 관객에게 일어나는 연민과 공포의 정을 이용하여 정서를 정화(카타르시스)시키는 것을 창작의 본질로 삼았다.

칸트(Immanuel Kant,1724~1804)는 무목적의 목적성을 예술의 기본 성격으로 보고 예술유희설(藝術遊戱說, The Play of Theory of Art))에 입각하여 예술의 미적 쾌락을 주장하여 그것을 무관심의 기쁨(interesselose Wohlgefallen)이라 하였다. 그런가 하면 엘리어트(T.S.Eliot,1885~1965)는 시를 '고급 오락'이라고 보았다. 이는 시를 쾌락주의 심미주의의 입장에서 그 효용가치를 평가한 것이다.

둘째는 19세기 낭만파시인들과 비평가들에게서 나타난 것으로 내용과 형식을 다같이 논하고 있다. 내용면에서는 사상과 정서, 형식면에서는 음악성을 보고 있다. '시는 미의 운율적 창조'라고 한 포우 (E.A.Poe,1809~1849)는 시의 음악성을 말했고, '시는 강한 감정의 자연적 발로'라고 한 워즈워드(William Wordsworth,1770~1850)는 시의 내용을 표현했고, '시는 가장 행복한 순간의 열락을 표현한 최고의 기록'이라 한 쉘리(Shelley) 역시 시의 내용을 표명한 것이다.

동양에서는 서경(書經) 순전(舜典)에 의하면 '詩言志 歌永言 聲從永律和聲'이라 했고, 詩經 大序 에는 '詩者 志之所之也 在心爲志 發言爲詩'라 하여 시의 내용과 형식에 대해 언급하고 있다.

셋째는 시작의 방법론의 문제이다.

테이트(A. Tate)는 '좋은 시는 내포와 외연의 의미를 통일한 것'이라

하였고, 엘리어트는 '시는 감정의 표출이 아니라 감정으로부터의 도피요, 개성의 표현이 아니라 개성으로부터의 도피다.'라고 했으며, 하이데거는 '시는 언어의 건축물'이라 했다. 그런가 하면 부룩스(Brooks)는 '시는 역설과 아이러니의 구성체'이라고도 하여 시의 구성에 대해 진술한 것이다.

이상에서 시의 의미에 대해 제시한 내용들을 살펴보았지만 이러한 진술들이 그대로 하나같이 적용되는 것은 아니다. 시란 시인의 정서적인 문제이기 때문에 각양각색의 목소리가 다르듯이 시의 목소리 또한 다르다. 그러기에 수학 공식을 적용하여 수학 문제를 풀듯이 똑 떨어지게 이론적으로 명확하게 설명할 수 있는 것이 아니다. 이러한 의미에서 시는 더욱 묘미가 있는 것이다.

2) 시의 내용

(1) 마음을 표현

인간의 마음이란 감정을 생성해 내는 원천이며 사물을 비추는 거울이다. 똑 같은 사물도 그 느낌은 다르다. 그것은 개개인의 마음이 다르기 때문이다. 그러므로 시는 시인의 상상력에 의해 이루어진 극히 주관적인 '언어 예술'이다.

조선 초기 학자인 서거정(徐居正, 1420~1488)은 '시는 마음에서 말하는 것'이라 했고, 고려조 문인인 이인로(李仁老, 1152~1220)는 '시는 마음에서 울어난다'고 했다. 그런가 하면 영국의 시인 워즈워어드(william wordsworth 1770~1850)는 '시는 강한 감정의 자연적인 발로'라고도 했다. 그러므로 시는 마음에서 울어나고 감정으로 표출되는 언어 예술이다.

▶▶▶ 〈예시5〉
머언 산 靑雲寺(청운사)
낡은 기와집

산은 紫霞山(자하산)
봄눈 녹으면

느릅나무
속잎 피어 가는 열 두 굽이를

청노루
맑은 눈에

도는
구름

– 박목월, 청노루 –

*　이 시는 오직 관념 속에서 상상의 날개를 펼치고 이루어진 의식의 흐름이며 마음의 표출이다. 청운사도, 자하산도, 청노루도, 청노루눈 속에서 도는 구름도 실재는 없는 작자의 상상 속에 존재하는 시의 세계이다.

(2) 사물과 세계를 표현

대상을 관조하고 새롭게 발견한다. 사물에 대한 틀에 박힌 고정

관념을 깨고 숨겨진 의미와 모습을 시인은 마음의 눈을 열고 새롭게 발견하고 재창조하여 표현한다.

▶▶▶ 〈예시6〉

한 송이 국화꽃을 피우기 위해
봄부터 소쩍새는
그렇게 울었나보다

한송이의 국화꽃을 피우기 위해
천둥은 먹구름 속에서
또 그렇게 울었나 보다

그립고 아쉬움에 가슴 조이던
머언 먼 젊음의 뒤안길에서
인제는 돌아와 거울 앞에 선
내 누님같이 생긴 꽃이여

노오란 네 꽃잎이 피려고
간밤엔 무서리가 저리 내리고
내게는 잠도 오지 않았나보다.

- 서정주, 국화 옆에서 -

* 오상고절에 고고하게 피어난 한 송이 국화꽃을 보고 시집살이의 인고를 이겨내고 친정 나들이를 한 성숙한 누님에 비유하여 국화꽃의 이미지를 승화시켰다.

(3) 시대와 현실을 표현(참여시)

모든 창작물은 그 시대의 산물이다.

미국 태생의 영국시인인 엘리엇(T.S.Eliot, 1885~1965)은 "The great poet, in writing himself, writes her time". 이라 하여 시인은 그의 작품에서 그 자신과 함께 그 시대를 표현한다고 했고, 독일의 실존 철학자인 하이데거(Martin Heidegger 1889~1976)는 '시는 역사를 지탱해 주는 밑바탕'이라 했다. 그러므로 시창작은 시대와 현실을 직시하고 참여하는 행동으로부터도 시작한다.

중국의 근대 문학의 아버지라 불리는 노신(魯迅, 1881~1936)은 국비로 일본 유학을 했다. 아버지의 죽음에 충격을 받고 의학 공부를 하던 중 영화에서 '러일전쟁에 승리한 일본군을 묘사하면서 간첩으로 몰린 중국군의 참사를 목격하고 충격을 받아 문학으로 전향했다. 그래서 그는 펜을 무기 삼아 시대와 현실을 생생하게 표현한 훌륭한 작품을 남겨 중국 근대사를 세계에 알렸다.

소련의 반체제 인사로 당국으로부터 추방당하여 현재는 미국에 거주하고 있는 작가 솔제니친(A.I.Solzhenitsyn 1918~   )또한 '한 나라가 위대한 작가를 가진다는 것은 제2의 정부를 가지는 것과 같이 위험하다'고 하여 펜의 강함을 말해 주고 있다.

세기의 영웅 나포레옹(1769~1821) 역시 '펜은 칼보다 강하다'하여 문학의 힘을 대변해 주고 있다. 이 모두는 언어의 힘, 글의 힘, 문학의 힘을 역설(力說)한 말들이다. 우리의 현대시사에도 일제 강점기 때의 시인에게서 강하게 나타남을 볼 수 있다. 윤동주, 한용운, 이육사, 이상화……. 등등의 작품을 보면 살아있는 민족혼을 느낀다.

▶▶▶ 〈예시7-1〉
　　　내 고장 칠월은
　　　청포도가 익어 가는 시절

　　　이 마을 전설이 주저리주저리 열리고
　　　먼데 하늘이 꿈꾸며 알알이 들어와 박혀

　　　하늘 밑 푸른 바다가 가슴을 열고
　　　흰 돛 단 배가 곱게 밀려서 오면

　　　내가 바라는 손님은 고달픈 몸으로
　　　청포를 입고 찾아온다고 했으니

　　　내 그를 맞아, 이 포도를 따 먹으면
　　　두 손은 함뿍 적셔도 좋으련

　　　아이야, 우리 식탁엔 은쟁반에
　　　하이얀 모시 수건을 마련해 두렴.

　　　　　　　　　　　　　　　　　- 이육사, 청포도 -

* 　작자가 꿈꾸는 이상향이기도 하고 실재 고향 마을의 풍경일 수도 있다.
　그러나 시대적 배경을 염두 해 둔다면 작자가 꾸꾸는 이상향이 더 가깝
　다. 얼마나 평화로운 고향마을의 전경인가. 포도가 알알이 익어가듯이
　마을의 아름다운 전설도 함께 익어가고 꿈꾸며 기다리는 청포 입은 손님

을 맞아 마음껏 평화를 누리고 싶은 시이다. 여기서 청포 입은 손님은 평화를 상징하는 말로 '해방의 기쁨' 또는 '그 소식을 안고 올 선견자'일 수도 있다.

▶▶▶ 〈예시 7-2〉

지금은 남의 땅- 빼앗긴 들에도 봄은 오는가.
나는 온 몸에 햇살을 받고
푸른 하늘 푸른 들이 맞붙은 곳으로
가르마 같은 논길을 따라 꿈속을 가듯 걸어만 간다.
입술을 다문 하늘아 들아
네가 들었느냐 누가 부르더냐
답답해라 말을 해다오
바람은 내 귀에 속삭이며
한자욱도 섰지마라 옷자락을 흔들고
종다리는 울타리 넘어 아가씨 같이 구름 뒤에서 반갑다 웃네
고맙게 잘 자란 보리밭이
간 밤 자정이 넘어 내리던 고운 비로
너는 삼단 같은 머리털을 감았구나
내 머리조차 가뿐하다
혼자라도 기쁘게 나가자.
마른 논을 안고 도는 착한 도랑이 먹이 달래는 노래를 하고
저 혼자 어깨춤을 추고 가네
나비 제비야 깝치지 마라
맨드라미들과 꽃에도 인사를 해야지
아주까리 기름을 바른이가 지심 매든 그 들이라

다 보고 싶다.

내 손에 호미를 쥐어다오

살찐 젓가슴과 같은 부드러운 이 **흙**을 발목이 시도록 밟아도 보고

좋은 땀조차 흘리고 싶다.

강가에 나온 아이와 같이

짬도 모르고 끝도 없이 닿는 내 **魂**아

무엇을 찾느냐 어디로 가느냐 우스웁다 말을 하려므나

나는 온 몸에 풋내를 띠고

푸른 웃음 푸른 설움이 어울어진 사이로

다리를 절며 하루를 걷는다

아마도 봄 신명이 잡혔나 보다

그러나 지금은 들은 **빼앗겨** 봄조차 **빼앗기겠네**

- 이상화, 〈빼앗긴 들에도 봄은 오는가〉 전문 -

(4) 인생의 진실, 그 내면의 세계를 표현

공자는 '시를 배우지 않으면 할 말이 없다. 마치 담을 맞대고 서 있는 것과 같다'고 하여 인생에서 시의 필요성을 말했다. 사실 공자는 음악과 함께 시를 사랑했다. 그러기에 그는 그 때까지 전국에 흩어져 있던 시를 모아 그 중에서 305편을 선택하여 <시경>을 편집한 것이다. 그것이 최초의 동양의 시집이기도 하다.

인생의 본질이나 진실은 다양한 현상 속에 가려져 있어 실체를 잘 모른다. 그러므로 마음의 눈, 영혼의 눈을 떠야 시를 쓴다. 시적 공간은 시인의 상상력에 의해서 형성되며 그 허구적 공간으로부터 진실을 끌어내야 한다.

더러는
옥토에 떨어지는 작은 생명이고져…

흠도 티도
금가지 않은
나의 전체는 오직 이뿐!
더욱 값진 것으로
드리라 하올 제

나의 가장 나아종 지닌 것도 오직 이뿐

아름다운 나무의 꽃이
시듦을 보시고
열매를 맺게 하신 당신은
나의 웃음을 만드신 후에
새로이 나의 눈물을 지어 주시다.

- 김현승, 눈물 -

*   시인의 마음의 눈, 영혼의 눈으로 바라본 '눈물의 의미'이다. '눈물'을
    바라보고 관조하면서 진리를 깨달아 나가듯이 만물을 창조하신 창조주를
    생각하고 그분께 그 의미를 돌리며, 가장 순수하고 가장 고귀한 생명으
    로 표출한 것은 시인의 영혼의 눈이 밝혀낸 작품이다.

3. 좋은 시의 요건과 그 향상의 길

1) 좋은 시의 요건

좋은 시란 어떤 시일까? 시, 수필, 소설, 논설, 논문……글에는 종류가 많다. 그 많은 글들은 공통적으로 갖추어야할 요건이 있다. 그 요건이 충실히 갖추어졌을 때 그 글은 좋은 글이라 일컫는다. 다음에서 좋은 시의 요건을 알아보자.

(1) 독창성

창작의 생명은 독창성이라 해도 과언이 아니다. 그만큼 독창성이 중요하고 어렵다는 말이기도 하다. 타인의 모방이 아닌 나만의 것으로 표현해야 한다, 좋은 글의 절반은 독창적인 글감이다. 다음에서 그 몇 가지로 나누어 살펴본다.

① 소재의 독창성

우리 주위를 둘러싸고 있는 모든 것들이 다 글의 소재가 될 수 있다. 하지만 그 중에서도 남들이 느끼지 못한, 남들이 미처 생각지 못한 것을 글의 소재로 하여 내가 거기서 느끼고 생각한 그대로를 잘 표출해 낼 수만 있다면 그것은 훌륭한 작품이 될 것이다. 그러한 의미에서 황진이의 <동짓달>은 누구도 흉내 낼 수 없는, 황진이만이 느낀 긴긴 동짓달 밤의 정감이다.

▶▶▶ 〈예시〉

동짓달 기니긴 밤을 한 허리를 베어내어

춘풍 이불 아래 서리서리 넣었다가
어른님 오신 밤이여든 굽이굽이 펴리라.

② 視覺(시각)의 독창성

같은 대상을 보고도 개개인에 따라 그 느낌이 다름을 볼 수 있다. 그런가 하면은 같은 사람이 같은 대상을 갖고도 그 시기의 기분에 따라서 그 느낌이나 표현이 다르게 나타난다. 그러므로 시인은 어떤 대상에 접하여 관조함에 있어 자기만의 독자적인 통찰을 하고, 새로운 시각으로 바라보면서 자아를 대상에 이입시킨다. 왜냐하면 시각의 독창성이 소재의 독창성과 표현의 독창성까지도 결정하기 때문이다.

이러한 의미에서 박혜숙의 <나무>는 소재는 평범하지만 개성적이고 독창적인 시각에서 시작되었음을 볼 수 있다.

▶▶▶ 〈예시〉

바람이 머무르면
실로폰 소리 묻어나
잎새마다 幻覺의 색채가 너울댄다.

숨결은 잔잔히
땅 속으로 스며들고
안개로 피어나는 이른 아침.
그 아침마다 찬 이슬이
또르르르…….
잎사귀는 은색 목걸이 달고

아침을 맞이하는 향기로운 목소리.

原色의 色感을 四季에 빌어
매일 바다로 떠나는
출렁임의 흰물방울.

- 박혜숙, 〈나무〉 전문 -

* 바람, 실로폰 소리, 환각의 색채, 이른 아침, 찬이슬, 은색 목걸이, 바다,
  출렁임의 흰물방울 등 신선한 아침의 상큼한 시어들이 나무에 매달려 싱
  그러움을 더해준다. 가슴속까지 시원하다.

③ 표현의 독창성

작품을 읽다보면 소재와 주제가 친근하여 평범한 것 같으면서도 그
표현이 독특한 것이 있다. 거기에는 기법상의 표현도 있을 테고, 내용
상의 독특한 면도 있을 것이다. 전자는 시각적인 표현 기법이고 후자
는 내면적인 표현기법으로서 시의 내용이나 주제와 관련을 갖는다.
이러한 의미에서 윤선도의 <오우가>는 후자에 속하는 것으로 그 표
현이 참신하고 개성적이면서도 독창적이다. 그리고 그 소재와 주제가
명료하다.

이를 감상해 보자.

① 찬란한 슬픔의 봄- 모란이 피기까지는
② 소리 없는 아우성 -깃발
③ 금빛 게으른 울음 -향수
④ 고와서 서러워라 - 승무

⑤ 죽어도 아니 눈물 흘리오리다. - 진달래꽃

등은 표현기법이 독창적이고, 이에 비하여 〈오우가〉는 그 내용이 참신하고 개성적이다.

다음에서 감상해보자.

▶▶▶ 〈예시〉

〈서수〉:다섯 벗을 소개함

내 벗이 몇이나 하니 水石(수석)과 松竹(송죽)이라
동산에 달 오르니 그 더욱 반갑고야
두어라 이 다섯밖에 또 더하여 무엇하리.

〈물〉: 不斷(부단)의 성격을 좋아함

구름빛이 좋다하나 검기로 자주한다
바람소리 맑다하나 그칠적이 하노매라
좋고도 그치지 않는 것은 물뿐인가 하노라.

〈바위〉: 不變(불변)의 속성을 좋아함

꽃은 무슨 일로 피면서 쉬이 지고
풀은 어이하여 푸르는 듯 누러나니
아마도 변치 않을 손 바위뿐인가 하노라.

〈소나무〉: 不屈(불굴)의 정신을 좋아함

더우면 꽃이 피고 추우면 잎 지거늘
솔아, 너는 어이 눈서리를 모르느냐

구천에 뿌리 곧은 줄을 그로 인해 아노라.

〈대나무〉: 不欲(불욕)의 속성을 좋아함

나무도 아닌 것이 풀도 아닌 것이
곧기는 뉘시기며 속은 어이 비었느냐
저러고 사시에 푸르니 그를 좋아하노라.

〈달〉: 무언의 인격을 좋아함

작은 것이 높이 떠서 만물을 다 비추니
밤중에 광명이 너만한 이 또 있으랴
보고도 말 아니하니 내 벗인가 하노라.

▶ 〈문제 6〉 윤선도의 생애를 찾아보고 오우가에 담긴 의미를 감
상해 보자.

(2) 진실성과 성실성

글은 곧 그 자신의 표현이다. 그러므로 자신을 표현함에 있어 거짓
이 있어서는 안 될 터이고 불성실하게 써서도 안 될 일이다. 자신을
표현함에 있어서는 있는 그대로 솔직해야 한다. 거짓으로 가득 찬 미
사여구의 아름다운 문장은 생명력이 없다. 좀 투박하고 어눌할지라도
진실한 고백은 가슴을 울린다. 육체적인 일 하나에도 정성을 다하고
성실하게 하면 그 마무리가 아름답게 되듯이, 글을 쓰는데 있어서도
진실함과 성실함이 그대로 드러나야 한다. 글은 더욱 솔직하고 정직

하다. 글은 체험을 통한 진실하고 성실한 마음의 표출이다. 곧 내면의
진실, 성실성이 생명이다.

이러한 의미에서 다음의 시는 내면의 진실에서 울려나온 솔직한 마
음의 표출이다.

▶▶▶ 〈예시〉

　　은빛 나래 드리운
　　고요만이 깃든 한 밤
　　밀물되어 안겨오는
　　아름다운 의식의 흐름
　　세월을
　　되돌려 받아
　　역행하고픈 사념이여

　　하찮은 한 순간은
　　짜투리로 잘라내어
　　아쉬운 세월 속에
　　오색으로 수를 놓아
　　그 시간
　　덤으로 쓰며
　　못 다한 일 채워볼까.

– 이정자의 〈시간〉전문 –

＊　지나간 시간에 대한 아쉬움을 노래했다. 그리고 시간의 소중함을 다시
　확인해 주는 작품이다. '시간은 금'이라 한다. 곧 시간은 돈이란 뜻이다.
　하지만 돈으로도 살 수 없는 것이 시간일 때가 있다. 더구나 지나간 시간

은 억만금을 주고도 되돌릴 수 없는 것이다. 그러기에 현재 나에게 주어
진 시간을 소중하게 다루어야 한다.

(3) 외연(外延)과 내포(內包)의 통일

시가 언어 예술인 이상 시작(詩作)에서 언어의 선택과 조탁 및 그
표현에 따라 그 느낌이 다르다. 곧 시의 빛깔이나 향기가 다르게 와
닿는다. 테이트(A.Tate)는 '내포와 외연이 가장 먼 양극에서 모든 의미
를 통일한 것이 좋은 시'라고 했다.[2] 이 말은 외연으로서의 의미가 갖
는 값과 내포로서의 의미가 갖는 값이 하나로 통일을 이루어야 한다
는 것인데, 곧 외연으로서의 일반적인 글이 내포로서의 시로 표현될
때는 함축적인 표현을 하되 그 내용은 그대로이어야 한다는 것이다.
시어는 일상용어와는 달리 감동을 불러일으키는 정서적인 언어인 동
시에 함축적인 표현이어야 하기 때문이다. 아래 <예시>서 그 차이점
을 알아보자.

▶▶▶ 〈예시〉:〈함축성 있는 내포의 가락〉
　　삼동을
　　버텨온게
　　빙산처럼 깊이 있어

　　호미 끝
　　무는 힘은
　　땅 한평을 물고 있다

2) Allen Tate, 김수영 역; 『현대문학의 영역』p.99

잔뿌리
남기는 피의 절규
또 하나의 삶을 본다.

송두리째
뽑아내어
햇살에 펼쳐놔도

지표에
칼을 꽂고
밤이슬 기다리는

다부진
눈빛속에서
채근담을 읽게 한다.

- 김보영, 잡초 예찬 -

〈외연적인 표현의 글〉

  삼동을 버텨온 잡초 뿌리가 얼마나 깊은지 빙산의 깊이인 듯 하다. 호미 끝을 무는 힘은 땅 한 평을 무는 것 같다. 그래서 잔뿌리를 남기는 그 힘에서 새로운 생명력을 읽는다. 송두리째 뽑아내어 햇볕에 늘어놔도 밤이슬을 맞으면 또 살아나는 잡초의 끈질긴 생명력에서 채근담을 읽고 깨닫듯이 진리를 깨우친다.

  이 두 글의 차이점을 이해하면 외연과 내포의 표현을 이해할 것이다. 내포의 표현은 함축적인 시의 표현이고 외연은 산문적인 설명의 글이다.

이에 비해 리차즈(I.A.Richards)는 외연과 내포를 과학적 의미와 정서적 의미로 구분하고 있다. 3) 전자는 일상적 언어로서의 의미 전달 기능을 말하고 후자는 예술적 언어로서 정서적 감동 효과를 가지는 것을 말한다. 다시 말하면 과학적 언어는 사전적 언어이고, 정서적 언어는 개인적인 언어이며 시적인 언어로 지시되는 내용에 따라서 그 의미가 다르게 나타난다.

2) 그 향상의 길

(1) 다양한 문학 체험을 한다

시, 소설, 수필, 수상록 등등 작자의 체험, 사고, 감정, 인격 사상 등의 총체적인 것과의 만남으로 새로운 세계를 접할 수 있다. 인생을 우리가 실재적으로 많은 것을 체험할 수 없기 때문에 우리는 문학 속에서 많은 것을 배우고 익히고 체험한다. 시를 쓴다고 해서 시집만 읽으면서 시작을 한다면 사고의 폭이 좁아진다. 소설을 읽으면서 또 다른 인생을 체험하고, 상상의 날개를 펼치고, 수필이나 수상록을 읽으면서 저자의 인격과 사상을 배우며, 어휘를 넓히고 다듬어진 문장 표현을 읽을 수 있다.

(2) 사고를 깊고 풍부하게 한다.

사고는 창작의 바탕이며 밑천이다. 창조성과 개성의 근원은 사고에

---

3) Richards.I.A.,;The Principles of Literary Criticism,(London,Rouledge 1967)p.236

서 나온다. 자기만의 고유한 생각이 개성을 만들어 내고, 창조적인 글쓰기의 핵심을 형성한다. 그러므로 글은 그 사람의 인격을 반영하고, 사물에 대한 새로운 깨달음과 진실을 발견한다.

▶▶▶ 〈예시 9-1〉

자연의 순리대로
피어나고 뻗어나고

마지막 순간까지
눈부시게 장식하다

떨어져
땅에 누워도
아름다운 삶이여.

– 이정자, 은행잎 –

*   가을 날, 황금색으로 찬란하게 물든 은행나무를 보다가 그 아름다움에 찬사를 보낸다. 그러다 땅에 떨어진 은행잎에 눈길이 가면서 작가는 우리 인생을 생각한 것이다. 마지막까지 찬란하게 빛나는 은행나무처럼 우리 인생도 늙음도 추함도 없이 죽어서 땅에 묻히더라도 저렇게 아름다워지기를 바라면서 '떨어져 땅에 누워도 아름다운 삶이여'라고 노래했다.

▶▶▶ 〈예시 9-2〉

제 깃털 죄다 뽑아
서리 아침
짜낸 방석

그것이 마지막이어도
장식은 아름다워

이 세상
미련다하는 날
그런 圓光 엮고 싶다.

- 이상범, 〈은행잎 금빛방석〉 전문 -

* 서리가 내린 아침, 땅에 가득히 떨어져 깔린 은행잎을 보고 지은 평시
조이다. 위의 두 시를 보면, 소재가 같아도 그 표현은 서로가 다르다. 거
기서 느끼는 시인의 詩意는 마지막 연에서 닮은 점이 있음을 느낄 수 있
다. 그래서 함께 실어 보았다..

(3) 반복되는 습작의 시간을 가진다

시는 철저한 연습을 통한 언어와의 싸움이며 문장과의 갈등이다.
워즈워드가 '최상의 언어를 최상의 순서로 늘어놓은 것이 시'라고 했
듯이 준엄하고 치열한 언어 의식을 갖고서 시 창작에 임해야 한다.
'위대한 작가는 태어나는 것이 아니라 만들어진다.'는 것은 그만큼 습
작의 수련이 요구된다는 말이다. 끊임없이 쓰고 또 쓰고, 고치고 또
고치는 퇴고의 과정을 거치면서 한 편의 시가 창작되는 것이다. 퇴고
의 유래를 갖게 한 賈島(가도)가 글자 한자 곧 推(추, 퇴)로 할 것인가
敲(고)로 할 것인 가를 두고 고민했듯이 말이다.

(4) 과학자의 눈을 소유 한다

사물을 관찰하는 예지를 가져라. 상투적인 인식에서 벗어나 마음의

눈을 집중시켜서 사물에 대한 숨겨진 비밀을 캐내어 그 의미를 드러나게 하라.

플로베르는 '한 개의 모래알도 똑 같지 않을 정도로 정확하게 묘사하라.'고 했다. 그만큼 관찰력을 가지라는 의미이다.

▶▶▶ 〈예시10〉

　　땅에 떨어진
　　아무렇지도 않은 물방울
　　사진으로 잡으면 얼마나 황홀한가?
　　(마음으로 잡으면)
　　순간 튀어 올라
　　왕관을 만들기도 하고
　　꽃밭에 물안개로 흩어져
　　꽃 호흡기의 목마름이 되기도 한다.

　　땅에 닿는 순간
　　내려온 것은 황홀하다

　　익은 사과는 낙하하여
　　무아경으로 한 번 튀었다가
　　천천히 굴러 평안히 눕는다.

– 황동규, 風葬(풍장)17 –

　　*　땅에 떨어진 물방울을 보고 이렇게 황홀한 생각을 할 수 있을까? 이렇게
　　　다양한 모양을 만들 수 있을까? 떨어지는 사과를 보고 무아경을 느끼고 평
　　　안히 눕는 작자의 평화로운 마음을 읽는다. 이렇게 시인은 사물을 보되 마

음으로 읽고, 마음으로 보고, 마음으로 상상하여 언어로 승화시킨다.

(5) 사랑을 갖고 사물을 바라본다.

관심을 두지 않고 사물을 보면 그것을 보기는 보되 제대로 보지 않고 지나치는 경우가 있다. 언뜻 형상은 보았으되 그것이 무엇인지 알지 못하는 경우가 있다. 그래서 눈과 마음이 함께 해야만 제대로 보이는 것이다. 그 위에 사랑의 마음을 갖고 사물을 대한다면 그것을 통해서 나를 바라보고, 세상을 바라보고, 그 내면의 세계까지 읽을 수 있다. 깊고 넓은 어머니의 가슴으로 세상과 사물을 넉넉하고 아름답게 포용할 줄 알아야 한다. 생명이 지닌 상처들을 감싸 안고 포용할 줄 아는 푸근한 마음을 갖고 대상을 바라본다. 그러할 때 모든 대상은 의미를 갖고 와 닿는다.

▶▶▶ 〈예시 11〉
길을 가다가
돌맹이가 채었다
어디서 굴러왔을까?......
이리 굴러보고
저리 굴러보고......

주워서 길가에 버렸다
먼지를 일으키며
또르르 굴러간다

아! 해방이다.

- 이정자, 돌맹이 -

* 길을 가다 발에 채인 돌 하나에도 무심히 지나치지 않고 관심을 가지는 시인의 마음이 나타나 있다. 하잘 것 없이 보이는 돌 하나에도 생명을 부여하며 그 있어야할 자리에 놓아주는 그 마음이 사물을 바라보되 관심과 애정을 갖고 관조하는 시인의 자세이다.

(6) 자연에게서 배운다.

자연은 생명의 근원이며 원형이며 모태이다. 자연 속에서 우리는 많은 것을 배우고 익힌다. 자연은 심성을 순화시키고, 감성을 풍부하게 하여 인생을 윤택하게 하는 宝庫(보고)인 동시에 시의 자료를 제공하는 宝庫(보고)이기도 하다.

알렉스 프레밍거는 '자연이야말로 문학의 진실성을 가늠하는 기준이며 시학의 개념' 이라했다. 시는 생명의 노래이며, 생명의 발현이고 소망이다. 조지훈은 시를 가리켜 '시인이 창조한 제2의 자연'이라고도 했다

▶▶▶ 〈예시12-1〉
소금강 계곡에서 만난
나비 한 마리

여름은 저물어 가고
영글은 태양이
햇바람에 잘 빗질되어
검은 나비의 날개가

셀로판지처럼 반짝이니
나비의 날개 위에
한가로운 구름이 떠가고 있다.

오후의 한 순간
나비는 이름 모를 산꽃에 앉아
꿈을 꾸는 듯 미동도 없는데
아아, 壯者의 胡蝶夢이 이것일까.

나비가 나인양
내가 나비인양
거기 섰는 나도 숨을 죽이는데
알지 못할 풀벌레 소리 번쩍이며 쏟아져
어느 틈엔가
계곡의 차가운 물 속으로 숨어버린다.

- 박혜숙, 〈나비〉 전문 -

* 자연에 몰입되어 있는 시인의 모습이다. 소금강, 계곡, 나비, 햇바람, 구
름, 풀벌레 등 시의 제재만 보아도 마음이 맑아지고 싱그러운 맛이 난다.
그 자연 속에서 꿈꾸는 양 미동도 하지 않는 나비의 모습은 곧 시인의 모
습이 되고, 시인은 壯者의 호접몽에 잠겨 자연에 몰입된다.

▶▶▶ 〈예시12-2〉
이른 봄
노랗게 핀 꽃들이
자태를 뽐내더니

여름 내내 무성한 잎들에 가리어
열매는 보이지 않았습니다.

가을에
낙엽이 들면서
빨갛게 익은 열매가
고개를 들었습니다.

이 겨울
얼어붙은 빠알간 생명은
눈꽃과 어울려
가지마다
정물화를 그립니다.

- 이정자, 산수유 -

* 계절 따라 변하는 자연의 모습에서 시인은 신비감과 경외감마저 느끼며
  그 아름다운 자연의 미를 언어 예술로 승화시켰다.

4. 시적 표현의 묘미 살리기

시창작에 있어서 표현의 묘미를 알고 그것을 잘 활용하고 잘만 살
리면 이미 그 시의 반은 성공한 작품이 된다. 이것은 그만큼 표현의
묘미가 중요하다는 것을 이르는 말이다. 좋은 작품의 대부분이 아래
의 조건 중 몇 가지는 갖추고 있음을 보아도 알 수 있다. 다음에서 하
나하나를 살피면서 그 묘미를 익혀가자.

1) 사실적인 인식으로부터 출발

시는 시인의 마음의 표현이다. 사물을 관조하되 마음의 눈을 통하여 보이는 대로, 느낀 그대로 보다 아름답고 적절한 시어를 활용하여 사물을 표현하고 감상을 표현한다. 화려한 수사라든지 철학적이고 현학적인 표현은 피하고 관조를 통하여 느낀 그대로 사실적 풍경과 심상을 표출한다.

▶▶▶ 〈예시 13〉
강은 둑을 따라 천천히 흘렀다
가다가 잠깐 발을 멈추고
행락객이 모두 가버린
여인숙의 닫친 창문을 보며
밟힌 풀이 다시 허리를 펴는
순간을 보며
천천히 흘렀다.
다시 이곳을 올 수 있는 날은
어떤 강에게도 없다.
다가올 다른 세계를 기다리며
눈을 감고 생각하기도 하고
몸을 모로 눕히고
먼 산을 보기도 하며 흘렀다.

- 오규원, 강 -

* 흐르는 강물을 바라보며 시인은 자신이 이 길을 가듯이, 이 길을 가면서 보고, 듣고, 느끼고, 생각한 것들을 강물에다 감정을 이입 시켜 그대로

초연하게 표현하고 있다.

2) 개성 있는 소리로 표현

시인에 의하여 시어는 새롭게 태어난다. 소월에 의하여 '즈려밟고'
가 태어났고, 지훈에 의하여 '얇은사 하이얀 고깔'이 태어났다. 이렇듯
시어는 새롭고 개성적인 것일수록 독자에게 신선함을 더해준다. 기존
시인들이 많이 활용한 상투적 표현과 관습적인 인식에서 벗어나 개성
있는 자기의 소리로 신선하게 표현하는 것이 좋다.

▶▶▶ 〈예시14〉
거기서 반짝, 별이 총총,
여기서는 반짝, 이슬이 총총,
오며 가면서는 반짝, 반딧불 총총,
강변에는 물이 흘러 그 소리가 돌돌이라.

- 김소월, 칠석 -

  * 동시 같은 느낌을 준다. 의태어와 의성어를 조화시켜 표현한 칠석날의
    정감이다. 까만 하늘에는 반짝 반짝 빛나는 총총한 별이 있고, 새까만 풀
    잎에는 밤이슬이 반짝반짝 빛나고, 반딧불은 반짝반짝 오고 가며, 흐르
    는 물소리는 돌돌이다.

3) 사물에 대한 구체적 인식을 미적으로 표현

사물을 접하되 관조의 대상으로 바라볼 때 시적인 인식이 오고 미
적 감각이 살아난다. 밤하늘의 별이 아무리 반짝여도 그냥 바라만 본
다면 '아! 아름답다'로 끝난다. 다시 관조의 대상으로 하여 감정을 이

입시키고 생명을 부여할 때 미적 감각이 오고 언어로 표출할 때 언어 예술로서의 한 편의 시가 탄생한다.

아무리 꽃이 아름다워도 그냥 바라만 본다면 '아! 어쩜 이렇게 아름다울까?'로 끝난다. 다시 보고 감상하고 관조하는 가운데 나의 감정이 꽃에 이입되고, 생명이 부여되어 미적 감흥이 언어라는 기호로 표출될 때 자연으로서의 꽃은 언어 예술로서의 시로 승화되는 것이다. 사물을 접한 이러한 미적 인식은 작가만이 느끼는 구체적이고도 개성적인 인식이다.

▶▶▶ 〈예시15〉

오월이 오면
일감호*에는 연꽃이 만발하다
요란하지도 않고......
눈길을 멈추게 한다.
물속에 담겨진 발목을
초록빛 치맛자락으로 가리우고
다소곳이 피어있는 모습이
현숙한 여인의 자태다

아무리 주위가 시끄러워도
아무리 운동가요가
목청을 높여도
연꽃은 이맘때면 어김없이
그 자리에 피어난다.
진흙에서 태어나

흙탕물로 자라도
연꽃은 곱게도 곱게도 피어난다.

- 이정자, 연꽃 -

* 일감호는 건대 캠퍼스에 있는 호수 이름이다. 오월이면 어김없이 피어
나는 분홍색의 연꽃은 요란하지도 않으면서도 지나는 이의 걸음을 멈추
게 한다. 고고한 인품에 현숙한 여인의 자태라고나 할까? 주위의 시선에
도, 어떠한 주위 환경에도 아랑곳하지 않고 그 자태 그대로 피어나는
〈연꽃〉에게서 고고한 인품의 소유자를 연상한다. 관조를 통하여 시인은
감정을 이입시키고 생명을 부여한다. 〈연꽃〉은 하나의 생명체로서 시인
의 감성을 통하여 언어예술로 태어난다.

4) 감정의 노출보다 감정을 자제해서 표현

시란 감정의 단순한 표현이 아니라 세계와 사물이 숨기고 있는 모
든 미적 가치를 관조하여 표출하는 언어예술이다. 그러므로 시란 '감정
의 해방이 아니고 감정으로부터의 탈출'이라고 엘리어트는 말했다. 시
적 대상에 접하여 곧 바로 강렬하게 느껴오는 시상을 그대로 표출하여
아름다운 한 편의 시가 되는 것도 있지만 대개의 경우 지나친 감정이
노출되어 오히려 시의를 흐리게 하는 경우가 있다. 그래서 '지나침은
미치지 못함과 같다'고 한다. 시를 지음에 있어서도 적절히 감정을 조
절하여 표현해야 한다. 삭히고 삭혀서 그 진수를 표출하라는 것이다.

▶▶▶ 〈예시16〉
강바닥 모래알 스스로 도는
진주 남강 물 맑은 물같이는,

새로 생긴 혼이야 반짝거리는

진주 남강 물빛 밝은 물같이는,

사람은 애초부터 다 그렇게 흐를 수 없다.

- 박재삼, 남강가에서 -

* 진주 남강에 오면 제일 먼저 義妓(의기) 논개가 생각난다. 그렇지만 시
  인은 논개를 한마디로 언급하지 않았다. 하지만 가만히 읽어보면 시인은
  논개를 더욱더욱 생각한다. 그 감정을 자제하며 은근히 감정을 표출했다.

5) 논리적인 언어보다 통상적인 언어로 표현

논리적 성향이 강한 전문어보다 지극히 우리와 친숙한 통상어를 시
어로 택하는 것이 좋다. 통상어가 더 자연스럽고 우리 정서의 표현에도
가장 가깝다. 뿐만 아니라 완전한 시어로서의 미적 기능도 더 높인다.

언어의 기능에는 정보의 기능, 표현의 기능, 지령의 기능, 미적 기
능, 친교의 기능이 있는데 시어는 미적 기능을 다한다.

▶▶▶ 〈예시 17〉

어제를 동여맨 편지를 받았다

늘 그대 뒤를 따르던

길 문득 사라지고

길 아닌 것들도 사라지고

여기저기서 어린 날

우리와 놀아주던 돌들이

얼굴을 가리고 박혀 있다

사랑한다. 사랑한다,

추위 가득한 저녁 하늘에

찬찬히 깨어진 금들이 보인다

성긴 눈 날린다

땅 어디에 내려앉지 못하고

눈뜨고 떨며 한없이 떠다니는

몇 송이 눈.

– 황동규, 조그만 사랑 노래 –

* 어제를 동여맨 편지를 받는다. 시인은 어제까지의 그 길이 사라짐을 느
  낀다. 어린 시절의 추억도 깨어지고.......사랑이 멀어져 가는 순간이다.
  차가운 겨울 밤 하늘에, 눈발조차 엉성하게 날린다. 제대로 자리하여 앉
  지도 못하는 눈발이 마음을 가누지 못하고 서성이고 있는 시인 자신임을
  발견한다.

6) 뛰어난 상상력에 의한 감각적 표현 4)

예술가에게 상상력은 무한한 자산이다. 소설가가 소설을 쓰는 것이
나 시인이 시를 쓰는 것이나 작곡가가 작곡을 하는 것 등은 모두가 상
상력의 소산이다. 하나를 보면 열 가지를 상상해 내는 것이 작가이고
예술가이다. '성북동 비둘기가 돌 깨는 소리에 떨다가 가슴에 금이 가
는 것'이나 '한 송이 국화꽃을 피우기 위해 봄부터 소쩍새는 그렇게
울었고 천둥도 먹구름 속에서 또 그렇게 울은 것'이나 '잎새에 이는
바람에도 괴로워 한 것'은 다 시인의 상상력에 의한 초감각적인 표현
의 소산이다.

그런가 하면 눈 내리는 소리에서 여인의 옷 벗는 소리를 연상해 보

---

4) 6)~9)번은 이유식의 명작의 조건을 참고하였음을 밝힌다.

는 것이나(설야) 밤바람 소리에서 말 달리는 소리를 듣는 것은 청각적 예민성이 뛰어난 표현이다.

7) 이미지의 극소화

극대의 이미지를 극소이미지로 변환시키는 데서 오는 이미지의 압축효과를 말한다. 예를 들면 「목마와 숙녀」에서 '술병에서 별이 떨어진다.'라 든지 「청노루」에서 '청노루/맑은 눈에/도는/구름'이라는 등속의 표현이 이에 해당한다. 별은 무한한 우주 공간의 대상이다. 구름 또한 넓디넓은 하늘에 떠 있는 대상으로 극대 이미지이다 그런데 이것들을 술병 안으로 치환시키고, 작디작은 눈동자 안으로 치환시켰다. 곧 극대 이미지를 극소화시킨 것이다. 이러한 표현은 압축 효과를 갖게 함으로써 시의 이미지를 함축하고 그 의미를 상승시키는 효과를 갖게 한다.

8) 영상이미지의 극대화

시각적 이미지와 청각적 이미지도 상상력을 통하여 최대로 고조시켜 주는 것이 좋다. 시각적 영상이미지의 활용은 그림으로 보면 그림에 색채 넣기와 상통하며 청각적 영상이미지의 활용은 시적 현실이 전개되는 공간현장에 효과음으로써 소리 넣기라 하겠다.

예를 들면 색채어를 이용한 전형적인 색채 넣기이다. 「논개」 「청포도」 「청노루」를 들 수 있다. 「논개」는 죽음과 애국심의 상징인 '붉은 색'과 영원성과 절개의 상징인 '푸른 색'을 최대로 활용한 작품이라 하겠고, 「청포도」는 고고한 선비정신을 나타내는 '하얀 모시 수건에서의

'흰색'과 지사의 절개를 상징하는 '푸른 색'의 이미지를 최대로 활용한 작품이다. 「청노루」는 때 묻지 않은 순수자연 세계를 <청>이라는 접두사를 활용하여 시어에 신선함을 더하고 있다. 이 또한 상상 속에서의 시어이다. <청노루> <청운사> <자하산> <느릅나무 속잎 피어나는 열 두 구비>가 다 시인의 상상력에 의한 시어로 노래하고 있다.

그리고 효과음으로서 소리 넣기의 <예시>는 「국화 옆에서」에서 '봄의 소쩍새' 소리와 '여름의 천둥소리'이다. 이러한 소리 넣기는 청각적 상상력을 자극 시켜 생동감을 주고 있다.

9) 섬광처럼 빛나는 시구 하나

섬광처럼 확 눈에 띄는 시구 하나가 들어 있어 시 전체의 인상을 돋보이게 해 주는 경우가 있다. 곧 명구 하나쯤 있으면 시는 살아난다. 그것은 참신한 비유나 역설 그리고 공감각(共感覺)적 표현에서 드러난다.

예를 들면 '찬란한 슬픔의 봄'(「모란이 피기까지는」) '거룩한 분노'(「논개」) '소리없는 아우성'(「깃발」) '죽어도 아니 눈물 흘리 우리다'(「진달래꽃」) '고와서 서러워라'(「승무」) 등은 역설적 표현기교에서 나온 것들로 독창적이고 인상적인 표현들이다. 그리고 지용의 「향수」에서는 '금빛 게으른 울음'같은 공감각적 기법이 각각 그 시에다 탄력성을 주고 있는 표현이다.

이상의 9가지를 하나하나 익히면서 하나씩 적용해 가며 습작과 창작의 시간을 꾸준히 가진다면 분명히 표현의 묘미도 익혀져서 보다 증진된 시창작이 이루어지리라 본다.

5. 시와 언어

1) 언어는 존재의 집

'인간은 언어와 더불어 비로소 思惟(사유)하는 존재'라고 독일 철학자 칼 야스퍼스(Karl Jaspers 1883~1969)는 말했다. 신이 그 많은 창조물을 내었지만 언어와 사유는 인간만이 가진 특권이다. 시인은 무형으로 내재한 사유를 유형의 문자를 통하여 형상화한다.

'언어는 존재의 집'이란 언어가 세계와 사물로서의 존재임을 말한다. 이 말은 언어가 사물을 부리고 그 존재를 구현하는 주체자의 입장이라는 의미이다. 곧 어떤 대상은 언어에 의한 이름이 붙여짐으로 해서 그 대상의 존재 의미를 쉽게 파악한다. 책상, 걸상, 꽃, 나무... 그것들에 그러한 이름이 없다면 일일이 그 대상을 갖고 오거나 그림을 그려서 쉽게 알릴 것이다.

이렇게 언어가 이름을 줌으로써 존재를 나타내니 '언어는 존재의 집'이다. 그래서 시작(詩作)에 있어서도 언어가 시인을 부려서 시를 쓴다는 것이다. 언어가 없으면 시를 쓸 수 없는 것은 뻔한 사실이다. 곧 인간이 말을 함으로써 언어를 활용하듯이 언어 또한 인간을 부려서 말을 함으로써 언어를 활용하고 있다는 것이다.

▶▶▶ 〈예시 18〉
내가 그의 이름을 불러주기 전에는
그는 다만
하나의 몸짓에 지나지 않았다

내가 그의 이름을 불러주었을 때
그는 나에게로 와서
꽃이 되었다.

내가 그의 이름을 불러준 것처럼
나의 이 빛깔과 향기에 알맞은
누가 나의 이름을 불러다오
그에게로 가서 나도
그의 꽃이 되고 싶다.

우리들은 모두
무엇이 되고 싶다.
나는 너에게 너는 나에게
잊혀지지 않는 하나의 의미가 되고 싶다.

- 김춘수, 꽃 -

* 모호한 상태로서의 존재를 꽃이라는 이름을 부여하였을 때 그 존재의 모
습과 의미가 탄생된다는 것이다.

2) 언어의 함축성

시의 언어는 사전적 의미를 초월하여 자기만의 새로운 의미를 부여
하여 새롭게 창조하는 주관적 언어를 가지는 경우가 많다. 고전 시가
에서부터 많이 활용되어온 <임, 님>에 대한 말을 살펴보자. 사전적인
의미로는 '사랑하는 연인'을 이른다. 하지만 고전시가에서는 임금을
비롯하여 사랑하는 사람을 일컬어 <임, 님>이라 했다. 만해 한용운은

<님>에 대한 정의를 '님은 님만이 아니라 기룬 것은 다 님'이라 하여 <님>에 대한 의미를 확장했다. 그래서 그의 시집 『님의 침묵』에 나타난 <님>의 의미는 '조국'이 되기도 하고 '절대자'가 되기도 하고, '부처님'이 되기도 하고 '자연'이 되기도 하고 '사랑하는 사람'이 되기도 한다. 이렇듯 한 가지 단어가 함축적인 의미를 갖고 활용되었을 경우 이를 언어의 함축성이라 한다. 이것을 시에서는 '내포적 의미의 언어'라고도 한다.

▶▶▶ 〈예시 19〉

   님은 갔습니다. 아아, 사랑하는 나의 님은 갔습니다.
   푸른 산 빛을 깨치고 단풍나무 숲을 향하여 난 작은 길을 걸어서 차마 뗼치고 갔습니다.
   황금의 꽃같이 굳고 빛나던 옛 맹서는 차디찬 티끌이 되어서 한숨의 미풍에 날아갔습니다.
   날카로운 첫 키스의 추억은 나의 운명의 지침을 돌려놓고 뒷걸음쳐서 사라졌습니다.
   나는 향기로운 님의 말소리에 귀먹고 꽃다운 님의 얼굴에 눈멀었습니다.
   사랑도 사람의 일이라 만날 때에 미리 떠날 것을 염려하고 경계하지 아니한 것은 아니지만 이별은 뜻밖의 일이 되고 놀란 가슴은 새로운 슬픔에 터집니다.
   그러나 이별을 쓸데없는 눈물의 원천을 만들고 마는 것은 스스로 사랑을 깨치는 것인 줄 아는 까닭에 걷잡을 수 없는 슬픔의 힘을 옮겨서 새 희망의 정수박이에 들어부었습니다.

　우리는 만날 때에 떠날 것을 염려하는 것과 같이 떠날 때에
다시 만날 것을 믿습니다.

　아아, 님은 갔지마는 나는 님을 보내지 아니하였습니다.

　제 곡조를 못이기는 사랑의 노래는 님의 침묵을 휩싸고
돕니다.

- 한용운, 님의 침묵 -

　*　여성어조를 띤 애절한 사랑의 정감이 넘치는 노래이다. 시의 구조는 이
　　별의 슬픔과 고통 그리고 기다림 만남의 확신을 통하여 이별 또한 보다
　　성숙된 만남을 전제한 조건이 되듯이 잃어버린 조국 또한 광복의 그 날
　　이 올 것을 확신하였기에 끝까지 변절하지 않고 대쪽같이 곧게 살다간
　　만해 한용운이다.

3) 언어의 암시성

　시에서 언어의 암시성은 눈에 보이지 않는 정신적인 세계, 상상의
세계를 담아내는 역할을 한다. 지나친 암시는 난해시를 낳지만, 적절
한 암시는 독자로 하여금 사고(思考)의 세계를 달리며 상상의 날개를
펼쳐 또 다른 시의 세계를 창출할 수 있는 힘을 기른다.

　금년엔 유난히 단풍이 아름다웠다. 월악산 단풍을 만끽했다. 산속
에 웅장하게 새로 들어선 절이 오히려 산세를 삼킬듯했다. 고색이 창
연한 조그마한 절 한 칸이면 어떠랴. <심산에 숨은 절>이란 제목의
그림이 생각났다. 그 그림에는 '돌층계 몇 개'가 그려져 있고, 그 앞을
흐르고 있는 계곡에서 물을 긷는 스님의 모습이 보였다. 절의 모습은
그려지지 않았다. 그것이 <심산에 숨은 절>이다. 이렇게 밖으로 드러

나지는 않았지만 제목이 <심산에 숨은 절>인 것은 물 긷는 스님이 있는 것으로 봐서 그 가까이에 절이 있다는 것을 암시하는 것이다. 시의 표현도 이와 마친 가지이다. 시에서는 직접적으로 드러나지 않았더라도 문맥으로 봐서 암시되어 있는 시의 의미가 있다 이것이 '시의 암시성' 이다.

▶▶▶ 〈예시 20〉

　바람도 없는 공중에 수직의 파문을 내이며 고요히 떨어지는 오동잎은 누구의 발자취입니까?

　지리한 장마 끝에 서풍에 몰려가는 무서운 검은 구름의 터진 틈으로 언뜻언뜻 보이는 푸른 하늘은 누구의 얼굴입니까?

　꽃도 없는 깊은 나무에 푸른 이끼를 거쳐서 옛 탑 위의 고요한 하늘을 스치는 알 수 없는 향기는 누구의 입김입니까?

　근원은 알지 못하는 곳에서 나서 돌부리를 울리고 가늘게 흐르는 작은 시내는 굽이굽이 누구의 노래입니까?

　연꽃 같은 발꿈치로 가이 없는 바다를 밟고 옥 같은 손으로 끝없는 하늘을 만지면서 떨어지는 해를 곱게 단장하는 저녁놀은 누구의 詩(시)입니까?

　타고남은 재가 다시 기름이 됩니다. 그칠 줄을 모르고 타는 나의 가슴은 누구의 밤을 지키는 약한 등불입니까?

- 한용운, 알 수 없어요 -

* 자연이 보여주는 아름답고 신비한 현상을 그저 자연 자체로 보지 않고 하나의 인격체로. 절대적인 대상으로 승화시켜 자신은 나약한 존재임을 인식한다.

4) 언어의 애매성

언어의 애매성은 대개 다음 두 가지 경우에서 나타난다. 첫째는 문맥의 불확실한 구조 때문에 생기는 데 이런 경우는 문장 표현에 문제가 있는 것이다. 두 번 째는 언어의 다의성(多義性)에서 온다. 이것은 언어의 함축성이라든지 암시성으로 인해 그 의미를 제대로 파악하지 못하는 데서 오는 경우이다. 언어의 애매성의 묘미는 시어를 애매하게 표현함으로써 독자로 하여금 상상의 날개를 펼쳐보게 하고 감상하는 이에 따라 다른 시의 세계를 체험할 수 있다는데 있다. 그래서 언어의 애매성은 시어의 의미를 확산시키며 시 세계를 더욱 깊고 넓게 펼칠 수 있다.

▶▶▶ 〈예시 21〉
산에는 꽃 피네
꽃이 피네
갈 봄 여름 없이
꽃이 피네

산에
산에
피는 꽃은
저만치 혼자서 피어있네.

산에서 우는 작은 새여

꽃이 좋아
산에서
사노라네.

산에는 꽃 지네
꽃이 지네
갈 봄 여름 없이
꽃이 지네.

- 김소월, 산유화 -

* 산에 피는 꽃은 깨끗하고 순수하고 청초하다. 그리고 드문드문 홀로 피
어있다. 그래서 외롭기도 하다. 피고 지는 윤회의 삶을 이어간다. 시인은
산유화처럼 살아가는 인생의 모습을 꽃에다 투영하여 불교의 윤회사상을
형상화하고 있다.

5) 언어의 문맥성

시어에 나타나는 언어의 함축적 의미는 똑 같은 언어라 하더라도
문맥에 따라서 그 의미가 다르다. 일상어로서 쉽게 예를 들어보면, 어
떤 일을 하는데 '손이 모자란다'란 말이 있다 이런 경우는 사람이 부
족하다는 의미로 쓰였다. 그런가 하면 위험에 처하였을 경우 '빨리 손
을 써야지'라는 표현을 한다. 이런 경우는 어떤 방법이나 처방을 의미
한다. 여기서 본래의 의미인 손(手)이 문맥에 따라 주변적 의미인 '사
람'이나 '방법'등으로 나타났다.

이것이 시의 경우에 있어서는 그 문맥에 따라 탄생되는 의미들이
지시적 언어들이 보여주는 주변적인 언어 이상으로 더 자유롭다는 것

이다. 그것은 더 넓게 시인의 주관적인 인식이나 통찰에 의해서 새롭고도 독창적인 모습으로 태어난다는 것이다.

▶▶▶ 〈예시22-1〉
까마귀 싸우는 골에 백로야 가지마라
성낸 까마귀 흰빛을 새올세라
청강에 곱게 씻은 몸을 더럽힐까 하노라.

- 정몽주의 어머니 -

▶▶▶ 〈예시22-2〉
쫓아오는 햇빛인데
지금 교회당 꼭대기
십자가에 걸리었습니다.
尖塔이 저렇게도 높은데
어떻게 올라갈 수 있을까요

- 윤동주의 〈십자가〉 일부 -

* 위의 예시에서 '까마귀'나 '백로'는 사전적인 의미가 아니라는 것은 다 아는 사실이다. 이렇게 시인의 주관적인 인식으로서 문맥에 따라 독창적 안 모습으로 그 의미가 태어난다.

윤동주의 '십자가'도 마찬가지이다. 십자가는 기독교의 상징으로 되어있다. 그러나 문맥에 따라 그 의미는 다양하게 해석된다. 예수님의 '고난'을 상징하기도 하고, 죄에서의 '해방과 자유'를 의미하기도 한다. 본시에서는 그 의미가 특수화 되어 있다. 여기서의 '십자가'는 그 문맥에 의하면 시인의 종교적 내지 도덕적인 목표점이라 할 수 있다.

6) 언어의 음악성

시의 특성 중의 하나로 시는 아름다운 운율의 창조라고도 한다. 소리 그 자체로서 느낌을 자아내게 하고 분위기를 불러일으키며 감각을 자극한다. 자유시에서는 내재율이 존재하고 시조를 비롯한 정형시나 민요시에서는 외재율이 그대로 나타난다.

▶▶▶ 〈예시23〉

강나루 건너서
밀밭길을

구름에 달 가듯이
가는 나그네

길은 외줄기
남도 삼백리

술 익는 마을마다
타는 저녁놀

구름에 달 가듯이
가는 나그네.

– 박목월, 나그네 –

* 시조와 민요시에서 외재율이 나타나며 음악성을 자연적으로 드러낸다. 〈나그네〉도 5연중 3연이 7·5 조의 민요조 이고 다른 두 연도 6·4조와

5·5조로 음악성을 그대로 유지한다.

7) 언어의 간결성

군더더기가 없이 정제되고 압축될수록 시어가 지닌 힘은 더욱 강해
진다. '시의 완성이란 덧붙일 것이 없을 때 이루어지는 것이 아니라
버려야할 것이 아무 것도 없을 때 이루어진다'는 것이다.

▶▶▶〈예시 24〉
　　靑山裏(청산리) 碧溪水(벽계수)야 수이 감을 자랑마라
　　一到(일도) 滄海(창해)하면 돌아오기 어려우니
　　明月(명월)이 滿空山(만공산)하니 쉬어간들 어떠리

- 황진이 -

　*　벽계수와 명월은 사전적인 의미와 개인의 雅號(아호)를 함께 하는 이
　　중적인 의미를 갖는 함축미를 더해준다.

8) 언어의 고유성과 정확성

시의 언어는 의미전달의 수단이 아니라 그 자체가 목적적인 존재로
서 그 언어가 아니면 안 되는 필연성과 유일성으로 존재하는 것이다.
발레리는 이러한 시의 언어를 '舞踊(무용)의 언어'에 비유했다. 곧 무
용은 동작 하나 하나 그 자체가 목적이요 표현이며 고유성을 갖기 때
문이다. 이에 비하여 산문의 언어를 '步行(보행)의 언어'에 비유했다.
그것은 보행은 어떤 목적지에 이르기 위한 수단이기 때문이다.

나보기가 역겨워
가실 때에는

말없이 고이 보내
드리오리다

영변에 약산
진달래꽃

아름 따다 가는 길에
뿌리오리다

가시는 걸음 걸음
놓인 그 꽃을

사뿐히 즈려 밟고
가시옵소서

나보기가 역겨워
가실 때에는

죽어도 아니 눈물
흘리오리다.

- 김소월, 진달래꽃 -

* 시어 하나 하나의 표현이 고유성을 갖고 의미를 부여하고 있다. 특히 밑줄 친 시어는 최적의 언어 형식으로 氣意(기의)와 함께 氣表(기표)의 힘을 당기고 있다.

9) 언어의 그림인 이미지(心象심상)

'이미지는 시의 생명이며 극치'라고까지 한다. 이는 시의 언어가 갖는 특별한 이유 때문이다. 곧 시어는 의사 전달을 목적으로 하는 단순한 기호가 아닌 시의 세계를 형상화하는 육화된 의미를 지닌 언어라는 것이다.

'이미지는 언어의 그림'이라고도 한다. 이 말은 '그림은 말없는 시이고, 시는 말하는 그림'이라 생각하면 된다. 그림은 시각을 통하여 보고 느끼는 바를 구체적으로 표현한 것이고, 시는 마음의 눈을 통하여 보고 느끼는 바를 언어로 형상화하여 표현한 것이다. 이처럼 시의 세계를 하나의 그림으로 감상하듯 구체적인 의미로 느끼게 해 주는 것이 이미지이다.

▶▶▶ 〈예시 26〉

환한 달빛 속에서
갈대와 나는
나란히 소리 없이 서 있었다.

불어오는 바람 속에서
안타까움을 달래며
서로 애터지게 바라보았다.

환한 달빛 속에서
갈대와 나는
눈물에 젖어 있었다.

- 천상병, 갈대 -

* 시의 세계가 마음의 눈에 환하게 비쳐온다. 바람에 흔들리는 나약한 갈
  대와 나란히 서 있는 시인은 곧 갈대와 혼연일체가 된다. 갈대의 모습이
  시인의 모습이다.

6. 시와 기법[5)]

1) 시와 이미지

영국의 시인 루이스(C.D.Lewis)는 이미지를 가리켜 '시어에 의한 회
화적 표상'이라 하여 시의 이미지가 '언어 회화'임을 표명했다. 시인
은 시적 대상을 시인의 독창적인 이미지에 의하여 그 의미를 나타낸
다. 이를테면 늦은 가을날 도도히 홀로 피어 있는 들국화를 보고, 시
인이 시를 짓는다면 그는 그의 마음속에 갖고 있는 들국화에 대한 이
미지를 이입시켜 표출하게 된다. 시적 이미지는 대상을 표현하기 위
한 수사적 형식으로 활용하지만 개성적이고 독창적이어야 한다. 현대
시에서 이미지는 서로 모순되거나 이질적인 정서, 긴장 등으로 나타
나는 것을 볼 수 있다. '4월은 잔인한 달'이라고 표현한 엘리어트의 시
나 '물 먹인 별이 반짝 보석처럼 박힌다.' 한 정지용의 시나, '아직/ 소

---

5) 이기반,김남석, 문학개론, 교학연구사, 1995.pp117~159참조

년이었던 나는/ 담배에 입맛을 붙여/ '라고 이미지를 표출한 신석정 등의 시를 보아도 그렇다.

웨렉과 웨렌은 저서『문학의 이론Theory of Literature』에서 이미지의 유형6)을 다음과 같이 나누었다. 이를 다음에서 예시와 함께 살펴보겠다.

▶▶▶ 〈예시〉

① 시각적 이미지(Visual image)

구름은 보랏빛 색지 위에

마구 칠한 한다발 장미

- 김광균, 〈뎃상〉에서 -

* 위에서 〈궁서체〉글씨는 시각적 이미지 이고, 궁서체로 된 구름=장미는 은유이다.

② 청각적 이미지(Auditory image)

지조 높은 개는

밤을 새워 **어둠을 짖는다.**

- 윤동주의 〈또 다른 고향〉에서 -

* 위에서 〈궁서체〉글씨는 청각적 이미지 이다.

③ 후각적 이미지(Olfactory image)

내 가슴 속에 **가늘한 내음**

애끈히 혀 도는 내음

- 김영랑, 〈가늘한 내음〉에서 -

---

6) Wellec & Warren;『Theory of Literature』1970.p.186.

* 위에서 〈궁서체〉글씨는 후각적 이미지 이다.

④ 미각적 이미지
숨어 피우던 그 **쌉소롬한 담배맛을**
시방도 아예 잊을 길이 없다.

– 신석정, 〈오는 八月에도〉에서 –

*〈궁서체〉 글씨가 미각적 이미지이다.

⑤ 촉각적 이미지(Tactile image)
유리에 차고 슬픈 것이 아른거린다.
열없이 붙어 서서 **입김을 흐리우니**

– 정지용, 〈유리창〉 –

* 〈궁서체〉글씨가 촉각적 이미지다.

이 외에도 <근육 감각적 이미지>, <색체적 이미지>, <역동적 이미지>, <공감각적 이미지> 등으로 구분하였으나 여기서는 이만 생략하기로 한다.

2) 시와 상징(Symbol)

상징의 의미인 <Symbol>은 희랍어의 Symballein에서 유래된 것이다. 그 의미는 동사로 쓰일 때는 '짜 맞추다'를 뜻하고, 명사로 활용할 때는 'mark, token, sign'이라는 의미로 표시되었다. 상징은 본래 그 낱말이 가지고 있는 고유의미 외에 감각적 대상으로서의 보조 관념이 표현하는 일종의 수사법이다. 문학에서는 상징을 심상(心象,이미지)과 관념(觀念, idea)의 결합으로 보며, 관념은 심상이 암시적으로 환기하는 것으로 본다. 흔히들 상징을 비유법과 유사한 것으로 언급하기도 하지만 비유법과는 차이가 있다. 비유는 특수한 의미나 효과를 나타내기 위하여 관례적인 것에서 벗어나 사용되는 것을 말한다. 이에 대한 브룩스와 웨렌의 견해를 다음에서 살펴보자.

상징은 원관념(元觀念, first term)이 생략된 은유법이다. '그 소녀는 장미 동산에 있는 여왕장미'라고 하면 은유이다. 하지만 시인이 단순히 사랑의 성질을 암시하기 위해 '장미'를 지시했다면 그것은 상징이 된다. 곧 '그 소녀는 나의 장미꽃이야'라고 했다면 장미꽃은 소녀를 상징하는 사랑이다. 그러므로 상징은 의미를 지적하여 나타내는 기호이다.[7]

이러한 상징에는 인습적 상징과 개성적 상징이 있다. 전자를 관습적 상징이라고 하고 후자를 창조적 상징이라고도 한다. 예를 들면 태극기가 우리나라를 상징하고 십자가가 기독교를 상징하듯이 각 나라의 국기가 그 나라를 상징하는 것이나 卍이 불교를 상징하는 것은 인습적 상징이다. 이에 비해서 '시어'에서처럼 개인이 창조적 의미를 부여하여 표현한 상징어를 개성적 상징이라 한다.

▶▶▶ 〈예시〉
　　지금 어느메쯤

---

7) Brooka& Warren; Understanding Poetry,(3판)1960.pp.504~505

아침을 몰고 오는 분이 계시옵니다.

그 분을 위하여
묵은 이 **의자**를 비워 드리지요.

- 조병화, 〈의자〉에서 -

* 위의 〈예시〉에서 '의자'는 사전 속에서의 물리적인 의미를 떠나서 '직위'
  라는 인습적 상징의 의미도 있지만 동시에 시인이 부여한 개성적 상징으
  로서의 '세대교체'라는 의미를 지니고 있다. 그것은 시어의 문맥성에서
  보여 지듯이 '아침을 몰고 오는 분'이라는 구절과 관련을 지어보면 알 수
  있다.

3) 시와 유추(類推, Analogy)

유추는 어떤 대상들 사이에 있어서 서로가 유사하리라고 추정하거
나 추리하는 것을 말한다. 즉 지금까지 잘 알지 못하는 어떤 낱말을
이해하기 위해서는 이미 알고 있는 그와 비슷한 낱말을 연상해서 비
교하여 이해하는 것이다. 이러한 유추는 비유의 가장 기본적인 원리
로써 시인은 상상력에 의하여 유추한다. 이러한 유추를 통하여 일상
적인 것을 초월하여 새로운 것을 발견하고 창조한다.

인간의 상상력은 뛰어나다. 우주를 여행하고 달나라를 가고,.. 인류
사회의 무수한 발견과 발명은 상상력에 의하여 이루어졌다고 하여도
과언이 아니다. 소설가가 소설을 쓰고, 시인이 시를 쓰는 것도 결국은
상상력에 의한 것이다. 상상력이 없다면 예술의 창작은 불가능하다.
특히 시작에서의 상상력이란 시적 대상을 향한 존재의 무한성과 가능
성을 갖게 하여 시의 내용을 풍성하게 한다. 상상력에 의한 시의 언어

는 시인의 특권이기도 하다. 현실에서는 불가능한 것을 상상력에 의하여, 유추에 의하여 시인은 그 모두를 가능하게 하기도 한다. 그래서 시인은 아름다움만을 꿈꿀 수도 있다.

상상력에 의한 유추에 의해서 이루어진 서정주의 시 <국화 옆에서>를 <예시>로 들어 보면서 살펴보자.

▶▶▶ 〈예시〉
한 송이 국화꽃을 피우기 위해
봄부터 소쩍새는
그렇게 울었나 보다.

한 송이 국화꽃을 피우기 위해
천둥은 먹구름 속에서
또 그렇게 울었나 보다
그립고 아쉬움에 가슴 조이던
머언 먼 젊음의 뒤안길에서
인제는 돌아와 거울 앞에 선
내 누님 같이 생긴 꽃이여

노오란 네 꽃잎이 피려고
간밤엔 무서리가 저리 내리고
내게는 잠도 오지 않았나 보다.

– 서정주, 국화 앞에서 –

1연도 시인의 상상이고 유추이다. 일반인은 절대로 그렇게 생각하지 않는다. 국화꽃과 소쩍새가 관련을 갖는다고 보지도 않고 더구나 국화꽃을 피우기 위해 소쩍새가 울었다고 더더구나 생각지 않는다. 그런데 시인은 한 송이 국화꽃을 피우기 위해서 봄부터 소쩍새가 그렇게 많이 울었다고 한다. 물론 이것은 시간의 흐름을 나타내기 위한 시인의 표현기법이다.

2연을 보자. '한 송이 국화꽃을 피우기 위해서 천둥도 먹구름 속에서 또 그렇게 울었다고'고 했다. 시인의 상상력은 과학적인 언어나 일상적인 언어 관념을 초월한다. 시인에게는 국화꽃을 피우기 위해 천둥이 먹구름 속에서 그렇게 울 수도 있다. 과학자는 이렇게 말할 수도 없고 말해서도 안 된다. 이렇게 말할 수 있는 것도 시인의 특권이다. 그래서 시인은 상상 속에서 모든 것을 가능하게 한다고 앞에서 언급했다. 그래서 국화꽃도 '내 누님 같이 생긴 꽃'이라 하여 국화와 누님을 유추로 결부시켰다. 그래서 유추는 관념(tenor), 매체(vehicle), 비유(metaphor) 등의 작용이 혼합되어 나타난다. 유추는 은유적 표현인 'A는 B이다'와 직유적인 표현인 'A와 B는 같다' 또는 'A와 B의 관계는 C와 D의 관계와 같다'라는 식으로 분명하고도 함축성 있게 서술한다.

3연도 1연이나 2연과 같은 맥락에서 표출되었음을 본다.

4) 시와 수사

(1) 직유

직유(直喩,Simile)는 라틴어 Simlis에서 온 말로 명유(明喩)라고 일컫기

도 한다. 이것은 서로 다른 두 가지 대상을 말함에 있어 보조 형용사
인 '~같이' '~처럼' '~같은' '~듯이' '~인 양' '~만큼' '~마냥' 등으
로 연결하여 표현하는 수사법이다. 은유보다 분명하고 직접적인 표현
이므로 어떤 상태를 구체적으로 말할 때에 쓰인다. 즉 A를 표현하고
자 할 때에 B를 들어서 빗대어 말하는 경우이다. 이 때 A를 원관념이
라 하고 B를 보조 관념이라 한다.

▶▶▶ 〈예시〉

① 구름에 달 가듯이
　　가는 나그네

– 박목월, 〈나그네〉에서 –

② 흰 누더기 만국기처럼 펄럭이는 곳

– 김용호, 〈청계천변〉에서 –

③ 새악시 볼에 떠오르는 부끄럼 같이
　　시의 가슴에 살포시 젖는 물결 같이

– 김영랑, 〈돌담에 속삭이는 햇발같이〉에서 –

(2) 은유

　　은유(隱喩,Metaphor)는 transferring의 뜻으로 그리스어 metapherein에서
온 말이다. 이것은 meta(over)와 pherein(to bear)의 합자이다. 은유는 한자
어의 의미 그대로 '숨겨진 비유hidden figure'이다. 비유의 원관념은 뒤

에 숨겨져 있고, 보조관념이 표면에 나타나서 그 의미를 갖는다. 그러므로 명유(明喩)에 대립되는 암유(暗喩)이다.

은유는 아리스토텔레스가 그의 저서 『시학』에서 최초로 전이(轉移, transference)의 개념으로 파악한 이래 문장 수사법에서 중요한 위치를 차지하면서 활용되고 있다.

▶▶▶ 〈예시〉

① 내 마음은 호수요,
   그대 노 저어 오오
   나는 그대의 흰 그림자를 안고
   옥같이 그대의 뱃전에 부스지리라.

   내 마음은 촛불이요
   그대 저 문을 닫아 주오.
   나는 그대의 비단 옷자락에 떨며, 고요히
   최후의 한 방울도 남김없이 타오리다.

   내 마음은 나그네요.
   그대 피리를 불러주오.
   나는 달 아래 귀를 기울이며, 호젓이
   나의 밤을 새이오리다.

   내 마음은 낙엽이요.
   잠깐 그대의 뜰에 머무르게 하오
   이제 바람이 일면 나는 또 나그네 같이, 외로이

그대를 떠나오리다.

- 김동명, 내 마음 -

위의 시에서 각 연의 첫 행은 모두 은유적인 표현이다. 원관념은 마음이고 호수, 촛불, 나그네, 낙엽은 모두 보조관념으로 비유되어 뜻을 나타낸다.

(3) 의유

의유(擬喩)란 의인(擬人), 의성(擬聲), 의태(擬態)를 통괄하는 개념이다.

의인법(personification)이란 사람 이외의 생물이나 무생물 등 어떤 대상에 대해 사람인양 인격적 요소를 부여하여 표현하는 수사법으로 때로는 감정이입으로 표출되기도 한다. 그리스어인 Prosopocia가 어원으로 이것은 Person과 Fication의 결합어로서 'to make persons'의 의미를 가진다. 그러니 곧 비인격적인 대상물을 가지고 인격적인 대상으로 전용(transference)하는 것을 말한다. 그러므로 의인화도 은유의 한 변형이다.

▶▶▶ 〈예시〉

① 은빛 장옷을 길게 끌어
　 온 마을을 희게 덮으며
　 나의 신부(新婦)가 이 아침에 왔습니다.

- 노천명, 〈첫 눈〉에서 -

② 늙은 산의 고요히 명상하는 얼굴이 멀어가지 않고
　 머언 숲에서는 밤이 끌고 오는 그 검은 치맛자락이

발길에 스치는 발자국 소리도 들리지 않습니다.

- 신석정, 〈아직도 촛불을 켤 때가 아니다〉에서 -

③ 산은 사람들과 친하고 싶어서
　기슭을 끌고 마을에 들어오다가도
　사람 사는 꼴이 어수선하면
　달팽이처럼 대가리를 들고 슬슬 기어서
　도로 험한 봉우리를 올라간다.

- 김광섭, 〈산〉에서 -

　위 <예시>들에서 ①은 <첫눈>을 '신부'로 의인화 했고, ②에서는 '산'과 '밤'을 의인화했으며. ③에서도 '산'을 의인화 하여 시인의 감정을 표출했다.

　의성법(Onomatopoeia)이란 사물의 소리, 행위나 동작, 모양, 의미 등을 음성으로 묘사하는 수사법의 하나다. 언어학에서는 의성(擬聲), 수사학에서는 성유(聲喩)로 구별해서 쓰기도 한다. 이렇게 음성으로 묘사를 표현하는 것을 음성상징이라 한다. 이렇게 하는 의도는 그 대상을 표현함에 있어 실감을 주기 위함이다.

▶▶▶ 〈예시〉
　① 삐이 호이, 비이 호이, 홀로 우는 새의 소리…… ,머언 산에서는 뻐꾸욱, 뻐꾸욱, 울며 오는 뻐꾹소리…… . 또, 물소리…… .돌을 씻고 돌틈으로 돌돌돌 쪼로로록 흘러오는 물의 소리…….

② 물에 젖은 꿈이
　북청(北靑) 물장수를 부르면
　그는 삐걱삐걱 소리를 치며
　오, 자취도 없이 다시 사라진다.

③ 툭툭 털고 손놓고 돌아 서는 자리

위의 <예시>에서는 의성어가 많이 표현되었다.

의태법(擬態, mimesis)은 사람의 말이나 동작 사물의 상태 등을 그대로 모방해서 표현하는 수사법이다. 이것은 음성 상징의 하나이기도 하다.

▶▶▶ 〈예시〉

① 해는 오르네.
　둥실 둥실 둥실둥실……
　어어 내 젊은 가슴에도 붉은 해 떠 오르네.
　둥실 둥실 둥싱 둥싱……

　바다는 춤추네.
　추울립 출렁 추울렁 출렁
　어어 내 젊은 가슴에도 바다는 춤추네.

추울렁 출렁 추울렁 출러

- 김해강, 〈출범의 노래〉에서 -

위의 시에서처럼 음성 상징의 의태어는 사물의 형태를 표현함으로
써 생동감을 준다. 이러한 의태어로는 너울너울, 너풀너풀, 훨훨, 깡충
깡충... 등이 있는데 시에서 대상을 나타냄에 있어 생동감과 입체감을
더해 준다.

(4) 알레고리

알레고리(Allegory)는 풍유(諷諭) 또는 우유(寓喩)의 의미를 가진다.
그 어원은 그리스어의 allegoria에서 온 말로 이것은 allos(other)과 agoria
(speaking)에서 왔다. 알레고리는 원관념은 뒤로 하고 보조관념으로 본
래의 의미를 암시하는 것으로 은유적 과정이라 할 수 있다. 곧 원관념
A를 나타내기 위해 B라는 구체적인 보조관념을 활용하여 그 유사점
을 적절하게 암시하면서 원관념을 드러내는 수사법이다.

알레고리는 풍자(諷刺)·독설(毒舌)·냉소(冷笑)· 야유(揶揄) 등 비판적
인 표현에 적합하다. 따라서 우화시(寓話詩), 풍자시(諷刺詩) 사회시(社
會詩) 등은 알레고리의 결과이다. 이것은 아이러니(irony), 파라독스
(paradox), 유우머(humor) 등과 함께 표현 효과를 더해 준다. 그 대표적
인 작품은 『이솝 우화』이다. 성경에도 알레고리의 비유가 많다 <탕자
의 비유>는 그 대표적이라 하겠다. 우리의 고전시조에도 많이 나온
다. 그 몇 편을 살펴보자.

① 가마귀 검다하고 백로야 웃지마라

겉이 검은 들 속조차 검을 소냐

아마도 겉 희고 속 검을 손 너 뿐인가 하노라.

- 이 직 -

② 가마귀 싸우는 골에 백로야 가지마라

성낸 가마귀 흰빛을 새오나니

청강(淸江)에 조히 씻은 몸을 더럽힐가 하노라.

- 정몽주 모친 -

③ 감장새 작다 하고 대붕아 웃지 마라

구만리 장천(長天)을 너도 날고 저도 난다.

두어라 일반 비조(飛鳥)니 네오 지오 다르랴.

- 이 택 -

위 시조들은 동물을 빗대어 인간 사회에 던지는 교훈시요, 풍자시이다.

7. 시의 요소

1) 말뜻(의미, 주제)이 있어야 한다.

사실을 보고하기 위한 말이 보통의 언어라면, 느낌이나 태도, 해석을 나타내는 말을 시적인 언어, 곧 '미적 언어'라고 할 수 있다. 시의 언어는 사전에 기록된 객관적이고 개념적인 과학의 언어와는 다르다. 시의 언어는 함축적이고, 간접적이고 개인적이다.

시가 보통의 언어처럼 운용되었다하더라도 시에 있어서는 리듬과 이미지와 어조에 따라 그 의미가 보다 비약적이고 조직적이다. 그러므로 시의 언어는 언제나 리듬과 이미지와 어조가 유기적으로 관련됨으로써만 그 의미가 상승된다. 이것은 시를 줄글로 늘어놓으면 별 의미가 부여되지 않는 것을 보아도 알 수 있다.

▶▶▶ 〈예시27-1〉
　머언 산 청운사
　낡은 기와집

　산은 자하산
　봄눈 녹으면

　느릅나무
　속잎 피는 열 두 구비를

　청노루
　맑은 눈에

　도는
　구름

* 위 시를 줄글로 늘어놓으면 시가 전달하는 말의 뜻이 제대로 드러나지 않는다. 그리고 미적 감각을 찾을 수 없다.

▶▶▶ 〈예시 27〉

나 하늘로 돌아가리라
새벽빛 와 닿으면 스러지는
이슬 더불어 손에 손을 잡고,

나 하늘로 돌아가리라
노을 빛 함께 단 둘이서
기슭에서 놀다가 구름 손짓하면은,

나 하늘로 돌아가리라
아름다운 이 세상 소풍 끝내는 날
가서, 아름다웠더라고 말하리라..........

– 천상병, 귀천 –

* 무소유, 무욕의 삶을 산 시인의 삶에 대한 달관과 죽음에 대한 새로운
의미를 부여하고 있다. 이 세상을 잠깐 살다가는 소풍 나온 나그네 인생
으로 인식하는 시인의 모습에서 무소유의 삶을 살다간 시인을 이해할 수
있고 결국은 본토로 가는 삶이니 죽음도 기꺼이 맞이할 수 있는 것이다.
힘들게 살다간 이 세상 삶이었지만 그래도 '가서, 아름다웠더라고 말하리
라……'는 아름다운 마음 그 순수함에 고개를 숙인다.

2) 리듬이 있어야 한다.

자유시는 내재율이 있고 정형시는 외재율이 있다. 곧 자유시는 밖
으로 그 운율이 드러나지는 않지만 읽어보면 리듬이 나온다. 시조를
포함한 민요시나 민요조를 갖춘 시에서는 그 운율이 밖으로도 뚜렷이
드러나며 읽으면 노래가 되어 리듬이 저절로 나온다.

▶▶▶ 〈예시28〉

이런들 어떠하며 저런들 어떠하리
만수산 드렁칡이 얽혀진들 어떠하리
우리도 이 같이 얽혀서 백년토록 살아보세.

― 이방원, 하여가 ―

▶▶▶ 〈예시29〉

먼훗날 당신이 찾으시면
그 때에 내 말이 잊었노라

당신이 속으로 나무라면
무척 그리다가 잊었노라

그래도 당신이 나무라면
믿기지 않아서 잊었노라

오늘도 어제도 아니 잊고
먼훗날 그 때에 잊었노라

― 김소월, 먼훗날 ―

* 시조와 소월의 민요조 시는 읽으면 리듬이 나오기 때문에 노래처럼 외우기가 쉽다.

3) 이미지(심상)가 있어야 한다.

일반적인 시어로서 나타내기 어려운 마음의 상태나 사물의 성질도 이미지를 사용하면 효과적으로 표현할 수 있다. 이미지 사용에는 直

喩(직유,simile)보다는 隱喩(은유,metaphor)가 좋다. 이외에 象徵(상징,symbol)과 寓喩(우유,aiiegory)를 활용하기도 한다.

▶▶▶ 〈예시 30〉
　　내 마음은 호수요
　　그대 노 저어 오오
　　나는 그대의 흰 그림자를 안고, 옥같이
　　그대의 뱃전에 부서지리라

　　내 마음은 촛불이오
　　그대 저 문을 닫아 주오
　　나는 그대의 비단 옷자락에 떨며, 고요히
　　최후의 한 방울도 남김없이 타오리다

　　내 마음은 나그네요
　　그대 피리를 불러주오
　　나는 달 아래에 귀를 기울이며, 호젓이
　　나의 밤을 새이오리다.

　　내 마음은 낙엽이오
　　잠깐 그대의 품에 머무르게 하오.
　　이제 바람이 일면 나는 또 나그네 같이, 외로이
　　그대를 떠나리다.

- 김동명, 내 마음 -

* 내 마음을 호수, 촛불, 나그네, 낙엽에 비유하여, 비유된 사물의 특성을

살려 내 마음의 상태를 아주 효과적으로 적절하게 잘 표현하여 이미지의 효과를 최대로 살렸다.

4) 어조(語調, tone)가 있어야 한다.

시적 화자에 따라 시의 분위기가 달라진다. 곧 여성 화자냐? 남성화 자냐? 직업이 무엇이며 어디에 사느냐? 에 따라 나타나는 시의 몸짓이 라 보면 된다. 김소월과 한용운의 시의 여성화자는 여성의 가냘픔과 애절함을 나타내고, 김동환과 유치환의 시에서는 남성적인 강열함을 읽을 수 있는 것과 같은 것이다.

▶▶▶ 〈예시 31〉
남으로 창을 내겠소
밭이 한참갈이
괭이로 파고
호미론 풀을 매지요.
구름이 꼬인다 갈 리 있소

새 노래는 공으로 들어라오
강냉이가 익걸랑
함께 와 자셔도 좋소

왜 사냐건
웃지요.

- 김상용, 남으로 창을 내겠소 -

* 소박하고 겸손하고 인심 좋은 순수한 시골살이의 단면을 보여 준다. 화
려한 도시 생활이 주는 어떠한 유혹에도 흔들리지 않고 자연을 벗하고 자
연을 가꾸며 전원생활을 즐기는 시인의 모습이 달관의 삶 그 자체이다.

8. 시어 선택과 연과 행

1) 시어 선택

시어란? 시를 구성하고 있는 모든 언어 즉 시적 성질과, 음악적 요
소 및 미적 요소를 지녔다고 생각되는 모든 언어를 일컫는다.

과거에는 시어는 특별히 구별된 것으로 생각하고 아름다운 언어만
을 시어로 택하려고 했다. 예를 들면 애끈한, 조매(嘲罵)로운, 놀이, 은
실, 금실, 마음실, 고요로운,…… 등으로 표현했다. 그러나 오늘날은 모
든 언어를 시어로 활용한다. 곧 일상용어를 보다 아름답게 詩語化(시
어화) 하는 것이다. 그래서 시인은 미화한 자기 시어를 1500-2000단어
는 간직해야 한다.

▶ 〈문제〉 각자 적절한 시어를 찾아보자. 그리고 시를 지어보자.

2) 행 만들기

시의 형태를 만들어 주는 기본 골격이다. 행은 작은 마디의 가락으
로 의미나 이미지, 강조를 중심으로 이루어진다.

3) 연 만들기

연은 큰 마디의 가락으로 의미나 이미지, 강조를 중심으로 이루어
진다.

연과 행은 시에 있어서 의미간의 긴밀성과 필연성을 동반한다. 연
을 두지 않고 행만으로도 무방하다.

▶▶▶ 〈예시32〉

못 잊어 생각이 나겠지요.
그런 대로 한 세상 지내시구려
사노라면 잊힐 날 있으리라

못잊어 생각이 나겠지요
그런대로 세월만 가라시구려
못잊어도 더러는 잊히리로다

그러나 또 한 끝 이렇지요
그리워 살뜰히 못 잊는데
어쩌면 생각이 떠지나요.

- 김소월, 못잊어 -

▶▶▶ 〈예시 33〉

잔디,
잔디,

금잔디,

*深深*山川(심심산천)에 붓는 불은

가신님 무덤가에 금잔디

봄이 왔네 봄빛이 왔네

버드나무 끝에도 실가지에

봄빛이 왔네 봄날이 왔네.

심심산천에도 금잔디에.

– 김소월, 금잔디 –

9. 시구와 조어(造語)의 수련

시구 수련은 타인의 시집을 읽으면서 특이한 표현이나 새로운 어구나 잘 다듬어진 시구를 수집한다. 선택한 詩句(시구)들 뿐만 아니라 소설 수필 등을 읽을 때에도 시어활용을 염두에 두고 뛰어난 묘사나 표현은 발췌하여 시어화 한다.

1) 시구 수련

귀뚜리 울어대는 가을 →귀뚜리는 자꾸만 고요를 깨고

고이는 푸름 속에 → 쪽빛 같은 푸르름 속에

숲엔 맑은 바람 → 숲엔 해맑은 바람 소리

오월의 훈풍을 맞으며 → 초록 빛 대지를 타고 오는 계절의 여왕, 그 숨결을 느끼며

조어란 시어를 아름답게 만들어 보는 일과 시어를 자기화 한 것에 자기만의 독특한 의미로 나타나게 하는 것을 말한다.

2) 造語(조어) 수련

본래어-고요히, 마음, 냄새, 살짝 밟고, 가을 밭에, 마음이 가늘다, 노을
조어 - 고요로운, 맘, 내음, 즈려밟고, 갈밭에, 마음실, 가냘픈 놀.
한글과 한자조어 -.별밭-성전(星田), 마음밭-심전(心田), 산속-산심(山心), 돌밑-석심, 돌같은 사람-석상, 깊은 밤-삼경,

▶ 〈문제〉 자작시를 발표하여, 아름다운 시구(詩句)와 조어(造語)를 찾아보자.

10. 시의 유형

1) 외면적 형태

(1) 정형시

정형시(Rhymed Verse)란 일정한 규칙에 의해서 이루어진 시를 말한다. 우리의 시조, 민요, 가사, 창가는 우리나라의 대표적 정형시이다. 특히 시조는 오늘날에도 현대시조로 발전을 거듭하여 남녀노소를 막론하고 국민시조로 발돋음 하고 있다. 한시의 오언절구나 칠언율시도

정형시이다. 그리고 영미의 운율시(韻律詩)(Metrical Verse), 일본의 화가(和歌), 배구(俳句)등은 정형시의 표본이 된다. 곧 정형시는 외형율을 가진다.

▶▶▶ 〈예시〉

① 한 뼘쯤
　시린 허리
　땅만큼 서러워서

　오밤중
　집북데기
　얼키설키 덮고 나니

　찬 하늘
　달빛은 곱게
　언 발등을 녹여 주네.

- 김보영, 무우밭에서 -

② 보일 듯 잡힐 듯이
　온 몸을 휘감터니

　구름 속 숨었다가
　강물에 얼굴 씻고

　맨발로 걸어가는 넌

밤새 켜진 등댓불.

- 이인자, 새벽달 -

③ 물 구슬의 봄 새벽 아득한 길
　하늘이며 들 사이에 넓은 숲
　젖은 향기 불긋한 잎 위의 길
　실그물의 바람 비쳐 젖은 숲
　나는 걸어가노라 이러한 길
　밤저녁의 그늘진 그대의 꿈
　흔들리는 다리 위 무지개 길
　바람조차 가을 봄 걷히는 꿈

- 김소월, 꿈길 -

위에서 ①과 ②는 현대 시조이고, ③은 소월의 시로 4·3·4 와 또는 4·4·3의 정형율을 유지하고 있다. 소월의 시는 7·5조 4·3·5조, 2·3조의 민요시가 많다. 정형시는 운율에 음악성이 있어서 외우기가 쉽다. 소월의 시나 시조를 많이 암송하는 이유도 여기에 있다.

(2) 자유시

자유시(Free Verse)는 그야말로 제약을 받지 않는 자유로운 시이다. 원래 시란 운문이나 율문으로 씌어졌다. 서정주에 의하면 "자유시는 일정한 형식을 가지지 않고 내재적 운율과 내재적 해조(諧調)만을 중요시하는 순 서양적 개념에 의한 시의 형식이다"[8] 라고 했고, 조지훈도 자유시의 특질에 대해서 '자유시는 규격을 벗어남으로써 시정신을 자유롭게 확장 활용한 것으로 보았다. 형식에 있어서는 산문적 자유성을 얻고, 내용에 있어서는 운문적 율조(律調)를 얻어 이 양자를 조화하는 곳에 자유시가 위치한다.'고 했다.

자유시는 19세기, 위트만(W. Whitman)을 비롯하여 불란서의 구스타부 캉(Gustave Kahn)과 에베르 베아렝(E. Verhaeren)등의 상징파 시인들에 의해서 발전된 것이다. 자유시는 시의 호흡이요, 질서인 내재율을 어떻게 활용하느냐에 따라 그 표현 형태가 다르게 나타난다. 즉 정형시에 가까운 자유시냐, 산문시에 가까운 자유시냐가 나타난다. 김소월이나 박목월, 김영랑의 시는 전자에 가깝고, 한용운이나 이상화는 후자에 가까운 시를 썼다. 시조도 엇시조나 사설시조는 종장을 빼고는 자유시에 가깝다.

▶▶▶ 〈예시〉

① 산새도 오리나무
   위에서 운다
   산새는 왜 우노. 두메 산골
   영넘어 갈라고, 그래서 울지

– 김소월, 〈산〉 1연 –

② 당신의 편지가 왔다기에 꽃밭 매던 호미를 놓고 떼어 보았습니다.
   그 편지는 글씨는 가늘고 글줄은 많으나 사연은 간단합니다.
   만일 님이 쓰신 편지이면 글은 짧을지라도 사연은 길터인데.

– 한용운, 〈당신의 편지〉에서 –

8) 서정주; 『시문학개론』, 정음사, 1950. p.22

(3) 산문시

산문시(Prose Poem)는 시의 내용을 운문이 아닌 산문으로 표현한 시를 말한다. 그렇다고 산문시가 산문은 아니다. 산문의 문장과는 구별된다. 산문시도 시인만큼 시의 요소인 리듬이 드러나지 않더라도 형태상의 압축과 응결이 있어야겠고 시정신은 있어야 한다.

최초의 자유시인 주요한의 <불노리>도 산문시에 가깝고, 이상의 많은 시가 산문시로 알려져 있다. 한문장의 賦 나 辭 도 산문시이다. 곧 소동파의 <赤壁賦>와 한무제의 <秋風辭> 도연명의 <歸去來辭> 등이 산문시이다.

▶▶▶ 〈예문〉

① 캄캄한 공기를 마시면 폐에 해롭다. 폐벽에 끄름이 앉는다. 밤새도록 나는 몸살을 앓는다. 밤은 참 많기도 하더라. 실어내가기도 하고 실어내 들어오기도 하다가 잊어버리고 새벽이다. 폐에도 아침이 켜진다. ...

– 이 상, 〈아침〉의 일부 –

* 원래는 띄어쓰기가 되어 있지 않다.

② 문을 암만 잡아다녀도 안 열리는 것은 안에 생활이 모자라는 까닭이다 밤이 사나운 꾸지람으로 나를 졸른다 나는 우리집 내 문패 앞에서 여간 성가신게 아니다 나는 방속에 들어서서 제웅처럼 자꾸만 멸해간다...

– 이 상, 〈가정〉의 일부 –

* 이상은 마침표를 찍지 않았다. 그래서 마침표가 없다.

2) 내면적 형태

(1) 서정시

서정시를 Lylic이라고 하는데 원래 이 말은 고대 희랍의 칠현종금(七絃縱琴)인 Lylic에 맞추어 노래 부른데서 나온 말이다. 그래서 서정시라 하면 원래는 노래로 부를 수 있는 시를 말한다. 내용도 감정과 정서가 표출된 비교적 짧은 형식의 시를 말한다.

서정시의 특성을 알아보자

첫째, 서정시는 서정성과 음악성을 지닌다.

둘째, 시적 대상에 대한 정서 감정을 그리는 시이다.

셋째, 비교적 짧은 형식을 취한다. 포오(E.A.Poe)는 그의 단시론(短詩論)에서 '시는 짧아야 불순물이 끼어들지 않아 초점이 명확하고 시적구조가 단단하다 했다.

넷째, 서정시는 어디까지나 주관적이다. 시는 감정표출이 가장 직접적이고 본질적이고 근원적이다. 서정시를 그 성격에 따라 주정시(主情詩), 주지시(主知詩), 주의시(主意詩), 감각시(感覺詩), 정조시(情操詩) 기지시(機智詩) 등 다양하게 표현하기도 한다.

고대 그리스시대는 모든 창작 문학을 시라고 표현했다. 근래에 들어와 서사시는 소설로, 극시는 희곡으로 분리되어 오늘날의 시는 사실상 서정시이다.

(2) 서사시

서사시(Epic)란 '한 민족이나 국민의 역사적 사건이나 신화, 또는 전설이나 영웅의 사적을 長詩(장시)로 나타내어 객관성을 부여한 시'이다. 그러므로 영웅시(Heroic epic)라고도 표현한다.

이규보는 동명왕의 탄생 신화를 운문체의 한시로 썼다. 오언고시의 장편 282구로 약 4000자에 이른다. 이것은 대 장편 <영웅서사시>이다. 그의 문집 《동국이상국집》 제3권에 수록하고 있다. 그 구성을 보면, 동명왕 탄생 이전의 계보를 밝힌 序章(서장)과, 출생에서 건국에 이르는 本章(본장), 그리고 후계자인 유리왕의 경력과 작자의 느낌을 적은 終章(종장)으로 되어 있다.

저자 이규보는 그 서문에서 '처음 동명왕의 설화를 듣고 귀신이나 환상으로 여겼으나 거듭 연구에 연구를 한 결과 귀신이 아니라 神(신)이라는 것을 깨닫고, 이를 시로 표출하여 세상에 퍼트려 우리나라가 원래 <성인의 나라>임을 널리 알리고자 함에 있다.'고 하여 그 저작 동기를 밝히고 있다. 그 내용을 요약하면 다음과 같다.

　　천제의 아들인 해모수는 고니를 탄 100여 명의 신하들을 거느리고 하늘로부터 오룡거를 타고 채색 구름 속에 떠서 내려왔다. 해모수가 사냥을 갔다가 성 북쪽에 있는 淸河(청하)에서 유화를 만났다. 강물의 신인 유화의 아버지 하백에게 유화와의 결혼을 간청했다. 하백은 해모수가 神變術(신변술)이 있음을 알고 술을 권하였다. 하백은 해모수가 술에 취했음을 알고 가죽 가마에 유화와 함께 넣어서 하늘로 보내려고 했다.

그런데 보내어 지기 전에 술이 깬 해모수는 놀라서 유화의 비녀로 가죽 가마를 뚫고 나와 혼자 하늘로 올라가 버렸다. 이를 안 하백은 유화를 꾸짖어 태백산 물속에 버렸다. 유화는 고기잡이에 의하여 발견되어 북부여의 금와왕이 구출하였다. (삼국사기에는 하백으로부터 쫓김을 받아 優渤水(우발수)에서 살다가 금와왕에 의해서 발견되어 금와왕의 보호를 받은 것으로 되어 있다.)

그 뒤 주몽은 천제의 아들인 해모수를 아버지로 강물의 신인 하백의 딸 유화를 어머니로 하여 알로 태어난다. 금와왕은 상서롭지 않은 일이라 하여 마굿간에 버렸는데 말들이 밟지 않고 피했다. 산속에 버렸더니 짐승들도 보호하였다. 왕이 이를 깨어 보았으나 깨지지 않았다. 할 수없이 이를 유화에게 돌려주었다. 유화가 그 알을 싸서 따뜻한 곳에 두었는데 알속에서 남자아이가 태어났다. 아기는 자라면서 골격과 생김새가 출중하고 영특하였다. 특히 활을 잘 쏘아 그 때 사람들이 朱蒙(주몽)이라 불렀다. 곧 활을 잘 쏜다는 의미이다. 금와왕의 일곱 아들들은 주몽을 시기하여 없애려고 하였다. 이에 주몽은 벗 셋과 더불어 그 곳을 떠나게 되었다. 압록강(淹琥水(엄호수)에 이르렀다. 강을 건너야 하는데 다리가 없었다. 뒤에는 금와왕의 군사들이 뒤따르고 있었다. 다급하였다. 주몽은 강물을 향해 212외쳤다. "나는 천제의 아들이며 하백의 외손이다. 지금 도망을 하는데 추격자들이 쫓고 있다. 이를 어쩌란 말이냐? 하늘이여 도와주소서!" 간절히 외쳤다. 그러자 고기와 자라들이 물 위로 올라와서 다리를 놓아주었다. 주몽 등은 재빨리 건넜다. 이들이 건너자 곧 고기와 자라들은 흩어졌다. 추격자들은 건너지 못했다. 주몽은 그 곳 사람들도 영입하여 졸본천에 도읍을 정하고 비류국의 송양왕의 항복을 받아 나라를 세웠다. 이름하여 고구려이다.

종장에는 유리가 부왕 동명왕을 찾아와 왕위를 계승한다. 사기에 의하면 '동명왕 19년 4월에 왕자 유리가 북부여왕 금와왕으로부터 도망하여 고구려로 왔다. 왕은 기뻐하고 유리로 태자를 삼았다. 그 해 9월에 왕이 돌아갔는데 동명성왕이라고 이름 하였다.'[9]

---

9) 이규보, 『동국이상국집』 제3권.

라고 하였다.

고대 그리스의 시인 호메로스(Homeros, BC800?~BC750)는 유럽문학의 최고 최대의 서사시일 뿐 아니라 세계 최고(最古)의 서사시인 <일리아스>와 <오디세이아>를 남겼다. <일리아스>는 1만 5693행이고, <오디세이아>는 1만 2110행의 장편서사시이며, 각각 24권으로 되어 있다. 두 서사시는 고대 그리스의 국민적 서사시로서, 그 후의 문학, 교육, 사고(思考)에 큰 영향을 끼쳤을 뿐 아니라 서사시의 커다란 규범이 되었다.

서사시는 편의상 전승적 서사시와 문학적 서사시로 구분한다. 전자는 민족적 서사시로 <동명왕서사시>를 비롯하여 <일리아스>와 <오디세이>가 이에 속하고, 후자는 이차적 서사시라고도 하는데 밀턴(John.Milton,1608~1674)의 <실락원>과 <복락원>, 고대 로마 최대의 시인인 베르길리우스(Publius Vergilius Maro, BC70~BC19)의 미완성 작품 <아에네이스Aeneis>등이 있다. 현대 우리나라 서사시집으로는 김동환의 <국경의 밤>, 김용호의 <남해찬가>, 모윤숙의 <논개> 등 그 외의 몇 작품이 있다.

문학 양식으로 볼 때 서사시는 현대소설의 발달 과정에서 근원적 모체가 된다. 우리의 고대소설은 설화문학이 그 모체가 된다.

(3) 극시

극시(劇詩, Dramatic Poetry)는 희곡의 내용을 운문으로 표현한 내용을 말한다. '극시'라는 용어는 아리스토텔레스의 『시학』에서는 나타나지 않는다. 하지만 르네상스 때 이탈리아 문학에 오면 '시론'에 '극시'란 용어가 나타난다.

그러나 극시의 전통은 그리스극으로부터 시작하여 중세극을 거쳐 르네상스에 이르러서는 찬란하게 발전했다. 특히 세익스피어(William Shakespeare, 1564~1616) 시대에는 전성기를 이루었다. 그러다가 근대에 와서 극시는 희곡으로 분화되어 발전했다. 그러나 현대에도 운문극(韻文劇) 부활운동이 일어나기도 했다.

엘리엇,(T.S.Eliot 1888~1965)은 <성당의 살인Murder in Cathedral>, <칵테일파티Cocktail Party>등 몇 개의 작품을 쓰기도 했다. 용어도 '시극'으로 바꿨다.

극시는 다음과 같은 특징을 가지고 있다.

첫째, 서정시로서의 주관성과 서사시로서의 객관성을 가진다. 서사시적인 과거시제를 서정시적 현재시제로 재현한다. 서사시적인 플롯을 기초로 하면서도 주인공들은 각기 자기고백을 한다. 이것이 극시의 주관성이다. 극시도 연극을 의식해야 하는 만큼 시간, 장소, 사건이라는 삼일치법이 적용되어야 하고, 그 구성에 있어서도 희곡과 같은 발단, 전개, 위기, 해결, 파국 등의 단계를 따른다. 그리고 극시의 종류는 희극, 비극, 희비극으로 나눈다.

11. 시 창작의 단계

1) 감각의 단계

대상에 대한 참신한 감각의 능력과 표현의 능력은 시인에게는 기본적인 조건이다. 먼저 사물에 접하여 관심을 갖게 되고 어떠한 느낌이다가와야 한다. 느낌이 있으면 이것은 어떻게 생겼을까? 왜 그렇게 되었을까?…… 생각하고 느끼고 깨닫는 관계가 이루어진다. 그리고 관조의 세계로 몰입하게 된다.

▶▶▶ 〈예시34〉
바다는 뿔뿔이
달아날랴고 했다.

푸른 도마뱀떼처럼
재재 발렀다.

꼬리가 이루
잡히지 않았다.

흰발톱에 찢긴
산호(珊瑚)보다 붉은 슬픈 상채기

가까스로 몰아다 부치고
변죽을 들러 손질하여 물기를 씻었다.

이 빌손 해도(海図)에서
손을 씻고 떼었다. 찰찰 넘치도록
돌돌 구르도록

회동그라니 받쳐들었다!

지구는 연잎인 양 오무라들고 … 폐고 …

- 정지용, 바다 -

2) 정서의 단계

감각이 말초적이라면 정서는 그 우위로서 마음에 오래도록 자리 잡고 지속성을 갖는다.

그리하여 어쩔 수 없이 표출하는 시의 세계이다.. 그래서 시를 가리켜 '정서의 표현', '정서의 극화'라는 이유도 여기에 있다. 이러한 시적 정서는 갑자기 솟아나는 것은 아니다. 오랜 시간 시인의 인생 경험이 축적되고 집중되어 걸러지고 순화되어 이루어진 결정체로서 독자들의 가슴속에 잔잔한 울림을 만들어 공감대를 확산시킨다. 그 좋은 <예시>가 많은 사람들이 애송하는 소월의 <진달래꽃>일 것이다. 여기서는 다른 작품을 <예시>로서 감상해 본다.

▶▶▶ 〈예시 35〉
꽃진 자리 꽃이 피는
애틋한 마음 기다림이여

내 영혼 내 시의 집
겨우네 쌓인 태고의 눈발

외로운 나목 떨고 서 있다.
잠든 하늘 걸려 있다.

잠시 나를 떠난 한숨은
풀밭에 가 누운 낙엽

아슬히 건넌 외나무다리
굳게 닫친 문 두드린다.

바람이 구름, 구름 사이를
어르며 가는 내 시의 집.

- 이일향, 내 시의 집 -

3) 예지의 단계

시가 궁극적으로 지향하는 세계이다. 끊임없는 노력에 의하여 성취할 수 있다. 어떠한 일에서 깨달음을 얻을 때 그 속에서 삶의 보편적인 모습은 물론 대자연의 창조의 모습을 이해하고 자연과 대우주의 섭리를 바라보는 혜안을 얻게 된다. 한용운의 <알 수 없어요>, 김현승의 <눈물>이 이에 속한다.

▶▶▶ 〈예시36〉

더러는
옥토에 떨어지는 작은 생명이고져 …

흠도 티도
금가지 않는

나의 전체는 오직 이뿐!

더욱 값진 것으로
드리라 하올제, 나의 가장 나아종 지니인 것도 오직 이뿐!

아름다운 나무의 꽃이 시듦을 보시고
열매를 맺게 하신 당신은,

나의 웃음을 만드신 후에
새로이 나의 눈물을 지어 주시다.

- 김현승, 눈물 -

12. 창작 정신

시는 언어 예술이므로 수사적 기교나 표현 방법도 중요하지만 이와 더불어 창작에 몰두하는 정신과 마음의 자세가 중요하다. 옥토로 가꾸어진 마음의 밭에서 싹튼 시의 씨앗이어야 생명력이 건실하다.

1) 깨끗하고 고운 감성에서 표출

인간은 이성의 동물이면서 감성의 동물이다. 감성은 시창작의 바탕이 된다. 투명한 감성이 사물에 닿아서 시인의 가슴에 구체적인 감정과 느낌을 생생히 불러일으킬 때 시를 낳는다.

막 잎 피어나는

푸른 나무 아래 지나면

왜 이렇게 그대가 보고 싶고

그리운지

작은 실가지에 바람이라도 불면

왜 이렇게 나는

그대에게 가 닿고 싶은 마음이

간절해지는지

생각해서 돌아서면

다시 생각나고

암만 그대 떠올려도

목이 마르는

이 푸르러지는 나무아래

- 김용택, 푸른 나무1 -

2) 열정적이고 순수한 장인(匠人)정신

시는 인간의 삶을 바탕으로 형상화한 미적인 언어예술이므로 시인
의 마음과 정신 속에서 순수하게 타오르는 불꽃같은 열정에서 이루어
진다.

▶▶▶ 〈예시38〉

세우면 한 폭 깃발

눕히면 푸른 강물

생각은 가뭇없이
하늘 밖에 저무는데

慕情(모정)은 열 두 폭 치마
심고 섰는 파초여라.

– 이일향, 慕蕉(모초) –

3) 몰입정신

시인의 집중력은 특수한 방식으로 초점을 맞추어 그가 가진 사상을 함축하고 발전시켜 시어로 표출한다. 이 집중력은 주위의 어떤 소리나 냄새도 감각하지 못할 정도로 자기 영혼(정신)에 몰입하는 상태이다. 여기에는 모차르트형과 베토벤형이 있다. 전자는 머리속에서 구상하여 완전한 형태를 표출하는 곧 순간의 굉장한 노력으로 자기의 체험 중에서 가장 깊은 체험에 돌입하는 경우이고, 후자는 테마의 단편을 적어 놓았다가 몇 해를 두고 퇴고하는 경우로서 자기가 의식적으로 한층 한층씩 보다 깊숙이 파고드는 것이다. 이러한 집중력은 식물의 줄기는 빛을 향하고, 뿌리는 물이 있는 곳을 찾아 땅을 향하는 것과도 같다.

▶▶▶〈예시39〉
님께서 이 몸을 영원케 하셨습니다.
이것이 바로 님의 즐거움,
나약한 그릇을 비우시어 늘 새로운 생명으로 채워주십니다.

이 연약한 갈대 피리를, 님은 산을 넘고 골짜기를 건너 가져오시어
영원히 새로운 가락을 부르셨습니다.
영원불멸의 님의 손길이 닿으니 이 연약한 가슴은 즐거움에 겨워
터질 듯 하여 이루 헤아릴 수 없는 말을 합니다.
님의 귀중한 선물은 지극히 작은 이 손을 통해서 옵니다.
세월이 가도 님께서는 쉬지 않고 채우시지만
아직도 채우실 곳이 남아 있습니다.

- 타고르, 기탄잘리 1 -

4) 상상을 통한 창조 정신

현재의 위치에서 앞으로 있어야 할 것에 대한 그 무엇을 꿈꾸고 갈
망하고 바라면서 새로운 것을 발견하고 창조해 내는 힘이다. 보들레
르는 상상력은 인간이 지닌 능력의 여왕이며, 세계가 그 힘에 의해서
만들어졌다고 했다.

장님이었던 호머가 세계 최대의 훌륭한 서사시<일리아tm와 오딧
세이아>를 남긴 것이나 지체부자유자이던 손자가 <손자병법>을 쓸
수 있었던 것이나 청각장애자가 된 베토벤이 위대한 교향곡을 작곡한
것은 모두가 상상력에 의한 것이다 그 뿐 아니라 뉴턴의 만유인력이
나 아인슈타인의 상대성이론이나 미술 음악 연극 등 모든 예술은 다
상상력의 결과이다.

▶▶▶ 〈예시 40〉
벌판의 한 마리 새처럼 내 마음은 당신의 눈속에서

하늘을 발견하였습니다.

당신의 눈은 아침의 요람이지요

별의 왕국이기도 하지요

나의 노래는 당신의 눈 깊숙이 빠졌답니다.

나를 그 하늘의 고독한 영원 속에서 날게 하소서

내 그 구름을 지나 그 하늘의 태양빛 안에서

나래를 피게만 하소서

– 타고르, 園丁(원정) 抄(초)에서 –

5) 체험을 통한 창작 정신

시가 주관성이 강한 예술적 특징을 지니는 까닭도 일체의 체험을 통해 얻게된 주관적 인식, 체험적 인식을 하나의 구체화된 정서로 표현하기 때문이다.

▶▶▶ 〈예시41〉

모든 소리들 죽은 듯 잠든

전남 곡성군 죽곡면 원달 1리

구산의 하나인 동리산 속

태안사의 중으로

서른다섯 나이에 열일곱 나이 처녀를 얻어

깊은 산골의 바람이나 구름

멧돼지나 노루 사슴 곰 따위

혹은 호랑이 이리 날짐승들과 함께
오손 도손 놀며 살아라고
칠남매를 낳으시고

난세를 느꼈는지 산 넘고 물 건너 마을 돌며
젊은이들 모아 야학 하시느라
처자식을 돌보지 않고

여순사건 때는
죽을 고비 수 십 번 넘기시더니
땅 뙈기 세간 고스란히 놓아둔 채
처자식 주렁주렁 달고
새벽에 고향을 버리시던 아버지.

삼십년을 떠돌다
고향 찾아드니 아버지의 모습이며 음성
동리산에 가득한 듯 하나

눈에 들어오는 것
폐허뿐이네 적막뿐이네.

- 조태일, 원달리의 아버지 -

6) 기억을 통한 창작 정신

기억은 체험이 보존된 저장고이며 상상력을 일으키는 원동력이 되기도 한다. 상상력도 체험이나 기억 속에서 이루어진다. 시는 체험이라고 한 릴케도 '되도록 모든 체험은 빨리 잊어버리고, 그에 대한 기억이 무의식 속에서 익어 과일처럼 떨어지는 그때까지 느긋하게 기다려 시를 쓰라'고 했다. 이러한 말은 '시의 근원은 고요히 회상되는 정서'라고 한 워즈워어드의 말이나 '시는 한층 온화하고 거리를 둔 기억으로부터 써야 한다.'는 실러의 말과 같은 의미이다.

▶▶▶ 〈예시42〉

사이버
공간에서
눈에 뜨인 사진 한 장

추억이
묻어나는
흑백의 고운 미소

잊혀진
시간 속에서
걸어 올린 그리움.

– 이정자, 흑백 사진 한 장 –

13. 시적 화자와 어조

만해 한용운의 <님의 침묵>을 읽거나 소월의 <진달래 꽃>을 읽으면 작자가 여성인 것 같다. 또 이육사의 <청포도>를 읽어보면 좋은 소식을 갖고 올 귀한 손님을 기다리는 고향(시골)의 선비인양 싶다. 이렇게 시에서 드러나는 시적화자의 목소리, 말씨, 말투를 '어조'라 한다. 이는 시인의 개성을 반영하고, 그 인격까지도 드러내는 것으로 시의 분위기를 좌우한다...

이렇게 시속에서 말하는 사람을 가리켜 '시의 화자'라 한다. 이들은 작품 안에서 시의 주제를 효과적으로 살리고, 시의 전반적인 분위기를 형성하고, 시인의 태도를 반영함으로써 시의 이해에 도움을 주는 역할을 한다. '시의 화자'를 '시적 자아' '서정적 자아' '상상적 자아'라고도 한다.

1) 화자의 역할

독자들이 한 편의 시를 이해하고 공감하는 데에 직접적인 영향을 끼친다. 시적 화자는 직접 독자들을 만나고 시의 주제나 의미, 분위기, 정서, 태도, 상황 등을 친근한 목소리를 통해서 알려 주고 있다.

▶▶▶ 〈예시 43〉
당신의 편지가 왔다기에 꽃밭 매던 호미를 놓고 떼어보았습니다.
그 편지는 글씨는 가늘고 글줄은 많으나 사연은 간단합니다.
만일 님이 쓰신 편지이면 글은 짧을지라도 사연은 길터인데.

당신의 편지가 왔다기에 바느질 그릇을 치워 놓고 떼어보았습니다.
그 편지는 나에게 잘 있느냐고만 묻고 언제 오신 다는 말은 조금도
없습니다.
만일 님이 쓰신 편지라면 나의 일은 묻지 않더라도 언제 오신다는
말을 먼저 썼을 터인데.
당신의 편지가 왔다기에 약을 달이다 말고 떼어 보았습니다.
그 편지는 당신의 주소는 다른 나라의 군함입니다.
만일 님이 쓰신 편지이면 남의 군함에 있는 것이 사실이라 할지라도
편지에는 군함에서 떠났다고 하였을 터인데.

- 한용운, 당신의 편지 -

* 시적 화자가 온전히 여성적인 정서로만 형상화되어 한용운의 실체는
숨겨져 있다. 작자가 남성이면서 여성화자가 되어 온전히 여성화로 표출
된 시들을 〈아니마 〉의 표출로 보고 〈아니마詩〉라고도 한다. 〈아니마〉란
칼·융의 심리학에서 따온 용어로 남성 속에 있는 여성적인 정조 일반을
일컫는다. 그 대표적인 예가 김소월과 한용운의 시이고 이러한 현상은
다른 시작품 속에서도 많이 나타난다. 반대로 여성 속에 있는 남성적인
정서 일반을 〈아니무스〉라고 한다.

2) 시인의 개성론과 몰개성론

시적화자와 시인과의 관계를 바라보는 관점에 따라 시인의 개성과
몰개성이 나타난다. 곧 시적 화자가 시인 자신일 경우 이는 시인의 개
성이 그대로 드러난 것이고, 시적화자와 시인이 별개의 개성으로 나
타날 경우 이는 몰개성이다. 후자의 경우 시적 화자는 창조된 인물이
거나 허구적 인물이다.

▶▶▶ 〈예시44〉

난 릴케를 만나지 못했다.

그가 태어난 곳을 가보지 못했다

가을, 지나간 꿈에

릴케가 태어난 새로운 섬이 보였다.

새로운 섬

그곳엔 안개가 끼어 있고,

몇 척의 배들이 출항 준비를 하는지

깃발을 달고 돛을 올리고 있다.

을씨년스런 섬의 새벽 숨소리가

'식식' 바다로 번져 나갔다

그를 임종케 한 장미가

저 안개 속에 파묻혀 있는지

내가 꿈을 깼어도

섬은 사라지지 않았다.

– 양채영, 릴케의 명상 –

* 시적 자아는 시인 자신이다. 꿈에서 나타날 정도로 시인은 평소에 릴케
  를 존경했고, 그것도 시인은 릴케가 태어난 섬으로 보았다. 섬은 시인이
  꿈꾸는 행복한 공간 피안의 세계이다.

▶▶▶ 〈예시45〉

넓은 벌 동쪽 끝으로

옛이야기 지즐대는 실개천이 휘몰아나가고,

얼룩백이 황소가

해설피 금빛 게으른 울음을 우는 곳

- 그 곳이 참하 꿈엔들 잊힐리야.

질화로에 재가 식어지면
비인 밭에 밤바람 소리 말을 달리고,
엷은 조름에 겨운 늙어신 아버지가
짚 벼개를 돋아 고이시는 곳,

- 그 곳이 참하 꿈엔들 잊힐리야.

흙에서 자란 내 마음
파아란 하늘빛이 그립어
함부로 쏜 화살을 찾으러
풀섶 이슬에 함추름 휘적시든 곳,

- 그 곳이 참하 꿈엔들 잊힐리야.

傳說(전설)바다에 춤추는 밤물결 같은
검은 귀밑 머리 날리는 어린 누이와
아무렇지도 않고 여쁠 것도 없는
사철 발 벗은 안해가
따가운 햇살을 등에 지고 이삭 줏던 곳,

- 그 곳이 참하 꿈엔들 잊힐리야.

하늘에는 석근 별

알 수도 없는 모래성으로 발을 옮기고,
서리 까마귀 우지짖고 지나가는 초라한 지붕,
흐릿한 불빛에 돌아 앉어 도란도란 거리는 곳,

- 그 곳이 참하 꿈엔들 잊힐리야.

- 정지용, 향수 -

* 작자에 대해서 모르면 이 시는 시적 화자가 시인 자신으로 착각하기 쉽
  다. 하지만 이 시는 시적 화자가 시인 자신이 아니다. 그것은 아내의 묘
  사가 말해준다. 정지용의 아내는 사철 발 벗고 있을 아내도 아니고 더구
  나 햇살을 등에 지고 이삭 주울 아내가 아니라는 것은 다 아는 사실이다.
  그러므로 정지용의 〈향수〉는 자신의 고향을 묘사한 시적 분위기의 개성
  과 시인 자신의 일부가 드러나지 않은 몰개성이 공존하는 시이다.

3) 화자의 기능[10]

(1) 시인의 자아와 세계를 확대시켜 준다.

시인은 화자를 통하여 다양한 인물로 확대 변용될 수 있으며 경험
과 실제적인 자아세계를 폭넓게 만들어 간다.

▶▶▶ 〈예시46〉
나는 얼굴에 분칠을 하고
삼단같이 머리를 따아내린 사나이

초립에 쾌자를 걸친 조라치들이

---

10) 조태일, 알기 쉬운 시창작 강의, 나남 출판, 1999 pp.279-292참조.

날라리를 부는 저녁이면
다홍치마를 두르고 나는 향단이가 된다.

이리하여 장터 어느 넓은 마당을 빌어
람프 불을 돋운 포장 속에선
내 남성이 십분 굴욕된다. …

- 노천명, 남사당 -

* 노천명이 여성이지만 남사당이라는 시적 화자를 통하여 남성의 소리를
  낼 수 있는 것도 자아의 확대 현상이다.

(2) 소설에서의 서술자처럼 어떠한 상황이나 사건을 알려주는 역할
   을 한다.

▶▶▶〈예시47〉
   기차는 가고 똥개만 남아 운다.
   기차는 가고 식은 팥죽만 남아 식는다.
   기차는 가고 시커멓게 고개를 넘는
   깜부기, 깜부기의 대갈통만 남아 벗겨진다.
   중 략 / 인정 많은 형님들만 곰보딱지처럼 남아
   할아버지 아버지 어머니의 무덤을 지키며
   거머리 우글거린 논바닥에 꼿꼿이 서 있다.

- 김준태, 호남선 -

(3) 작품 안에서 일관된 모습과 목소리(화자의 생각, 정서, 가치관,
   세계관 등)를 통해 작품에 통일성을 부여한다.

▶▶▶ 〈예시48〉

멍들거나 피 흘리는 아픔은
이내 삭은 거름이 되어
단단한 삶의 옹이를 만들지만
슬픔은 결코 썩지 않는다. 옛고향집 뒤란
살구나무 밑에
썩지 않고 묻혀 있던
돌아가신 어머님의 흰고무신처럼
그것은
어두운 마음 어느 구석에
초승달로 걸려
오래 오래 흐린 빛을 뿌린다.

- 김영석, 썩지 않는 슬픔 -

(4) 자신의 감정이나 느낌, 속내를 솔직하게 고백함으로써 시에 진
   실성을 부여하고 독자와의 친밀감을 형성한다.

▶▶▶ 〈예시 49〉

어머니, 서두르시지요
따가운 햇살 퍼지기 전
이슬 마르기 전
보리를 베어야지요
종일 낫질을 해보았댔자
손바닥만 부르틀 뿐
반품삯도 나오지 않는 보리베기

보리밭에 익은 보리모개들이

빳빳하게 서서 사을군요

엇슥엇슥 보리를 베다보면 보리꺼럭들은

팔이며 모가지며 얼굴을

아프게 찌르는군요

어머니, 저는 보리밭에 익은 보리들처럼

빳빳하게 서서 세상을 노려볼 수 없는 것이 슬퍼요

밑동째 잘리면서도 사람을 찌르는 보리꺼럭들처럼

세상을 아프게 찌를 수 없는 것이 답답해요

어머니, 드디어

땀방울은 흘러 눈에 들면

쓰린 소금이 되는군요.

- 나태주, 보리 베기 -

(5) 작품 안에서 배경 묘사(시간, 계절, 공간 등)를 통하여 시의 현
    실감이나 사실감 등을 더욱 구체적이고 생동감 있게 표현한다.

▶▶▶ 〈예시 50〉

겨울 산을 오르면서 나는 본다.

가장 높은 것들은 추운 곳에서

얼음처럼 빛나고,

얼어붙은 폭포의 단호한 침묵,

가장 높은 정신은

추운 곳에서 살아 움직이며

허옇게 얼어터진 계곡과 계곡 사이

바위와 바위의 결빙을 노래한다.
간밤의 눈이 다 녹아버린 이른 아침,
산정(山頂)은
얼음을 그대로 뒤집어쓴 채
빛을 받들고 있다.

- 조정권, 산정묘지 1 -

4) 여성화자와 아니마시

'시적 화자' 또는 '시적 자아', '서정적 자아'라고 일컬어지는 시에서의 화자가 여성으로 나타날 때 이를 여성화자라고 한다. 그런데 심리학적 용어를 원용하여 연구한 바에 의하면 남성 작자 이면서 여성화자로 등장하는 시를 '아니마시' 라고 한다.[11] 예를 들면 고시가에서 송강 정철의 시조나 가사에서 나타나는 수많은 여성화자가 같은 맥락에서 이루어졌고, 현대시에서는 소월의 시나 만해의 시에서 여성화자로 등장하는 시를 '아니마시'라 한다.

'아니마'의 연구가 이루어지기 전에는 학계에서도 그냥 여성편향성이라고만 했는데 이 말은 남녀 작가를 불문하고 시적화자가 여성으로 등장하는 경우를 통틀어 불렀던 용어이다. 그래서 이제는 남성작가로서 여성화자로 등장하는 시를 '아니마시'라고 일컫는 것이 올바르다.

아니마란 간단히 말하면 남성의 마음속에 있는 여성적인 정조 일반을 일컫는다. 그 반대가 아니무스로 여성의 마음속에 있는 남성적인

---

11) 이정자, 『시조문학 연구론』국학자료원 (2003), 『한국시가의 아니마 연구』, 백문사 (1996) 참조

정조 일반을 말한다. 자세한 것은 주석에 명시된 참고 도서를 펼쳐보기 바란다.

▶▶▶ 〈예시〉

①
봄가을 없이 밤마다 돋는 달도
「예전에 미쳐 몰랐지요」

이렇게 사무치게 그리울 줄도
「예전에 미쳐 몰랐지요」

달이 암만 밝아도 쳐다 볼 줄을
「예전에 미쳐 몰랐지요」

이제금 저 달이 서름인 줄은
「예전에 미쳐 몰랐지요」

– 김소월, 예전엔 미처 몰랐어요 –

②
당신이 아니더면 포시랍고 매끄럽던 얼굴이 왜 주름살이 잡혀요
당신이 괴롭지만 않다면 언제까지라도 나는 늙지 아니 할테여요.
맨 첨에 당신에게 안기던 그때대로 있을 테여요
그러나 늙고 병들고 죽기까지라도 당신 때문이라면 나는 싫지 않아요.
나에게 생명을 주든지 죽음을 주든지 당신의 뜻대로만 하셔요.

나는 곧 당신이어요.

▶ 〈문제〉 위 두 시를 감상해보고 다른 '아니마시'도 더 알아 보자.

14. 제목 붙이기

우주 만물은 그 모두가 그대로의 특징을 나타내며 이름을 갖고 있
다. 산천초목에서부터 조류와 동물에 이르기까지 그 이름을 갖고 있
다. 뿐만 아니라 세계 방방 곳곳의 지방명과 60억에 이르는 전 세계
인구가 한 사람 한 사람이 다 그 나름의 특성을 가진 이름을 갖고 불
리어진다. 이름은 그의 존재를 확인하는 의미이기도 하다. 부모가 아
기에게 가장 좋은 이름을 붙여 주듯이, 시인은 그의 정신세계의 분신
이기도 한 그의 창작품에 가장 적절하고 좋은 이름을 붙여 주고자 한
다. 그것이 시의 제목이 되고 시의 내용까지도 가름하게 한다.

이렇게 중요시되는 제목을 어떻게 붙일 것인가에 대해 다음에서 좀
더 구체적으로 알아보자.

1) 좋은 제목의 내용

(1) 시의 내용과 조화를 이루는 제목이 좋다.
(2) 시선과 마음을 끌 수 있는 제목이 좋다.
(3) 새롭고 참신한 것으로 호기심을 자극하는 것이 좋다.
(4) 상상력을 자극하는 제목이면 좋다.(존재의 별)

(5) 추상적인 표현보다 구체적인 표현이 좋다.

(6) 함축적인 제목이 좋다.

2) 제목 붙이기

(1) 중심 소재를 제목으로 하는 경우

▶▶▶ 〈예시〉

외눈박이 물고기처럼 살고 싶다

외눈박이 물고기처럼

사랑하고 싶다

두눈박이 물고기처럼 세상을 살기 위해

평생을 두 마리가 함께 붙어 다녔다.

외눈박이 물고기 비목처럼

사랑하고 싶다

우리에게 시간은 충분했다. 그러나

우리는 그 만큼 사랑하지 않았을 뿐

외눈박이 물고기처럼

그렇게 살고 싶다. 혼자 있으면

그 혼자 있음이 금방 들켜버리는

외눈박이 물고기 비목처럼

목숨을 다해 사랑하고 싶다.

― 류시화, 외눈박이 물고기의 사랑 ―

(2) 주제를 제목으로 하는 경우

▶▶▶ 〈예시〉

가는 자는 가고
남는 자는 남는다.
가는 자의 꿈까지
남은 자는 가꾸어야 한다.

새벽 안개 흐린 사이로
미처 행장도 꾸리지 못한 채
잠시 다녀온다는 발길로 떠난,
아직은 문을 벌컥 열고 들어설 것 같은
그대를 아주 보내며
함께 떠난 나의 영혼을
부른다.

목숨처럼 사랑한 사람아
목숨보다 사랑한 그대여,

이제는 그대 떠난 하늘을 인정하고
남은 자의 꿈으로 살아 있기 위해
나는 이 남루한 눈물을 보이나니
그대는 또 어느 젊은 부부의
어여쁜 아기로 태어나기 위해
망각의 강을 건너고 있느뇨.

가는 자는 결국 가고
남는 자들만 남아
부른다.

- 서정윤, 초혼가 -

(3) 어떤 한 행을 제목으로 한다.

▶▶▶ 〈예시〉
무너진 흙더미 속에서
풀이 돋는다.

신이 내게 묻는다면
오늘, 내가 무슨 말을 하리.

저 미물보다
더 무엇이라고 말을 하리

다만 부끄러워
때때로 울었노라
대답할 수 있을 뿐

풀은 자라
푸른 숲을 이루고
조용히 그늘을 만들 때

말만 많은 우리

뼈대도 없이 볼품도 없이

키만 커간다

신이 내게 묻는다면

오늘 내가 무슨 말을 하리

다만 부끄러워

때때로 울었노라

대답할 수 있을 뿐

- 천양희, 신이 내게 묻는다면 -

(4) 창작의 동기를 제목으로 하는 경우

▶▶▶ 〈예시〉

파아란 하늘을 바라본다.

유년의 하늘 그대로이다.

구름 한 점

돛단배 되어 떠 있고

돌을 던지면

퐁당 소리가 들릴 것 같다.

하늘은 망망한 대해가 된다.

잔잔한 물결 헤치며

노를 젓는다.

나는 사공이 된다.

하늘을 가르고, 바다를 가르고
온 우주가 내 안에 와 닿는다.
별이 내리고, 달이 뜨고...
별이 잠기고, 달이 잠기도...
나는 하늘이 되고, 바다가 된다.

- 이정자, 하늘을 보다가 -

(5) 이미지를 제목으로 하는 경우

▶▶▶〈예시〉

외롭게 살다 외롭게 죽을
내 영혼의 빈터에
새날이 와, 새가 울고 꽃잎 질 때는
내가 죽는 날
그 다음 날

산다는 것과
아름다운 것과
사랑한다는 것과의 노래가
한 창인 때에
나는 도랑과 나뭇가지에 앉은
한 마리 새

정감이 가득한 계절
슬픔과 기쁨의 주일(週日)

알고 모르고 잊고 하는 사이에
새여, 너는
낡은 목청을 뽑아라

살아서 좋은 일도 있었다고
나쁜 일도 있었다고
그렇게 우는 한 마리 새.

- 천상병, 새 -

(6) 첫 행을 제목으로 한다.

▶▶▶ 〈예시〉

삶의 깊이를 느끼고 싶은 날
한 잔의 커피에서
목을 축인다.

떠오르는 수많은 생각을
거품만 내며 살지는 말아야지
거칠게 몰아치더라도
파도쳐야지

겉돌지는 말아야지
가슴 한 복판에 파고드는
멋진 사랑을 하며
살아야지

나이가 들어가면서
늘 안타까운 마음이 든다.
이렇게만 살아서는 안 되는데

더 열심히 살아야 하는데
늘 조바심이 난다.
가을이 오면
열매를 멋지게 맺는
사과나무 같이
나도 저렇게 살아야지
하는 생각에

삶의 깊이를 느끼고 싶은 날
한 잔의 커피와
친구 사이가 된다.

- 용혜원, 삶의 깊이를 느끼고 싶은 날 -

(7) 기타

15. 명시 · 애송시의 성격

명시 내지 애송시란 어떠한 것일까? 표현의 묘미가 뛰어난 좋은 시의 조건이 명시 내지 애송시에도 그대로 적용될까? 좋은 시와 애송되는 시와는 차이가 있다. 잘 된 시와 좋아하는 시가 다르듯이 말이다. 여기서는 일반적으로 많이 애송되는 시에 대해 알아보기로 한다.

1) 서정시

애송시를 가만히 들어보면 거의 대부분이 서정시임을 알 수 있다. 서정시는 시의 원형이다. 우리의 고전시가를 보아도 그렇다. 우리의 상대시가인 <황조가>, <공무도하가>, <정읍사>가 그렇다. 그래서 서정시는 시의 고향이기도 하다. 또 서정시는 내용상 인류공통의 인간 정서인지라 시대성에 별로 영향을 받지 않는다. 곧 시대를 초월하여 인간의 정감에 와 닿는다.

이러한 서정시에 나타나는 정서들은 대부분 인간 내면의 감정인 칠정과 관련되는 것들로써 사랑과 미움, 이별과 만남, 삶과 죽음, 상실과 고독, 허, 환멸, 애수, 설움, 안타까움, 후회... 등등으로 표출된다.

서정시의 효율성 또한 바로 이런 정서를 통해 독자에게 다가가서 그 감정을 순화시켜 주기도 하고, 위무도 해 주며, 또 정서를 고양시켜 주기도 한다. 그리고 감정을 정화시켜 주는 역할도 한다. 이러한 것이 곧 서정시의 기능인 동시에 그 효용성이 되기도 한다. 그래서 독자에게 쉽게 다가가서 감동을 주는 시도 서정시이다. 따라서 애송시의 대부분은 서정시이다.

2) 단형시

장콕크의 시

"내 귀는 / 하나의 소라 껍데기 / 그리운 / 바다의 물결 소리"

시를 좋아하는 사람이라면 이 시를 기억할 것이다. 아마 제일 짧은 시가 될지도 모른다. 여름철 바다가 그리울 때면 생각나는 시이다. 소월의 시 "엄마야 누나야 강변 살자 / 뜰에는 반짝이는 금모래 빛 / 뒷문 밖에는 갈잎의 노래 / 엄마야 누나야 강변 살자."이 외에도 소월의 시가 많이 애송되는 이유 중의 하나가 길지 않다는 데에도 있다. 그것은 한용운의 시가 연구 대상은 되고 명시라고는 하지만 애송되는 것이 별로 없다는 것을 보아도 알 수 있다. 필자 역시 소월의 시는 여러 편을 암송하지만 만해 한용운의 시는 그 제목과 그 일부분은 알고, 외우기도 하지만 한 편을 온전히 다 외우지는 못한다. 고시조를 많이 암송하고 있는 이유도 평시조(단시조)로 전하기 때문이다. 사설시조나 엇시조는 별로 암송하지 않는 것을 보아도 알 수 있다. 이로 볼 때 애송시는 일단 짧아야 한다는 것을 알 수 있다.

3) 운율시

운율이 있어야 좋다. 이 말은 낭송이나 암송하기에 좋아야 한다는 뜻이다. 운율은 곧 음악성이다. 소월의 시가 암송하기에 쉬운 것도 이러한 음악성이 있기 때문이다. 곧 민요조의 노래이기 때문에 운율이 있어서 정형시인 시조와 더불어 낭송하거나 암송하기에 아주 적절하다. 음악은 인류 공통의 언어이다. 그러기에 음악성은 곧 인간 내면의 정서를 불러 일으켜 잠자는 영혼을 일깨워 주는 것이다.

4) 단순 이미지시

이미지의 연결이 복잡 구성이 아니라 단순 구성이 독자에게 쉽게 다가간다. 일단 이미지가 쉽게 다가와야 한다. 시의 구성도 문장의 구성과 마찬가지임을 그 내용 분석을 해 보면 알 수 있다. 그래서 시도 문장과 마찬가지로 4단이나 5단 구성이 있는가 하면 기·승·전·결의 구성으로 이루어짐을 알 수 있다.

▶▶▶ 〈예시〉
산에는
꽃 피네 꽃이 피네
갈 봄 여름 없이 꽃이 피네
산에 산에 피는 꽃은
저만치 혼자서 피어 있네
산에는
꽃이 지네 꽃이 지네
갈 봄 여름 없이 꽃이 지네

5) 의미의 확장

의미를 점층적으로 올리거나 점증적으로 넓혀서 의미를 확장시키는 것이 좋다. 이것은 시조가 종장에서 의미나 이미지의 통합이 이루어지거나 아니면 의미나 이미지의 분출이 종장에서 폭발하는 것과 같은 이치이다. 시에서도 마지막 연이나 끝 두 연에서 이미지가 통합되거나 분출되어 나타난다. 이를 물줄기에 비유하여 이미지의 통합일

경우는 폭포수를 만난 형국으로 하강곡선이 이루어지고, 분출이미지면 화산의 분화구를 연상하는 형국으로 상승곡선을 그리는 것으로 비유하기도 한다.

▶▶▶ 〈예시1〉

이런들 어떠하며 저런들 어떠하리
만수산 더렁칡이 얽혀진들 어떠하리
우리도 이 같이 얽혀 백년토록 살아보세

– 이방원, 하여가 –

▶▶▶ 〈예시2〉

청산리 벽계수야 쉬이 감을 자랑마라
일도창해하면 돌아오기 어려우니
명월이 만공산하니 쉬어간들 어떠리.

– 황진이 –

* 〈예시1〉은 통합의 경우이고 〈예시2〉는 분출의 경우이다.

6) 표현 기법

표현의 기교나 기법이 섬광처럼 빛나는 명구들이 있어서 독자의 마음을 매료시키는 경우도 있다. '잔인한 4월'이라든지 '찬란한 슬픔의 봄' '소리 없는 아우성'등의 역설적인 표현도 명구로써 시를 돋보이게 한다.

그 외도 또 다른 독창성을 부여함으로써 새로운 감각을 불러일으킬 수도 있다. 이상은 대체로 애송되는 시의 성격 내지 특징을 살펴 본 것이다.

제3장

시조의 이론과 실제

　시는 1)자유시, 2)정형시, 3)산문시로 나눈다. 시조는 우리 고유의 정
형시이다. 따라서 창작의 이론이나 시창작의 이론이나 그 원론적인 면
에서는 같다. 그래서 창작 이론은 <시창작론>을 앞에서 했으니, 여기
서는 따로 언급하지 않기로 한다. 다만 시조는 전통적으로 이어온 정형
시로서의 형식이 뚜렷이 있기에 이에 대한 이론을 살펴보기로 한다.

1. 시조의 발생

　시조의 발생은 여러 이설이 있다. 외래적인 연원설로 한시의 영향
에서 왔다는 설(안확)과 재래연원설로 巫歌(무가)나 민요에서 영향을
입었다는 설(이광수, 이희승)과 향가와 별곡에서 그 형태적 영향을 받
은 것(이태극)으로 보는 설 등이 있다. 하지만 현재는 재래연원설로 정
착된 것으로 본다.

이태극은 시조의 연원을 어디까지나 우리의 재래시가에서 온 것으로 보고 한시나 기타 외래적인 것에서 온 것으로는 보지 않는다. 그래서 시조는 어디까지나 우리 국어의 힘을 빌려 우리의 생활을 우리의 리듬으로 우리의 정서를 노래한 것인 만큼 우리 재래의 시가 형식 속에서 녹아나고 배태되어 우리의 입맛에 가장 알맞은 형식을 갖추어 700여년간 면면히 이어온 것으로 본다.[1]

2. 시조의 개념과 명칭

1) 시조의 개념

시조의 정의를 이태극은 다음과 같이 내리고 있다.

> 보통 시조라면 단시조(평시조)를 말하는데, 그 단시조라는 것은 신라의 향가나 고려의 별곡 등의 영향에 힘입어 고려 중·말엽경에 그 형태가 확립된 우리나라 고유시가의 하나다. 그 형식은 3장 6구요, 한 구의 구성 자수는 7자 내외가 되고, 4율박(律拍)씩의 등시율(等時律)을 갖춘 정형시요, 자수율 44자(보통 42 자에서 46자로 된 것이 대부분임) 중심으로 된 조선조 시가의 대표가 되는 단형시로서 오늘에도 그 형식의 시조가 창작되고 있다.[2]

고 하여 '단시조형인 평시조가 향가나 속요의 영향을 받아 고려말경에 그 형식이 정립된 우리나라 고유시'임을 밝혔다. 시조에 대한 정의

---

1) 이태극, 시조개설, 반도출판사, pp.261-267 참조
2) 이태극, 시조개론, 반도출판사, 1992. p.57.

는 학자마다 언술(言術)의 차이는 있을지라도 특별하게 그 근원적인 차이는 없이 유사하게 내려지고 있음을 볼 수 있다. 이희승편『국어대사전』에 의하면 '고려 말엽부터 발달하여 온 한국 고유의 정형시로서 보통 초장 3·4·3(4) ·4, 중장 3·4·3(4)·4, 종장 3·5·4·3 등의 격조로 되었으나 자수론은 구구한 바가 있고, 그 형식에 따라 평시조·엇시조·사설시조·연시조로 나뉘며, 보통은 평시조를 이른다'.고 되어 있어 이태극이 밝힌 것과 비슷함을 볼 수 있다.

2) 시조의 명칭

시조의 명칭은 조선 영조때 시인 신광수(申光洙)가 지은『관서악부(關西樂府)』에 의하여 알려진 것이며 그렇게 불리어진 것이다. 곧 이에 따르면 '일반으로 시조의 장단을 배한 것은 장안에서 온 이세춘'이라 한 것이 문헌상으로 나타난 최초의 기록이며 명칭이다.3) 그 후부터 시조라는 명칭이 종종 사용되었음을 볼 수 있다. 정조 때의 시인 이학규(李學逵)가 쓴 시「감사(感事)」장에 의하면 '그 누가 꽃 피는 달밤을 애달프다.' 고 하는가. 시조가 바로 슬픈 회포인 것을'4)이라 한 데서 '시조'란 어휘를 읽을 수 있다. 이에 대한 주석을 보면 '시조란 또 시절가(時節歌) 라고도 부르며 대개 항간의 속된 말로 긴 소리로 이를 노래한다.'5)라고 되어 있어 '시조'를 '시절가'로도 불렀음을 알 수 있다.

이러한 기록들을 종합하여 볼 때 시조라는 명칭은 조선조 영조 때

---

3) 申光洙, 石北集, <關西樂府> 其15, 初唱聞皆說太眞 至今如恨馬嵬塵 一般時調排長短 來自長安李世春
4) 李學逵, 洛下生稿 觚不觚詩集「感事」, '誰憐花月夜 時調正悽懷'
5) 時調 亦名時節歌 皆閭巷俚語 曼聲歌之

에 비롯된 것임을 미루어 알 수 있다. 시조라는 명칭의 원뜻은 시절가조(時節歌調)로 당시에 유행하던 노래라는 뜻이다. 그러므로 엄밀히 따진다면 '시조'라는 명칭은 문학상의 용어가 아니라 음악상의 용어이다. 하지만 오늘날은 문학상의 용어로 정착되었고 음악상 용어로는 '시조창'이란 명칭을 따로 쓰고 있다.

3. 시조의 형태

1) 평시조

국문학의 한 장르로서 정착된 시조는 3장 45장 내외로 구성된 우리 문학 고유의 정형시이다. 원래 시조는 3행으로 1연을 이루며, 각 행은 4보격으로 되어 있고, 이 4보격은 중간에 휴지(休止)를 두어 두 개의 묶음으로 나눈다. 그리고 각 음보는 종장 2구를 제외하고는 3개 또는 4개의 음절로 구성되는 것이 가장 정격(正格)의 형식이다. 이를 도시해 보면 아래 <표1>과 같다.

〈표 1〉

	음절수 (첫째음보)	음절수 (2째음보)	음절수 (3째음보)	음절수 (4째음보)
초장(1행)	3	4	4(3)	4
중장(2행)	3	4	4(3)	4
종장(3행)	3	5(5-7)	4	3(4)

위 표의 정격의 기준형에 맞는 시조 몇 편을 살펴보자.

오백년 도읍지를 匹馬(필마)로 돌아드니
산천은 의구하되 인걸은 간데 없네
어즈버 태평연월이 꿈이런가 하노라

- 길 재, 懷古歌(회고가) -

이 몸이 죽어가서 무엇이 될고 하니
봉래산 제일봉에 낙낙장송 되었다가
백설이 만건곤 할 제 독야청청 하리라

- 성삼문, 節義歌(절의가) -

가을은 그 가을이 바람불고 「입 」드는데
가신님 어이하여 돌아오실 줄 모르는가
「살뜰」이 기르신 아희 「옷」품 준 줄 아소서

- 현대시조:, 정인보, 重出 -

그러나 이 기본형은 어디까지나 정격으로서의 그 기준형에 지나지 않는다. 시조를 읽다 보면 이 기준형에 맞는 것보다는 맞지 않는 것이 그 대부분을 차지한다. 다음에는 종장 둘째 구가 6음절로 된 것을 몇 편 살펴보자.

이몸이 죽고죽어 일백번 고쳐죽어
백골이 진토되어 넋이라도 있고 없고
임향한 일편단심이야 가실줄이 있으랴

- 정몽주, 단심가 -

채워진 자리마다 푸근하고 뿌듯하고

아무리 일궈내도 다함 없는 知의 세계
날마다 보태어 담아도 갈증나는 빈자리

- 현대시조: 이정자, 빈자리 -

다음은 3행중 어느 한 구가 한자 더하여진 것을 살펴보자.

천만리 머나 먼 길에 고운 님 여의옵고
내 마음 둘 데 없어 냇가에 앉았으니
저 물도 내 안 같아야 울어 밤 길 예놋다.

- 왕방연, 戀主歌(연주가) -

내 벗이 몇이나 하니 수석과 송죽이라
동산에 달오르니 그 더욱 반갑고야
두어라 이 다섯 밖에 또 더하여 무엇하리

- 윤선도, 五友歌(오우가) 서수 -

이런들 어떠하며 저런들 어떠하랴
만수산 드렁칡이 얽혀진들 어떠하랴
우리도 이같이얽혀 백년까지 누리고져

- 이방원, 何如歌(하여가) -

다음은 3행 중 1행(초장)이나 2행(중장)에서 음절수가 가감(加減)되
어 이루어진 것을 살펴보겠다.

어버이 살아신제 섬길일란 다하여라
지나간 후면 애닯다 어이하리
평생에 고쳐못할 일이 이뿐인가 하노라.

- 정 철, 訓民歌(훈민가) 중 제4 子孝歌 -

반중(盤中) 조홍(早紅)감이 고와도 보이나다
유자(柚子) 아니라도 품은즉 하다마는
품어가 반길이 없으니 그를 설어 하노라

- 박인로, 思母歌 -

새해 새 아침에 옷깃 여며 앉으면
소식 끊인 북녘 땅이 눈에 암암 밝히어서
망향의 아픔을 딛고 새 소망을 드린다.

- 현대시조; 이태극, 새 소망 -

다음은 두 음절 이상 음설수가 많아진 것을 살펴보자.

동짓달 기나 긴 밤을 한 허리를 버혀 내어
춘풍 이불 아래 서리서리 넣었다가
어론님 오신 날 밤이여든 구뷔구뷔 펴리라

- 황진이 -

내고향 남쪽 바다 그 파란물 눈에 보이네
꿈엔들 잊으리오 그 잔잔한 고향 바다
지금도 그 물새들 날으리 가고파라 가고파

- 현대시; 이은상, 가고파 -

높으락 나즈락하며 멀기와 갓갑기와
모지락 둥구락하며 길기와 져르기와
평생에 이러하였으니 무슨 근심 있으리

- 안민영 -

그 외에 엇시조와 사설시조, 연시조라는 것이 있다. 엇시조는 단시조에서 어느 한 구의 자수가 길어진 것을 말한다. 사설시조는 말 그대로 사설이 길어져서 초장이나 중장에서 사설을 늘어놓고 종장에서는 평시조의 정격대로 이루어진다. 하지만 때로는 초·중·종장 전체가 길어지는 경우가 있다. 이때도 종장 첫 구만은 3음절로 이루어진다. 연시조는 평시조 형태가 2수 이상 연이어 지어진 시조 형태이다. 다음에서 실제로 쓰여진 작품을 살펴보자.

2) 엇시조(중형시조)

ᄃ나 쓰나 니탁주 죠코 대테 메온 질병드리 더욱 죠희
어론자 박구지롤 둥지 둥둥 띄여 두고
아흥야 저리짐쳘 만졍 업다말고 내여라

- 채유후, 청구영언 164 -

앞 못에 든 고기들아 뉘라서 너를 몰아다 넣거늘 든다
北海淸沼(북해청소)를 어디 두고 이곳에 와 든다
들고도 못나는 정은 네오 내오 다르랴.

- 무명씨 -

3) 사설시조(장시조)

싀어마님 며느라기 낫바 벽바홀 구르지 마오
빗에 바든 며느린가 갑세쳐온 며느린가 밤나모 서근 등걸에 휘초
리나니 ᄀ치 앙살픠신 싀아바님 볏뵌 쇳동 ᄀ치 되종고신 싀어마님
삼년 겨론 노망태에 새송곳 부리 ᄀ치 뾰족하신 싀누이님 당피가론
밧틔 돌피 나니 ᄀ치 서노란 욋곳 ᄀ튼 피똥 누난 아들 하나 두고
건밧틔 멧곳 ᄀ튼 며나리를 어듸를 낫바하시는고

- 무명씨, 청구영언 -

사람이 몇 생이나 닦아야 물이 되며 몇 겁이나 전화(轉化)해야 금강(金剛)에 물이 되나! 금강(金剛)에 물이 되나!

샘도 강도 바다도 말고 옥류(玉流) 수렴(水簾) 진주담(眞珠潭)과 만폭동(萬瀑洞) 다 고만 두고 구름 비 눈과 서리 비로봉 새벽안개 풀 끝에 이슬 되어 구슬구슬 맺혔다가 연주팔담(連珠八潭) 함께 흘러

구룡연(九龍淵) 천척절애(千尺絶崖)에 한 번 굴러 보느냐.

－ 조운(曺雲), 〈구룡폭포〉 전문 －

4) 연시조(聯詩調)

연시조는 퇴계 이황의 <도산십이곡>, 율곡 이이의 <고산구곡가>, 고산 윤선도의 <오우가>, 노계 박인로의 <오륜가>, 송강 정철의 <훈민가> 등이 이에 속한다. 그리고 현대시조는 거의가 연시조로 창작되어짐을 볼 수 있다.

◎ 도산십이곡

<前六曲:言志(언지)>

其一
이런들 엇더ᄒᆞ며 뎌런들 엇더ᄒᆞ료
草野(초야) 愚生(우생)이 이러타 엇더ᄒᆞ료
ᄒᆞ물며 泉石(천석) 膏肓(고황)을 교텨 므슴ᄒᆞ료

其二
煙霞(연하)로 지블 삼고 風月(풍월)로 버들 사마
太平聖代(태평성대)에 병으로 늘거가니

이듕에 브라는 이른 허므리나 업고쟈

其三
淳風(순풍)이 죽다ᄒ니 眞實(진실)로 거줏마리
人性(인성)이 어디다 ᄒ니 진실로 올ᄒ마리
천하에 許多英才(허다영재)를 소겨 말슴 홀가

其四
幽蘭(유란)이 在谷(재곡)ᄒ니 自然(자연)이 듣디 됴해
白雲(백운)이 在山(재산)ᄒ니 紫煙(자연)이 보기 됴해
이 듕에 彼美一人(피미일인)을 더욱 닛디 못ᄒ에

其五
山前(산전)에 有臺(유대)ᄒ고 臺下(대하)에 流水(유수) ㅣ로다
ᄯᅦ 만흔 굴며기는 오명가명 ᄒ거든
엇더타 皎皎白駒(교교백구)는 머리 ᄆᆞᆷ ᄒᆞᆫᆫ고

其六
春風(춘풍)에 花滿山(화만산)ᄒ고 秋夜(추야)에 月滿臺(월만대)라
四時佳興(사시가흥)이 ᄉᆞ롭과 ᄒᆞᆫ가지라
ᄒᆞ물며 魚躍鳶飛(어약연비) 雲影天光(운영천광)이야 어ᄂᆞ ㅣ 그지 이슬가

<後六曲:言學(언학)>

其一
天雲臺(천운대) 도라드러 琓樂齋(완락재) 蕭灑(소쇄)ᄒᆞᆫ ᄃᆡ ㅣ
萬卷(만권) 生涯(생애)로 樂事(낙사) 無窮(무궁) ᄒᆞ애라
이 듕에 往來(왕래) 風流(풍류)를 닐러 므슴홀고

其二

雷霆(뇌정)이 破山(파산)ᄒᆞ야도 聾者(농자)는 못 듣ᄂᆞ니
白日(백일)이 中天(중천)ᄒᆞ야도 瞽者(고자)는 못 보ᄂᆞ니
우리는 耳目聰明(이목총명) 男子(남자)로 聾瞽(농고) ᄀᆞᆮ티 마르리

其三
古人(고인)도 날 못 보고 나도 고인 못 뵈
고인을 못 뵈아도 녀던 길 알ᄑᆡ 잇ᄂᆡ
녀던 길 알ᄑᆡ 잇거든 아니 녀고 엇뎔고

其四
當時(당시)예 녀든 길흘멋ᄒᆡ를 ᄇᆞ려 두고
어ᄃᆡ가 ᄃᆞ니다가 이제사 도라온고
이제나 도라오ᄂᆞ니 녀ᄂᆡ ᄆᆞᆷ 마르리

其五
靑山(청산)은 엇뎨ᄒᆞ야 萬古(만고)에 프르르며
流水(유수)는 엇뎨ᄒᆞ야 晝夜(주야)애 긋디 아니ᄂᆞᆫ고
우리도 그치디마라 萬古常靑(만고상청) ᄒᆞ리라

其六
愚夫(우부)도 알며 ᄒᆞ거니 긔 아니 쉬운가
聖人(성인)도 몯 다 ᄒᆞ시니 긔 아니 어려운가
쉽거나 어렵거나 듕에 늙ᄂᆞᆫ 주를 몰래라

　전 6곡 言志(언지)는 때를 만나고 사물을 접하여 일어나는 감흥을 읊은 것으로 퇴계의 江湖閑情(강호한정)이며 후 6곡 言學(언학)은 勉學(면학)과 修德(수덕)에 임하는 姿勢(자세)를 읊은 것으로 퇴계가 후학들에게 주는 학문의 자세이다.

◎ 전규태 박사 회갑을 축하하며

산을 오르다가
문득 잡힌 소식 있어

가장 옹골차고
우람한 나무를 생각했네

눈보라 드리칠수록
더욱 정정함을 보았네

단숨에 육십을 헤듯
분주하게 걸어온 그 길

땀흘려 쌓은 탑이
학문이요 시조일세

게다가 도타운 정을 더하니
모두들 따르고 우러르네

– 김준, 〈우람한 나무를 생각했네〉전문 –

▶ 〈문제〉 시조의 음악성에 대해서 알아보자.

4. 시조의 유형

시조의 형태에서 보여 지듯이 시조가 갖는 구조의 특성은 3장 6구

12음보이다. 초장 중장 종장의 3행으로 나누었던 고시조의 형태에서 현재는 행의 분행을 자유롭게 나누어 3행이 아니라 6행 7행 8행 11행 등 행의 변화에 있어서 많은 변화를 하고 있다. 뿐만 아니라 종장의 기본 리듬은 지키되 각 구마다 다소의 증감을 허용하는 등 다양한 변화를 보이고 있다. 자유시에 못지않은 형식의 자유로운 배열은 변화를 요구하는 현대인의 시각적인 효과를 거두기도 한다. 하지만 지나친 변화는 시조의 참맛을 잃어버릴 염려도 있다. 각 구마다 허용되는 자수의 증감이나 지나친 형식의 자유로운 배열로 인해 때로는 자유시로 착각을 일으킬 수 있는 시조작품도 많이 눈에 뜨이는 것을 볼 수 있다. 그런 작품을 볼 때면 '그냥 자유시를 쓸 것이지'하는 생각을 하게 된다.

시조는 그래도 정해진 틀 속에서 시상을 전개해야 하는 제약이 따르기 때문에 자유시에 비해 언어의 절제와 함축성을 요구하게 된다. 이러한 이유로 해서 자유를 표방하고 구가하는 현대인에게는 아무리 우리 것이라 하지만 조금은 멀리 느껴지는 것이 사실일 것이다. 하지만 조금만 더 관심을 갖고 시조를 가까이 해 보면 자유시에서는 느낄 수 없는 매력을 알게 된다. 그것은 시조의 간결성과 음악성이다. 한 수 한 수를 읊으면서 시조를 음미해보면 그 담겨진 의미가 함축되어 자연히 느껴오면서 시적 감흥을 일으킨다. 그래서 시조를 좋아하고 사랑하는 사람들은 시조를 고집하고 있다.

다음에서 현대시조의 유형을 살피면서 감상도 하고 창작의 기회도 가져보자.

1) 평시조:단시조

① 일상을
　건너야 할
　보이지 않는 외줄 타기

　방심이
　몸을 풀면
　가늠 못할 늪인데

　당기고
　미는 줄 위에서
　안간힘을 쓰고 있다.

- 김명호, 〈곡예사〉 -

위의 시조는 3연 7행으로서 종장이 3·6·4·4로 이루어진 평시조이다. 줄 타는 곡예사를 바라보면서 우리 인생의 곡예 삶을 생각케 하는 작품이다. 사실 우리 사는 것이 곡예의 삶이다. 우리의 일상이, 현대인의 일상이 보이지 않는 외줄을 타는 곡예의 삶이다. 더욱이 요즘의 일상은 더욱 그렇다. 지난 몇 년 간에 겪은 어이없는 사건들은 지워버린다 하더라도 가까이서 바라본 '대구 지하철 참사'를 보면 더욱 그렇다. 보이는 외줄도 타기가 어려운데 보이지 않는 외줄 타기니 얼마나 힘든 현실인가. 현대인의 삶을 훌륭히 소화시켜 단수로서 깨끗이 마무리한 정갈한 작품이다.

② 강물을 거슬러도
　눈물 없던 꽃은 지고

환한 햇살 돋던 자리에
저승꽃이 덕지덕지

철새들 떠난 모래톱마냥
발자국들 어지럽다.

- 김사균, 〈얼굴〉 -

김사균의 <얼굴>은 3연 6행으로서 종장이 3·7·4·4로 이루어진 평
시조이다. 인생의 無常(무상)을 느끼게 하는 작품이다. 초장에서 젊음
의 강인함을 그려냈고, 중장에서는 노년을 맞아 거울 앞에서 바라보
는 자신의 모습을 읊었다. 종장에서는 자식들이 장성하여 떠나보낸
부모의 마음을 표출한 작품으로 이 역시 단수로서 거울을 앞에 두고
보듯 자신의 심경을 잘 표출해낸 깔끔한 작품이다.

③
이리 뒹굴 저리 뒹굴
번뇌를 뒤척이면

내 마음 구석진 곳 마다
욕망의 불꽃 튄다

입질할
고기 한 마리
기늠하지 못하면서...

- 원용문, 허일(虛日) -

번뇌나 욕망은 젊음을 상징한다. 어떤 노정치가의 말처럼 정신적인

年輪(연륜)이 중요하다. 욕망의 불꽃은 튀는데 자신이 없는 것이 혹시
나 연륜 탓은 아닐까. 행마다 한 두자 증감을 하면서도 종장에서는
3·5·4·4의 정격을 갖춘 평시조이다.

　　④ 대지가
　　　　만삭인걸
　　　　재빠르게
　　　　눈치채고

　　　　삼신할매
　　　　신비한 손
　　　　그가 먼저
　　　　내밀었다

　　　　촉촉이
　　　　양수 터트려
　　　　푸른 봄을
　　　　낳는다.

- 김민정, 봄비 -

　봄비를 양수에 비유한 기발한 착상이다. 3연 12행으로, 각 음보를
행으로 하여 자유스럽게 펼쳤다. 종장은 3·5·4·3이다.

　　⑤ 풀꽃에게 이름 하나
　　　　붙여 주고 싶은 이 맘
　　　　노을 묻은 산바람에
　　　　석순처럼 돋은 아픔
　　　　아! 정념

그리움, 이것도
죄가 되는 것인지.

- 우숙자, 그리움 -

비연 7행으로 된 평시조이다. 그리움의 정체는 나타나 있지 않지만 그리움으로 인해 아픔이 돋아나고 죄의식까지 느껴오는 마음이다. 종장은 3·6·4·3이다.

⑥ 날마다
  깎아 쓰다가
  몽당 해진 이 생애
          *
  소모품
  아닌 것 없네
  사람도 어떤 것도
          *
  먹은 맘
  촛불로 타는 잠
  어둠 줄어야 올 아침

- 서 벌, 絶章·9 -

윗 시조는 -몽당연필 心書 - 라는 부제가 붙었다. 부제에서 보여 지듯이 몽당연필을 보면서 소모품처럼 느껴지는 인생을 바라본 것이다. 그래도 마음은 촛불로 타면서 아침을 기다리는 기상이 돋보인다. 3연 9행으로 된 평시조로 종장의 자수율은 3·6·5·3이다.

⑦
채워진

자리마다
푸근하고 뿌듯하고

아무리
일궈내도
다함없는 知의 세계

날마다
보태어 담아도
갈증 나는
빈
자
리.

- 이정자, 빈자리 -

심혈을 기울어 학문하던 때의 술회이다. 3연12행으로 종장의 자수율은 3·5·4·3이다.

이상에서 보여지듯이 행도 3행에서 12행까지 널려 있고 연도 3연에서 비연까지 나타나 있음을 알 수 있다. 또 자수율도 한·두자씩 벗어나 있음을 볼 수 있다. 종장 첫 음절(음보)은 모두 3자를 지키고 있으며, 둘째 음절은 5~7까지 여유를 보임을 알 수 있다.

2) 연시조

①
화사한 꽃말보다

묵묵한 나무이기를
꽃 지고 난 후에야
옷깃 다시 여밉니다.
나무끝
흔들고 오는
저 바람의 높이만큼.

그윽한 향기보다
숲길같은 그늘이길
지천명 넘어서야
손금속에 새깁니다
재 넘은
푸른 산새가
전나무 숲에 앉았네.

- 류재숙, 신록앞에서 -

②
청설모
훔쳐내던
호두 알 한 두어개

키 솟던
옥수수 수염
하마 말라 익어 가는

한가한
삽작문 위엔
먹구름만 걸려 있고

벌 나비

가고 없는
장마 비에 젖는 추억

상기된
붉은 웃음이
세월에 지고 있다

저마다
떠나간 뜰에
침묵만을 새겨 놓고.

약 오른
고추밭 골
루-즈 가득 걸어 놓고

웃자란
배추 모는
가을 노래 부르는데

못 다푼
사는 얘기는
빗소리에 잠겨드네.

- 김보영, 초가을 -

③
월드컵 응원 속에 하나 된 유월에도
용두동* 사람들은 쪼그리고 잠을 잤다
부서진 집터 한 켠에 천막으로 비 피하며

누구를 위한건가 주거환경 개선사업

누가 원하였던가 어디가서 살라는가
팔십된 이씨 할머니 죽어도 여기서 죽겠단다.

단칸 방에 살았어도 아들 딸을 다 키웠고
달 뜨면 옛전설이 맑은 강물로 흘렀는데
지은 죄 무엇이 있어 도끼 망치로 내 모는지

무너진 잔해 더미에 실로폰이 딩굴고 있고
인형은 비를 맞고 그래도 웃고 있건만
칠월엔 이차 철거로 또 누구 팔다리 부러질지.

- 김우연, 용두동 사람들 -

* 용두동: 대전시 소재

④
공원의 울마다에
줄지은 넝쿨장미

빨갛게 벙근 입술
그 마음 내 모르랴

젊은 날
못 다 피운 정
이제 새삼 불타네.

안으로 여민 정이
부풀어 터지던 날

불타는 정열 안고
웃음으로 피우고파

울 넘어
목숨 내걸고
속사랑을 토하네.

- 이기반, 넝쿨장미 -

⑤
갈(秋)햇살 타오르는
건조실의 오후같다.

비지땀 쏟는 하우스에
후줄근한 더운 훈김

한국화 색상들마져
지붕 위에 널려 있다.

하늘에 나부끼는 해안선의 건어물들
河口(하구)둑 길게 누워 울어 예는 旅情(여정)인 듯
사연을 모아 늘 때면
슬픈 전설 핥는 불볕

고비사막 건너가며 달이 둥실 떠오른다.
열사의 모래무늬도 선인장꽃 피운 달빛에
뜸질한 지열 가득히
하루해를 건너간다.

- 이은방, 溫室 -

온실에서의 정감을 읊었다. 첫 수에서는 온실의 실상을, 둘째 수에
서는 하구 둑을 따라 늘려진 해안선의 건어물들에 얽힌 사연을 읊었
고, 셋째 수에서는 온실의 열기에서 작열하는 고비사막을 연상한다.

떠오르는 달을 맞이하며 하루해를 보낸다. 첫째 수와 셋째 수의 중장
에서 한 두자의 가감이 있지만 종장은 세 수가 다 3·5·4·4의 정격을
고수하고 있다.

⑥
한 시대 마른 걸음 서성이던 지도 끝에
찢어진 플래카드 하늘 높이 걸린 절규
붓 없는 시인의 노래 장편으로 쌓이더니

체념 속 빗장 지른 세월의 켜 켜마다
화석으로 굳었어라, 피 홀린 새들의 부리
반 세기 녹 슨 문 향해 몸부림친 자취리니

드디어 큰 기적 소리 지축을 울렸구나
반 쯤 열린 혈관으로 솟구치는 뜨거운 피
자 이제 길을 열어라, 구석구석 누비리라

지쳐 눕던 산과 강도 일어나 몸을 떤다
멈췄던 심장 소리 누리 밖에 퍼져 간다.
새 하늘 햇살 거두어 휘장 두른 도라산역.

낡은 사진첩 속 눈물 젖던 고향 집으로
꿈꾸며 달려나갈 새 대륙 먼 도약으로
설레는 예매표 한 장 가슴 뛰는 도라산역..

- 홍승희, 도라산역 2002년 -

도라산 역을 가서 보고 느낀 감회를 읊은 연시조이다. 초·중장은
한 두자씩 가감이 된 행도 있지만 종장의 자수율은 3·5·4·4(3)의 정격

을 고스란히 지키고 있다.

이상에서 보여 지듯이 시조는 정형시로서의 율격을 지키고, 특히 종장의 자수율을 지키는 것이 중요하다.

3) 엇시조

엇시조는 시조의 종장을 제외한 초장, 중장 가운데의 어느 귀절이 평시조보다 글자의 수가 좀 많게 된 시조를 엇시조라 한다.

가람 이병기는 1939년 "문장"사의 부탁으로 한국에서는 처음으로 평시조 엇시조 사설시조 200수를 모아 "문장" 제2권 3호에 발표했다. 거기에 실린 작품 중에서 엇시조를 쓰고자 하는 이들을 위하여 그 몇 편을 싣는다.

> 청산(靑山)도 절로 절로 녹수(綠水)라도 절로 절로
> 山절로 절로 水절로 절로 산수간(山水間)에 나도 절로 절로
> 그中에 절로 절로 자란 몸이니 늙기도 절로 절로 하리라
>
> 김인후

> 다나 쓰나 이 탁주(濁酒) 좋코 대태메온 질병드리 더옥 좋의
> 어론자 박구기를 둥지 둥둥 띄워 두고
> 아희야 저이 침채(沈菜)일만정 없다 말고 내여라.
>
> 채유후(蔡裕後)

운봉산방매화사제7(雲崖山房梅花詞第七)

저 건너 부부산(浮浮山) 눈 속에 검어우뚝 울통 불통 광대등걸아
네 무삼 힘으로 가지 돋혀 꽃조차 저리 피였는다
아모리 석은배 半만 남았을망정 봄뜻을 어이하리오.

안민영

앞못에 든 고기들아 뉘라서 너를 몰아다 넣거늘 든다
북해청초(北海淸沼)를 어듸 두고 이 못에 와 든다
들고도 못나는 정은 네오 내오 다르랴

궁녀

약산동대(藥山東臺) 여즈러진 바회 위희 倭 같은 저 내 님이
내눈에 덜미거든 남인들 지내 보랴
새 많고 죄곧인 동산(東山)에 오조 간 듯 하여라

지은이 미상

천세(千歲)를 누리소서 만세(萬歲)를 누리소서
무쇠 기동에 꽃피여 여름이 열어 따드리도록 누리소서
그밖에 억만세외(億萬歲外)에 또 만세(萬歲)를 누리소서

지은이 미상

창(窓)밖에 초록풍경(草綠風磬) 걸고 풍경(風磬) 아래 공작미(孔雀尾)
로 발을 다니
바람 불 적마다 흔날려서 이애는 소리도 조커니와
밤중만 잠결에 들어보니 원종성(遠鐘聲)인 듯하여라

지은이 미상

당천자 일북문(唐天子 一北門)으로 도망하여 달아날 제
앞에는 장강(長江)이오 뒤에 딸호느니 요동(遼東) 개소문(蓋蘇文)이
라

어찌타 백포소장(白袍小將) 설인귀(薛仁貴)는 어대 가고 날못찾노

지은이 미상

4) 사설 시조

① 봄이 오는 소리

　가만히
　귀기우려
　봄의 소리 들어 본다

　아련히 멀리서 겨울이 작별 인사하는 소리
　어영차 새싹들이 땅을 비집고 나오는 소리
　가지마다 새순들이 햇살과 속삭이는 소리
　연초록 잎 사이로 새들의 노래 소리
　졸졸졸 개울물 내려가는 소리
　응달에 웅크린 나목이 기지개 켜는 소리

　만물이
　생기를 얻어
　태어나는 소리소리.

- 이정자, 봄이 오는 소리 -

② 어린 날 귀 세우며 듣던
　대숲 바람 소리가 그립다.

　한 줌 땀일망정 소중하게 움켜쥐고
　맑은 바람 소리에 속은 다 비워내고도
　꼿꼿하게 제 몫의 삶을 누리는 대숲.

속내가 비칠까 봐 단단하게 봉해 놓고
마디마디 아픈 사연 층층이 쌓였어도
밤이면 작은 새들과 소곤대며 사는 대숲.
세금 안 내고 욕심껏 땅투기 한 것이 죄가 되어
오늘도 청문회에선 창과 방패가 불꽃을 튀기더니
끝내는 숱한 상처만 입고 꽁지 내린 인간들이여.

우리는 왜 속을 비우지 못하고
휘청거리며 사는가.

                - 조근호, 〈달빛 밟기 87〉 -인사 청문회 -

   청문회를 바라본 소감을 대숲과 비유하여 읊은 사설시조이다. 이렇게 중장을 많이 늘여서 읊는 사설시조형식을 빌리면 자유시보다도 더 자유로운 형식이다.

5. 시조의 구조

1) 시조의 형식과 한국어의 언어 구조

   시조는 우리 민족의 언어구조와 그 특질에 바탕을 두고 있다. 우리의 말은 대개가 2음절 3음절 4음절로 이루어져 있다. 예를 들면
「웃으면(3) 복이 와요(4). 모두모두(4) 웃어 봐요(4).
신나게(3) 웃다보면(4) 모든 근심(4) 달아나요(4)
모두들(3) 웃음보따리(5) 풀어 놓고(4) 웃어요.(3)」
위의 문장을 풀어 보면 <2음절> <3음절>이다. 4음절은 2음절이 2

개 모여서 이루어진 것을 알 수 있고, 5음절은 2음절과 3음절의 결합이다. 이러한 언어 구조로 이루어진 한국어의 특질이 시조의 형태를 가능하게 하는데 결정적인 요인이다. 이 형태는 다른 어떤 언어로도 살릴 수가 없다. 이것이 우리 시조의 정체성이다. 곧 한국어의 언어 구조가 <시조 장르>를 가능하게 했다. 각 음절의 자수에 약간의 변화를 허용하는 것이 정형속의 절제된 자유이다. 우리 고유의 시조의 형식을 고수하면서 현대 감각을 읽는 것이 현대시조이다. 그 형식은 앞장에서 다룬 시조의 형태를 참고하기 바란다.

▶▶▶ 〈예시1〉 평시조(단시조)

①
물맑고
산빛 고운
딴 세상을 만났었네

탄금대
단양팔경
초정 약수 물맛이랑

한 아름
자연의 향기
이웃들에 나눴네.

- 이기반, 자연의 향기 -

②
슬픔은 웃음으로
시름일랑 지워내고
기쁨을 포개면서
고통마저 나누는 곳
사랑은
오아시스 속
해가는 줄 몰라라

– 안을현, 친구 –

③
활짝 핀 매화소식
천지가 화합의 장인데

불지른 유전의 하늘
소용돌이 치는 먹구름

이 봄은
숨도 가빠라
산화하는 꽃송이들

– 김해석, 불바다 –

▶▶▶ 〈예문2〉 연시조
①
못 나서 빈손으로

혼자서 갔습니다.

펴졌던 주름살에
그늘이 내립니다.

어쩌면
달랑 혼자 간 것이
못(釘)이었나 봅니다.

가진 것
다 버리고
감정없이 갔습니다.

신명난
잔치상에
무거운가 봅니다.

한 생을
내 준 알몸에
못질했나 봅니다.

김영덕, 〈못과 못질〉 -

②
밤하늘 여왕인양
군림한 때 있었건만

권좌의 뒤안길에
허전하게 밀려나서

산마루
외로이 걸린
빛을 잃은 하얀 달.

고뇌도 승화하면
사리로 빛을테지

서러운 마음일랑
다소곳이 접어 두고

옛 영화
되찾을 날만
숨죽이며 기다린다.

– 양계향, 〈낮달〉 –

▶▶▶ 〈예시3〉 사설시조
①
까아만 밤바다가 기막히게 아름답다.

파도는 하이얀 명주천이 바람에 휘감겨 밀려오듯이
겹겹이 밀려오고

백사장에선 여기저기서 불꽃놀이가

까만 하늘에 오색 수를 놓고

파도 소리와 기타소리 화음으로 울려 퍼지고

모두가 추억을 만들고 추억을 더듬으며

사랑 노래 부른다.

이 한밤

하얗게 새어도

벗이 있어 좋아라.

- 이정자, 밤바다 -

2) 시조의 요소

앞에서 시의 요소를 말할 때 ①말뜻 ②이미지 ③리듬 ④어조를 들었다. 시조는 시의 한 형태로서 정형시이다. 그래서 시의 요소를 다 가지고 있다. 단지 시조는 정형시인 만큼 그 형식을 알고 그 형태를 지켜서 작품을 형상화하는 것이 시조의 정체성을 유지하는 길이다. 그래서 시조의 요소에는 시의 4가지 요소에다가 시조의 구조 곧 그 형식을 더하여 다섯 가지 요소를 들고 있다. 위의 예시들은 그 5가지 요소를 다 갖추고 있는 시조이다.

3) 각장의 의미

시조는 초장 중장 종장으로 이루어진다. 이것은 한시 절구를 지을 때의 기승전결의 의미와 같다. 그래서 한시를 시조로 옮기거나 시조를 한시로 옮긴 것을 보면 시조의 초장은 한시의 '起'에 해당하고 중장은 '承과 轉', 또는 承에 해당한다. 종장은 '結' 또는 '轉과 結'에 해당하는 것을 본다. 그래서 시조가 한시의 절구에서 변형된 형태라고 주장하는 학자도 있다.

기승전결의 의미와 관련하여 시조를 지으면 그 구성이 물 흐르듯 자연스럽게 펼쳐진다.

▶▶▶ 〈예시〉

①
한 고개 또 한 고개 고개를 헤여 오다
토암산 넘어 서서 동해 바다 바라보고
저믄 날 돌아갈 길이 바쁜 줄을 모르네.

- 이병기, 〈석굴암〉 1연 -

②
퇴근 길
종로에선

등을 살짝 두드리고

서울 역
근처에선

이야기도 나눴지만

차 한잔
나눌 친구가

어디 그리 흔한가

- 이우종, 친구 -

4) 시조의 서정성

시는 마음의 표현이다. 그리고 그 시대의 표출이다. 시인이 생각하고 느끼고 바라보는 세계를 향한 미적 표현이 시이다. 그러하기에 그것은 시인의 자기 성찰이고 내적 세계이며 세상을 관조한 시인의 정서이다. 그래서 엘리엇은 '시인은 그 자신과 더불어 그 시대를 그의 작품 속에 쓴다.'고 했다. 곧 시대와 더불어 함께하는 시인의 모습은 그 작품과 함께 나타난다. 그러므로 그 정서 또한 시대성을 갖고 있다. 그래서 현대시조는 현대인의 서정이 그대로 표출된다. 이러한 의미에서 자유시나 시조나 그 표현되는 정서 일반은 동일하다. 단지 시조는 보다 정제되고 함축된 시어로서 그 의미를 형상화 한다.

5) 파격에 대한 반성

현대인들이 시조에 거리를 두는 이유 중의 하나는 시조라 하면 예스럽게만 느끼고 현대적인 감각과는 거리가 먼 것으로 생각하고 있기 때문이다. 또 하나는 창작과 관련하여 자수와 음보에 제한을 받는데 대한 부담을 느끼고 있다. 그래서 시조는 그 창작이 어렵다는 것이다. 이러한 이유로 해서 자유시를 선호하고 마냥 자유를 만끽하고 있다. 그러다 보니 요즈음은 '시'인지 그냥 산문으로 된 '짧은 글'인지 구별이 어려운 글들이 서점가에서 판을 치기도 하여 현대시에 대한 비판의 목소리가 나오기도 한다.

이러한 면에서는 시조도 비켜갈 수 없는 현실이다. 시조의 현대화가 마치 시조의 고유성을 무너뜨리는 것인 양 '자유시'인지 '시조'인지 구별이 안 되는 시들이 버젓이 <시조>라는 이름으로 발표되기도 한다. 심지어 자유시를 쓰는 시인들이 <시조>란 이름으로 자유시에 가까운 시를 발표할 때는 보기가 민망스럽기도 하다.

진정한 시조 시인들은 시조의 틀을 사랑하고 시조의 고유성을 지킨다. 평시조의 정격을 지키기 어려우면 엇시조도 있고 사설시조도 있으니 아예 그쪽으로 지으면 된다. 그래서 시조는 정형이면서도 이렇게 자유스러운 길을 터 놓기도 하여 선인들의 지혜를 엿볼 수 있다.

6. 시조의 표현 형식

안자산은 그의 시조시학에서 33가지의 장구법(章句法)으로 시조의 표현법을 설명했다. 하지만 그것은 필요 이상으로 너무 세분화 되어 있어 도리어 시조 창작에서 불편함을 가져온다. 그리하여 필자는 이태극의 8가지 장구법을 택하여 이를 중심으로 설명하고자 한다.

1) 순진법(順進法)

이것은 기승전결의 순서를 따르는 것으로 일반적으로 많이 쓰는 형식이다. 초·중·종장의 첫구는 각각 그 둘째구가 받고 초장은 중장이 중장은 종장이 받아서 이루어진다. 각 장마다 지니고 있는 가락은 시어와 시어의 접속관계로 이어져 시상전체가 효과적으로 이루어짐으로써 종장에서 그 의미가 절묘하게 나타난다.

▶▶▶ 〈예시1〉
  동짓달 기나긴 밤을 한 허리를 둘러내어
  춘풍 이불 아래 서리서리 넣었다가
  어른님 오신 밤이어든 구뷔구뷔 펴리라.

  － 황진이 －

▶▶▶ 〈예시2〉
  고산은 어디가고
  세연정만 덩그렇다

  세월에 늙은 소나무
  생각에 잠겼는데

  깍깍깍
  그 날 그리운
  五友歌 읊은 섬까지.

  － 박옥금, 보길도 －

2) 점층법

장구 구성의 차례는 기승전결의 순서를 따른다. 다만 이것은 그 의미가 첫구보다는 둘째 구가 초장보다는 중장에서 점점 그 의미가 강화되어 가는 것을 말한다.

▶▶▶ 〈예시3〉
간밤에 부던 바람 눈 서리 치단 말가
낙낙장송이 다 기울어지단 말가
하물며 못다 핀 꽃이야 일러 무삼 하리오.

- 유응부 -

▶▶▶ 〈예시4〉
아쉬움 이제 와
지난 날을 질책하니

멈춘 세월은 기억 속
꽃잎으로 붉게 지고

다시는 못 올 길 그대
어디에서 만날까.

- 박금옥 -

3) 도치법(倒置法)

환서법 전도법이라고도 한다. 앞의 두 방법과는 다르다. 오히려 반대의 개념이기도 하다. 어휘의 순서가 바뀐다. 이것은 의미 강조를 위해 그 순서를 바꾸는 것이다.

▶▶▶ 〈예시5〉

어져 내일이여 그릴줄을 모르던가
이시랴 하드면 가랴마는 제 구태여
보내고 그리는 정은 나도 몰라 하노라.

− 황진이 −

▶▶▶ 〈예시6〉

묏버들 가지 꺾어 보내노라 님에게
자시는 창 밖에 심어 두고 보소서
밤비에 새 잎이 나거던 나인 듯이 여기소서.

− 홍 랑 −

4) 비유법

비유법에는 직유, 은유, 풍유, 우유 등이 이에 속한다. 위의 2) 점층법에서 제시된 〈예시〉 유응부의 시조도 이에 속한다. 당시의 수양대군 일파의 횡포와 단종을 옹위하던 충신들을 비유한 시이다. 문학에서 비유법은 어느 장르에서나 나타나고 어느 시대에나 개인이나 사회, 정치 풍자의 일환으로 표현되고 즐겨 활용한다.

▶▶▶ 〈예시7〉

천만리 머나 먼 길에 고운 임 여의옵고
내 마음 둘 데 없어 냇가에 앉았으니
저 물도 내 안 같아야 울어 밤길 예놓다.

- 왕방연 -

위 시조는 단종을 영월 청령포 귀양지에 모셔 두고 돌아오는 길에 읊은 호위대장 왕방연의 시조 이다. 그 아린 마음이 시구마다 절절히 표출되었다.

5) 對比法(대비법)

두 가지 이상의 대상을 두고 서로 대비하여 시의를 뚜렷이 밝히려는 기법이다.

▶▶▶ 〈예시8〉

북천이 맑다커늘 우장 없이 길을 나니
산에는 눈이 오고 들에는 찬비로다
오늘은 찬비 맞았으니 얼어서 잘까 하노라.

- 임제 -

위의 시는 임제가 기생 寒雨(한우:찬비)에게 준 <寒雨歌>인데 이에 한우는 아래와 같은 화답시를 남겼다.

어이 얼어 자리 무슨 일로 얼어 자리

원앙침 비취금을 어디 두고 얼어 자리
오늘은 찬비 맞았으니 녹아 잘까 하노라.

- 寒 雨 -

6) 문답법

문답식으로 시구를 구성하는 것을 말한다.

▶▶▶ 〈예시9〉

동창이 밝았느냐 노고지리 우지진다.
소치는 아해놈은 상기 아니 일었나냐
재 넘어 사래 긴 밭을 언제 갈려 하느냐.

- 남구만 -

7) 반복법

시에서 같은 시어를 반복하여 표현함으로써 시의를 강하게 표출하려는 방법이다.

▶▶▶ 〈예시10〉

이 몸이 죽고 죽어 일백 번 고쳐 죽어
백골이 진토 되어 넋이라도 있고 없고
임 향한 일편단심이야 가실 줄이 있으랴.

- 정몽주, 단심가 -

8) 實寫法

사실적인 표현방식을 말한다. 실제 전경이 보이는 대로 숨김없이 그려내는 방법으로 회고적인 술회의 서정시나 명승고적과 자연 풍광을 표출한 서경시가 이에 속한다. 이것은 사생화를 그리듯이 언어적인 색감을 살려서 표현 한다. 그래서 이러한 서정시를 마음의 그림이라 하고 이러한 서경시는 '언어회화, 또는 언어적 회화'라 부른다.

▶▶▶ 〈예시11〉

빨갛게 익은 고추 지붕 위에 늘어놓고
누렇게 물든 호박 뜰 위에 쌓아놓고
아낙은
참깨를 틀며
해가는 줄 몰라라.

– 이정자, 가을풍경(3) –

7. 시조의 구조적 특성

1) 형태적 특성

시조는 일반적으로 4음보절의 길이를 기준으로 하는 두 개의 음보가 짝을 이룬다. 그것이 다시 연첩을 형성함으로써 시조의 율적 구조를 이룬다. 각 장은 짝을 이룬 두 음보가 두 번씩 나타나는 4보격인데 율독에는 영향을 갖지 않는다. 그것은 시조의 율격 구조가 대구 연첩 율에 의한 것이기 때문이다. 그래서 시조는 창의 형식으로나 율독의 형식으로나 3장 형식이라는 것이 그 형태 구조의 특성이다. 곧 시조는 이 3장 형식이 종결 징표를 나타내는 틀인 것이다. 시조가 사설시조나 엇시조처럼 굉장한 형태 변화를 초래하면서도 시조로서의 자질을 유지해 준 것은 바로 3장 형식 때문이다.

따라서 일반적으로 시조를 말할 때 3장 4보격 3·4음절을 그 특징으로 말한다. 그런데 여기서 가만히 살펴보면 우리말은 거의 3·4음절로 이루어진 것이 매우 많다. 그래서 가사를 포함한 다른 장르에서도 4보격과 3·4 음절은 쉽게 찾아 볼 수 있다. 따라서 4보격 3·4음절은 시조의 특징만은 아니라는 것을 알 수 있다. 그래서 시조는 4보격 3·4음절로 이루어지되 3장으로 마무리되는 것이 그 특징이라 해야 한다. 이 형식은 주제와 관련을 갖고 있다. 그러면 그 주제는 어떻게 전개되는지 다음에서 살펴보자.

2) 주제 구조상의 특성

(1) 논리적 구조

시조는 3단 구성 또는 4단 구성을 기본으로 한다. 3단 구조로써 그 의미 구조를 분석한 연구에서는 동의적, 반의적, 종합적 전개형으로 나누고 있는데 이것은 논리적 선후관계를 유형화한 것이다. 이에 비해 4단 구조는 시조의 3장이 기·승·전·결이라는 보편적인 구성법에 맞고 종장의 첫구가 전(轉)에 해당한다고 보고 있다. 두 가지 구조론 모두 완전한 시조의 구조론은 아니다. 4단 구조론은 시조의 3장 형식에 4단 구조론이란 논리적 모순을 안고 있다. 그래서 3단 이니 4단 구조론이니 하는 논리적 구조론에는 한계가 있다. 그리하여 김대행은 언어 인식에 대한 두 가지 태도로서 풀어 나갔다. 이를 아래에서 살펴보자.

(2) 언어 인식의 두 가지 태도

성경에 의하면 "여호와 하나님이 흙으로 각종 들짐승과 공중의 각종 새를 지으시고 아담이 어떻게 이름을 짓나 보시려고 그것들을 그에게로 이끌어 이르시니 아담이 각 생물을 일컫는 바가 곧 그 이름이라 아담이 모든 육축과 공중의 새와 들의 모든 짐승에게 이름을 주니라"<창세기 2:19~20>하였다. 하나님의 창조물을 인간의 시조인 아담이 상징 형식으로서 자신과의 관계를 처음으로 만들어 낸 것이 곧 언어이다. 처음에 부여받은 원초적 언어단계에서는 언어는 곧 인식 행위의 하나였다. 모든 만물이 다 존재하고 있으되 그 존재에 대해 자아가 새로운 발견을 하고 의미를 부여하지 않는 한 모든 만물은 무의미한 것이다. 그러나 대상에 대하여 이름을 명명함으로써 그 사물은 나와 관계를 맺는 의미 있는 것이 된다. 이렇듯 원초적 언어가 가지고 있는 언어로서의 특질은 새로운 인식과 관계이다. 그리고 그것은 어디까지나 나와 대상과의 관계에 대한 인식이고 존재이다. 이 같은 인식 행위의 가장 이상적이고 고도한 양식이 시의 언어이다. 시가 요구하는 언어는 일물일어의 상태에 가까운 가장 원초적 언어, 아담의 언어 세계이다.

원초적 언어 세계와 사전적 언어인 보편적 개념어의 세계가 인간이 대상에 대해 인식하는 두 가지 태도이다. 원초적 언어가 시적인 언어라면 보편적 개념어는 관념적 과학적 언어이다. 일물일어의 상태에 가장 가까운 원초적 언어로서 시적 언어를 가장 잘 표출해 낸 것이 김춘수의 <꽃>이다.

> 내가 그의 이름을 불러주기 전에는
> 그는 다만
> 하나의 몸짓에 지나지 않았다
>
> 내가 그의 이름을 불러 주었을 때
> 그는 나에게로 와서
> 꽃이 되었다.

- 김춘수, 〈꽃〉의 일부 -

이처럼 대상에 대한 주관적 인식어로 命名이 될 때 대상과 나는 관계가 형성된다. 그것이 곧 시의 요체가 된다. 즉 시적 명명은 이름을 부름으로써 나와의 관계가 성립하는 것처럼 나와의 관계인식이다.

(3) 언어는 존재의 집

인식어로서의 시는 존재로서의 시이기도 하다.

하이데거는 게오르게의 시 <말(Das Wort)>을 중심으로 설명하는 가운데 그 마지막 구절 '말이 빠진 곳, 아무 것이 없으면 어떠리'를 '말이 빠진 곳에는 아무 것도 없다'라고 설명하고자 했다.

이것은 하이데거 철학의 명제였던 존재는 곧 말로해서 건설되는 것으로 곧 언어는 '존재의 집'이다. 하이데거에 있어서 언어란 인간 존재를 구성하는 가장 근본적 계기요 인간 존재가 현시되는 場이다. 사실 인간에게 언어가 없다면 다른 동물과 무슨 차이가 있겠으며 문자는 무슨 필요가 있겠는가. 그래서 언어란 하이데거의 말처럼 우주의 본질적인 존재요 그 존재는 언어에 의해서 건설된다. 그것의 가장 고도한 양식의 하나가 시이기도 하다.

시를 존재론적 파악 양식이라고 본다면 거기에는 필연적으로 두 가지의 태도가 있게 마련이다. 곧 사물의 존재론적 파악에서 온 원초적 언어로서의 시와 용구적 존재 파악에서 온 개념시가 있다. 전자는 사물을 객관이 아닌 주관적 대상으로 파악하여 사물과 내가 본질적으로 합일하는 조화의 존재로 표출되고 후자는 객관적인 전달 도구로서 대상을 파악하여 표출한다. 이런 경우 전자의 대상은 본질적인 미의 명명이고 후자는 객관적인 전달 도구로서의 대상이다. 이 둘의 표현은 시인 자신의 주관적인 판단에 기인한다.

(4) 합일화와 객관화

위에서 논한 시를 형성하는 두 가지 태도 곧 일물일어적 본질적 태도를 헤브라이즘의 자연적 이상적 우주관에서 연유한다고 한다면 개념적 용구적 태도는 헬레니즘의 현실적 객관적 사실에 근거한다고 하겠다. 이 두 가지 태도는 시 창작의 양대 지류이다.

다음에서 구체적으로 작품을 살펴보자.

* 합일화로서의 시

일물일어적 본질적 즉물적 구성적 인식에서 드러나는 결과는 대상

과 자아와의 합일화이다. 어떤 대상을 일물일어적으로 명명하여 노래
했을 때 그것은 그 사물의 본질에 대한 인식이면서 자기만의 인식이
다. 이를 독창성이라고 한다. 그 같은 본질의 새로운 파악이란 자신과
의 이질성을 전제한 동일화이다. 주로 서정시가 이에 속한다.

> 묏버들 가지 꺾어 보내노라 님의 손에
> 자시는 창 밖에 심거 두고 보소서
> 밤비에 새잎 곧 나거든 날인 듯 여기소서.
>
> — 홍낭 —

　묏버들은 곧 자기 자신이다. 대상과 자신이 동일화 또는 합일화 되
고 있다. 이 때 묏버들은 분명 나일 수 없고 본질적으로 상이한 존재
이다. 그리고 관념적으로 말한다면 휘영청 휘어진 가지의 아름다움과
새로 돋는 잎의 청신함 같은 것이다. 그러나 묏버들은 자기 자신일 수
는 없는 이질적 존재임을 알면서도 그것이 곧 자신이라고 은유한 것
이 바로 대상에 대한 감정이입이다. 다른 대상과 나와의 상호침투가
그 안에 일어나고 있다. 이 같은 동일화의 과정은 낭만주의 서정시에
서 두드러진다. 따라서 이 같은 동일화의 시에서는 대상과 나가 어떤
모습으로 합일하느냐에 따라 의미가 달라진다.
　이러한 서정적 시조의 전개 방식은 초장과 중장에서 병렬의 방식에
놓인 뒤 종장에 와서 종결적 접속을 이룸을 알 수 있다.대상과 자신의
합일이 서정시의 가장 기본적인 요소이다. 이것은 시조에 있어서도
마찬가지이다. 서정적 시조에 있어서 서정적 상호 몰입이 종장에 와
서 합일화로 이루어지는 경우는 허다하고 또 이미 밝혀진 사실이기도

하다.6)

그래서 시조에서 초·중장의 병렬관계와 종장에서의 종결관계가 시조의 3장 형식에 의미를 부여한다.

* 객관화의 시

어버이 살아실제 섬길일만 다하여라
지나간 후면 애닯다 어이하리
평생에 고쳐 못할 일이 이뿐인가 하노라.

위의 시조는 관념적 교훈적 시조다. 자아의 개입이 없다. 이것은 관념적 용구적 원격적 원형적 태도에서 씌어진 시이다. 그러므로 이 시조의 구조는 자아와의 합일화라는 관점에서 그 구조를 살필 수 있다. 웰즈의 분류에 의하면 대상 속에서 자신의 존재, 자신이 속한 우주를 발견하는 것만이 시적이고 대상의 형상화만이 이루어진 것은 비시적이고 생활적이라고 했다.7) 이로 보면 위의 시조는 비시(非詩)이다.

3) 3장 형식의 의미

시조의 일반 형식은 초장 중장 종장으로 이루어지고 초장과 중장은 병렬 관계이고 종장은 초·중장을 잇는 접속 종결임을 알 수 있다. 시조가 3장 형식이라는 의미는 바로 여기에 있다. 시조의 3장은 병렬인 초 중장과 그것이 합일화 또는 일반화되는 접속 종결로서의 종장이라

---

6) 정혜원, 시조의 의미 구조에 관한 분석, 국문학 연구 제12집 p,18
7) H. Wells. Poetic imagery (Russell & Russell, 1968). p.34.

는 데에 그 의미가 있다고 하겠다. 대상을 본질적(주관적,독창적)으로 파악하는 일군에서는 종장이 자아와 합일화하는 귀결을 보였다. 반면에 대상을 개념적으로 파악하는 일군에서는 논리적 일반화를 이루는 형식으로 나타났다.

따라서 시조의 3장 구조의 의미는 일반적으로 초 중장의 병렬과 그것이 극복되는 장으로서의 종장이라는 구조 원리가 지배한 것이고 또 그것은 시작의 태도가 어느 쪽이었건 간에 그 태도에 알맞은 구조로서 받아졌던 것이다.

제4장

시의 감상론

1. 현대시와 아니마

시인의 정서는 그 시대 정서와 밀접한 관계가 있음을 알 수 있다. 곧 내우 외환으로 우울했던 고려조의 속요가 여성정조로 일관된 이별의 정서가 주조를 이루는 것이나, 당쟁으로 밀려난 조선조의 유배시조나 가사가 여성정조의 이별의 아픔을 읊은 것이 일제 강점기의 여성정조로 표출된 시인의 정서와 맥을 같이하고 있음을 볼 수 있다. 이러한 여성 정조는 시운론과도 밀접한 관련을 갖고 있다. 곧 시대가 어지럽고 불안 할수록 눈물과 나약함의 상징을 대변하듯 여성적이 되고, 나라가 안정되고 강할수록 기개가 넘치는 남성적인 작품이 창작됨을 알 수 있다. 새로운 왕조를 건설하고 활기에 찬 조선초의 사대부들의 작품이 시운을 타고 패기에 넘치는 것을 보아도 그렇다.

이러한 시대정서와 관련하여 현대시인 중에서 한용운과 김소월의 시를 읽으면 여성의 작으로 착각을 일으키게 된다. 이들은 일제 강점기를 당해서 그 울분을 남성적인 강함으로 토하지 못하고, 여성적인 별한으로 형상화했다.

이에 필자는 한용운, 김소월, 서정주를 통하여 그들의 시에 투사된 여성 화자의 정서를 일단 <아니마>의 정서로 보고, 살펴보고자 한다.

1) 소월과 여성 화자

소월의 시는 많은 사랑을 받으며 시대가 변해도 국민시로서 독자층을 향유하고 있을 뿐 아니라 애송되고 있다. 이렇게 된 데에는 지금까지 많은 연구자들이나 애송자들도 지적하고 밝혔듯이 소월시에는 우리 민족의 전통성이 표출되어 있어서 은연중에 친근감을 가져온다. 곧 그리움과 기다림, 한과 체념의 정서가 소월시에는 주조를 이루고 있을 뿐 아니라, 우리의 전통 율조인 7·5조의 3보격으로 이루어져 있어 운율에 맞추어 외우기도 쉽기 때문이다.[1] 여성화자 역시 우리의 정서와 맞아 떨어진 것이라 할 수 있다.

김종은은 소월의 여성화자에 대하여 프로이드와 융의 분석 심리학을 빌어 할아버지의 경제적 파탄과 아버지의 정신적 질환으로 인하여 동일시 대상을 상실한 상태에서 숙모 계영희의 영향을 받아 여성화자를 선택했다고 주장한다. 그리고 '한'이란 현실적으로 못마땅한 대상을 극복할 수 없을 때 겉으로는 체념하지만 내적인 무의식의 세계에

---

1) 성기옥, <층량 3보격과 전통문제>, 『한국시가의 율격이론』, 새문사, 1986.

서는 소원을 성취하고자 하는 욕구가 강하게 작용하는 정서라고 했다.[2)]

정한모는 「가시리」, 「정과정곡」, 「사미인곡」, 「속미인곡」의 여성화자와 소월의 여성화자를 같은 맥락에 두고, 허버트 리이드Herbert Reed의 견해를 빌어 소월을 민요시인이라는 입장을 펴면서 우리의 전통 속에서 소월의 여성화자의 연원을 찾기도 했다.[3)]

김현은 소월의 여성화자를 '한국적 패배주의 문화'의 계승으로 보았고,[4)] 김윤식은 신문학 초기에 나타났던 '여성 컴플렉스'가 한·일 합방이 되면서 일제 파시즘이 지닌 남성우월사상에 대결하기 위한 무기로 선택된 것으로 진술 했다.[5)] 그리고 유종호는 개화기에 유입된 '광내기 소비문화'의 반영이라는 입장을 취하기도 했다.[6)] 그런가 하면 그의 여성화자를 우리 시가의 전통적 요소 중의 하나인 운율에서 찾기도 한다.[7)]

이렇게 소월시의 여성화자는 여러 통로를 통하여 논의되고 진술되어 왔으며 앞으로도 계속될 것이다. 이러한 소월시의 여성화자를 필자는 고시가 논술에서 논의되어 왔듯이 이를 그 시대 상황과 작가의

---

2) 김종은, <소월의 병적(病跡)>, 문학사상, 1974 · 5.

3) 정한모, <근대민요시와 두 시인>, 『문학사상』, 1974 · 5. 참조.

4) 김 현, <여성주의의 승리>, 『현대문학』, 1969 · 10. 참조.

5) 김윤식, <식민지 시대의 허무주의와 시의 선택>, 『문학사상』, 1973 · 5.

6) 류종호, <님과 집과 길>, 『세계의 문학』, 1977 · 봄호. 참조.

7) 김안서, <시단 1년>, 『개벽』 42호, (1923.12) pp.43-44. 참조.
   이병기, 백철, 국문학 전사, 신구문화사, 1959. pp.313-314.
   조연현, 한국현대문학사, 성문각, 1994. p.437-448.
   김춘수, <소월시의 행과 연>, 『현대문학』 1960. 12. 참조.
   김 현, 한국문학사, 민음사, 1973.

식과 접목된 아니마의 표출로 보고 고시가의 전통적 요소의 하나로
보고 논할 것이다.

> ① 그리운 우리님의 맑은 노래는
> 언제나 제 가슴에 젖어 있어요
>
> 긴날을 문 밖에서 서서 들어도
> 그리운 우리 님의 고운 노래는
> 해지고 저물도록 귀에 들려요
> 밤들고 잠들도록 귀에 들려요.
>
> 고요히 흔들리는 노래 가락에
> 내 잠은 그만이나 깊이 들어요
> 고적한 잠자리에 홀로 누워도
> 내 잠은 포스근히 깊이 들어요
>
> 그러다 자다깨면 님의 노래는
> 하나도 남김없이 잃어버려요
> 들으면 듣는대로 님의노래는
> 하나도 남김없이 잊고 말아요.
>
> — 김소월, 「님의 노래」 전문

김용직은 '님의 노래'를 논하여 말하기를 "<님>은 현실적인 차원
의 님이 아니다. 현실적인 차원의 인간이라면 그가 부르는 노래가 시
간과 공간의 한계를 넘어 어디에서나 들릴 까닭이 없다. 또한 이 작품
에서 님은 화자가 그 노래를 곧잘 잊어버리도록 절대적 의미를 지닌
존재다. 이것은 이 작품의 <님>이 감각적 실체가 아니라 그 이상의
것임을 가리킨다."[8]고 하여 님의 존재가 실제적인 님이 아님을 말한

다. 이것은 윤석산이 소월시에 있어서 여성화자의 님은 '관념적인 님' '부재의 님'으로 진술한 것과 같은 맥락이다. 윤석산은 「소월시 연구」에서 지금까지 발굴된 소월시는 237편 이라고 밝히고, 이 중에서 남성화자로 된 작품은 60여편이나 된다며 주로 여성화자 중심으로 진행되어온 연구과정에 아쉬움을 나타내기도 했다.9) 그리고 소월시의 화자를 ① 남성화자 ②여성화된 남성화자 ③ 여성화자 등 3유형으로 분류하고, 이들의 분포 비율을 3 : 3 : 4로 여성화자의 우월성을 재천명했다. 김영철은 소월시의 특질의 하나로 '여성편향성'을 들면서 다음과 같이 논하고 있다.

> "시적 자아, 시정서 그리고 시어에 이르기까지 여성적 정조가 짙게 풍겨나는 것이 소월의 시이다. 한의 미학과도 밀접히 관련되는 것이지만 소월의 시에서는 유별나게 기다림, 외로움, 애달픔의 정조들이 주조를 이룬다. 또한 시적자아도 여성이거나 여성에 가까운 모습으로 비쳐진다."10)

이상의 여러 진술들은 곧 여성정조로 표출된 소월시가 <아니마>의 표상임을 알 수 있다. 위의 시 「님의 노래」에서 소월은 여성화자로 등장하여 '<임>을 향한 사랑과 그리움과 기다림'을 여성의 목소리로 한껏 뿜어낸다. <임>은 떠나버린 '부재의 임'이지만 <임>이 불러주던 사랑의 노래에 가슴 젖어 하고(1연), 밤이나 낮이나 <임>을 그리듯 그 노래를 더듬으며 귀 귀울이고(2연), <임>의 노래를 몽상속에서

---

8) 김용직, 한국근대시사 (상), 학연사, 1986, p. 363.
9) 윤석산, 앞의 책, pp. 26-27 참조.
10) 김영철, 김소월 (건국대출판부, 1994), p. 53.

들으며 고적한 잠자리에 들면서 아늑함을 느낀다.(3연), 하지만 깨어보면 잃어버리는 <임>의 노래(4연)는 현실이 아니고 몽상속의 꿈이다. 이러한 시적 자아의 여성 정조는 곧 고시가에서부터 표출되어 온 전통적 요소의 하나인 <아니마>의 표출이다. 그러므로 본 시에 표출된 시적 자아의 <아니마>의 정서는 '부재한 <임>을 향한 사랑과 그리움과 기다림'으로 조선조 연인지시에 나타난 <아니마>의 정서와 맥을 같이 한다.

> ② 당신은 무슨 일로
> 그리합니까?
> 홀로 개여울에 주저앉아서
>
> 파릇한 풀포기가
> 돋아 나오고
> 잔물은 봄바람에 헤적일 때에
>
> 가도 아주 가지는
> 아니라고
> 그러한 약속이 있었겠지요
>
> 날마다 개여울에
> 나와 앉아서
> 하염없이 무엇을 생각합니다.
>
> 가도 아주 가지는
> 아니라고
> 굳이 잊지말라는 부탁인지요.
>
> ─ 김소월, 「개여울」 전문

전편에 면면히 흐르는 시적 자아의 정서는 여성정조이다. 사랑하는 <임>을 떠나 보낸 '개여울'에서 <임>을 기다리는 여인의 모습이 애 처롭게 형상화 되어 나타난다. 홀로 '개여울'에 주저 앉아서 <임>의 약속을 생각한다.(1연) 봄은 왔는데, "파릇한 풀포기가 돋아 나고", "봄 바람"은 불어 오는 데 가신 <임>은 소식이 없다. '봄'은 만물이 소생 하는 생성과 재생의 봄이며 희망의 봄이며 탄생의 봄이기도 하다.(2 연) 그래서 가도 아주 가지는 않는다는 <임>의 약속을 믿고 기다린 다.(3연) 날마다 <임>이 떠난 '개여울'에 앉아서 <임>의 약속을 생 각한다.(4연) 그 말은 잊지말라는 <임>의 부탁인 것을-. (5연).그러므 로 시적 자아의 여성정조로 표출된 <아니마>의 표상은 "떠나간 임을 기다리는 여인의 애처로운 모습"으로 형상화 되었다. 이는 고시가의 연인지시에 표출된 <아니마>의 정서와 끈을 같이 한다.

> ③ 왜 아니 오시나요,
>   영창(映窓)에는 달빛 매화(梅花)꽃이
>   그림자는 산란히 휘젓는데.
>   아이 눈 깍 감고 요대로 잠을 들자
>   …………중 략 ………
>   환연한 거울 속에, 봄구름 잠긴 곳에,
>   소솔비 나리며, 달무리 둘려라.
>   이대도록 왜 아니 오시나요.
>   왜 아니 오시나요.
>
>   ─ 김소월, 「애모(愛慕)」

<임>을 애타게 기다리는 여인의 모습으로 형상화된 시적 자아의 정서이다. 여인의 모습으로 표출되는 시적 자아는 오지 않는 <임>을

기다림에 초조해지고 마음이 산란해진다. "매화꽃 그림자가 산란히 휘졌는 것"은 시적 자아의 마음의 동요로서 시적 자아의 감정이 이입된 '객관 상관물'이다.

'매화꽃' '거울' '봄구름' '소슬비' '달무리' 등은 모두 여성 이미지들이다. 이러한 여성 이미지群들과 아어체(雅語體)로 표출된 <愛慕>는 시적 자아의 내면에 자리한 여성정조인 <아니마>의 표상이다. 이에 나타난 <아니마>의 정서는 '오지 않는 <임>'을 향한 애타는 기다림'이다. 이것은 고시가의 연인지시에서 전유물로 나타나는 우리시가의 '기다림의 정서'이며 '전통적 요소'의 하나이다.

> ④ 나 보기가 역겨워
> 　가실 때에는
> 　말없이 고이 보내 드리오리다.
>
> 　영변(寧邊)에 약산(藥山)
> 　진달래 꽃
> 　아름 따다 가실 길에 뿌리우리다.
>
> 　가시는 걸음 걸음
> 　놓인 그 꽃을
> 　사뿐히 즈려 밟고 가시옵소서
>
> 　나 보기가 역겨워
> 　가실 때에는
> 　죽어도 아니 눈물 흘리우리다.
>
> 　　　　　　　　— 김소월, 「진달래 꽃」 전문

'이별 연습'이라고 하고 싶다. <임>과의 이별을 앞두고 조금도 흐트러짐이 없이 의연하고 야무진 여인의 강한 모습으로 해석하고 싶다. 시적 자아는 '내가 싫어서 간다면 말없이 보내주겠다'하여 이별을 당하는 여인의 마음은 슬프고 아프겠지만 조금도 내색하지 않고 의연한 자세로 <임>을 보낸다.(1연) <임>을 향해 원망을 하거나 슬픈 기색을 보이는 대신 <임>이 가는 길에 꽃을 뿌리고, <임>으로 하여금 조심하여 사뿐히 밟고 가라는 당부까지 한다.(2·3연) 이렇게 내가 싫어서 <임>이 떠나겠다면 죽어도 눈물은 흘리지 않겠다는 야무진 의지를 표출했다.(4연)

하지만 이러한 표현은 어디까지나 밖으로 나타난 우회적인 표현이고, 역설적인 표현이다. 시적 자아의 나타나지 않은 내면의 마음은 울고 있다. <임>을 붙들어 주고 싶고, 버리고 가는 <임>을 향해 원망도 하고 싶은 것이 솔직한 고백일 것이다. 하지만 이러한 솔직한 감정을 표현 못하고 안으로만 숨겨야 하는 여인의 恨이 가리워져 있다. 이것은 고시가인 「가시리」나 한시의 「규정(閨情)」에서 나타난 우회적이고 역설적인 표현으로 나타난 여인의 한(恨)과 맥을 같이 한다. 그러므로 「가시리」는 우리 시가의 '전통적 요소'의 하나인 '한(恨)의 미학'으로 귀결된다.

그 외 다음과 같은 여성화자의 시에서도 소월의 <아니마>의 모습을 읽을 수 있다. 그것은 하나같이 나를 두고 떠난 님을 안타까이 기다리고, 그리워하고, 한이 서리는 여인의 모습으로 등장한다.

⑤ 먼훗날 당신이 차즈시면

그때에 내말이 「니젓노라」

당신이 속으로 나무리면
「뭇척그리다가 니젓노라」

그래도 당신이 나무리면
「밋기지안아서 니젓노라」

오늘도 어제도 아니닛고
「먼훗날 그때에 「니젓노라」

— 먼후일

⑥ 고요하고 어둡은 밤이 오면은
어스러한등불에 밤이 오면은
외롭음에 압음에 다만혼자서
하염업는 눈물에 저는 웁니다

제한몸도 예전엔 눈물모르고
죠그만한 세상을 보냇습니다
그때는 지낸날의 옛니야기도
아못서름모르고 외왓습니다

그런데 우리님이 가신뒤에는
아주 저를바라고 가신뒤에는
전날에 제게잇든 모든것들이
가지가지업서지고 마랏습니다

그러나 그한때에 외와두엇든
옛니야기뿐만은 남앗습니다
나날이짓터가는 옛니야긴는

부질업시 제몸을 울녀줍니다

— 옛니야기

⑦ 세월이 물과가치 흐른두달은
　길어둔독엣물도 찌엇지마는
　가면서 함께가쟈하든말슴은
　살아서 살을맛는표적이외다
　…………중 략……………
　세월은 물과가치 홀너가지만
　가면서 함께가쟈 하든말슴은
　당신을 아주닛든 말슴이지만
　죽기전 또못니즐 말슴이외다.

— 님의 말씀

⑧ 한때는 만흔날을 당신생각에
　밤까지 새운일도 업지안치만
　아직도 때마다는 당신생각에
　축업은 벼개까의꿈은 잇지만

　낫모를 딴세상의 네길꺼리에
　애달피 날져무는 갓스물이요
　캄캄한 어둡은밤 들에헤메도
　당신은 니저바린 서름이외다

　…………하 략……………

— 님에게

⑨ 홀로 잠들기가 참말 외롭아요
　맘에는 사뭇차도록 그립어와요
　이리도무던이

아주 얼골조차 니칠듯해요

발서 해가 지고 어둡는대요,
이곳은 인천에 재물포, 이름난 곳,
부슬부슬 오는비에 밤이더드고
바다바람이 칩기만합니다.

— 밤

⑩ 못니저 생각이 나겠지요,
그런대로 한세상지내시구려,
사노라면 니칠날잇스리다.

못니저 생각이 나겟지요,
그런대로 세월만 가라시구려,
못니저도 더러는 니치오리다.

그러나 또한굿 이럿치요,
「그립어살틀히 못닛는데,
어쩌면 생각이 떠지나요?」

— 못니저

봄가을업시 밤마다 돗는달도
「예젼엔 밋처몰낫서요.」

이럿케 사뭇치게 그려울줄도
「예젼엔 밋처몰낫서요」

달이 암만밝아도 쳐다볼줄을
「예젼엔 밋처몰낫서요.」

이제금 져달이 서름인주른
「예젼엔 밋처몰낫서요..」

— 예젼엔 밋쳐몰낫서요

⑫ 꽃은 떨어지는 향기가 아름답습니다.
해는 지는 빛이 곱습니다.
노래는 목메인 가락이 묘합니다.
님은 떠날 때의 얼굴이 더욱 어여쁩니다.
떠나신 뒤에 나의 환상의 눈에 비치는 님의
얼굴은 눈물이 없는 눈으로는 바로 볼 수가
없을 만치 어여쁠 것입니다.
님의 떠날 때의 어여쁜 얼굴을 나의 눈에
새기겠읍니다.
님의 얼굴은 나를 울리기에는 너무도 야속한
듯 하지마는 님을 사랑하기 위하여는 나의
마음을 즐겁게 할 수가 없읍니다.
만일 그 어여쁜 얼굴이 영원히 나의 눈을 떠
난다면 그때의 슬픔은 우는 것 보다도
아프겠읍니다.

— 떠날 때의 님의 얼굴

2) 한용운과 『님의 침묵』

한용운의 『님의 침묵』에 수록된 시 89수 중에서 93.3%인 84편이 님
을 향한 노래이다. 이중에서 여성화자로서 이루어진 노래가 이것의
76.2%인 64수이다. 한용운이 여성화자가 되어 형상화한 아니마의 정
서는 역설적이고 초월적이며, 자기 초극의 희생적이며 순애적이다. 이
렇게 표출된 아니마의 대상은 그가 <군말>에서 말했듯이 어느 한 대

상이 아니다. 연인도 될 수 있고, 조국도 될 수 있고, 불자·불타도 될 수 있고, 자연도 될 수 있다. 사실 그의 작품을 읽어 내려가면 이 모든 대상이 다 와 닿는다. 시집 『님의 침묵』은 한용운이란 저자만 없다면 이것은 온전히 여성작으로 착각을 일으키게 한다. 시의 언술 자체도 여성적인 아어체로 되어 있고, 시의 제재나 소재도 남성적인 것 보다 여성적인 것이 주류를 이룬다. 곧 사랑이라든가 이별과 같은 사적이고 개인적인 서정이 주조를 이루고, 여인의 전유물인 바늘, 치마, 옷, 눈물이 서스럼 없이 나타난다. 이렇게 표출된 시의 이미지나 정서 또한 그리움과 기다림에 달관이 된 복종과 헌신의 여인상이 있는가 하면 원망과 애원의 정서도 나타나고, 자기 희생적인 마조키즘적 요소도 다분히 표출되어 있다.

한용운에게 있어서 <임>의 대상이 무엇이든 여기서 논할 바는 아니다. 다만 한용운의 시에 있어서 여성화자로 등장하는 시적 자아는 온전히 여성성으로 표출되어 '요조숙녀'가 되고, '조강지처'가 되고 '연인'이 되어 있다. 앞에서도 말했지만 만약 '한용운'이란 작자가 명기되지 않고 작자미상으로 전하여 진다면 이것은 영락없이 여성작으로 돌려질 것이다. 작자미상의 여성화자가 전하는 수많은 고시가처럼 말이다. 시적 화자가 여성화자로 등장하는 남성의 작품에서 더욱더 여성적임을 느낄 수 있는 경우는 허다하게 볼 수 있다. 반대로 남성화자로 등장하는 여성의 작품에서 더욱더 남성적인 면을 볼 수 있다. 이러한 현상은 구태여 '융 심리학'을 원용하지 않더라도 인간 내면에는 남·녀 양성이 존재하고 있다는 증거이다. 그리고 불교에서도 '인간의 본성은 남·녀·노·소가 티끌만큼도 틀림이 없이 똑 같아서 그 본성을 깨우치는 것이 부처님의 진리'라고 하여 남·녀의 본성은 똑 같음을 말

하고 있다. 이로써 볼 때 남·녀의 정서와 역할은 환경과 문화의 영향
권에서 좌우됨을 알 수 있다.

　이것은 자연의 순환 원리를 유한한 인간의 시간과 만남에 운용하여
<임>과 공유하는 시(時)·공간(空間)을 연장 확장시켜 간다. <임>을
향한 한용운의 이러한 초극적인 사랑은 조선조 충신 연군시에서 볼
수 있는 <아니마>의 정서와 상통하기도 한다.

　한용운의『님의 침묵』에 대해 최초로 평론을 쓴 사람은 주요한이
다. 그는 1926년「愛의 기도, 기도의 愛」에서『님의 침묵』을 가리켜 사
랑의 노래, 님을 읊은 님에게 보내는 노래, 이별을 미화한 사랑의 노
래로 칭하여 '이별과 사랑의 시집'으로 규정하였다.[11] 김학동은「한용
운의 시 세계」에서『님의 침묵』에 나타난 님의 정체를 불교 사상과
관련하여 추구하고자 했으며, 오세영은「마조키즘과 사랑의 실체」에
서 만해시의 특성을 여성편향성과 마조키즘으로 논했다.[12] 김재홍이
같은 맥락에서 논급한 것이 있고, 이명재와 김현이『님의 침묵』에 나
타난 여성적 분위기를 여성 편향성으로 다루기도 했다.[13] 특히 이명
재는 만해시의 여성화에 대해 정신분석학적인 연구의 필요성을 논하
기도 했다.[14] 이보다 먼저 석지현은 만해시에서 여성적인 감정을 빼
면 백지만 남는다.[15]는 극단적인 표현을 쓰기도 했다.

　이후 김석태는 S. 프로이드와 E. 프롬과 C. G. 융의 심리학 이론을

---

11) 주요한,「애의 기도, 기도의 애」『한용운 사상 연구』, 민족사, 1980. p.11.
12) 오세영,「마조키즘과 사랑의 실체」, 신동욱 김열규(편)『한용운 연구』,새문사, 1982.
13) 이명재,「만해문학의 여성 편향고」,『아카데미 논총』제5집, 1977. 12.
　　김 현,「여성주의의 승리」, 앞의 책 참조.
14) 이명재, 위의 책, p. 73 참조.
15) 석지현,「그 순수 서정」,『현대문학』, 1973. 6. p. 63 참조.

부분적으로 원용하여 『님의 침묵』에 나타난 여성화자의 이미지, 취향성, 정감 등이 나타난 시편들과 또 마조키즘적인 요소가 두드러진 작품들을 분류하여 이를 만해의 성장과정과 성적 모랄 등 승려의 신분과 관련하여 논술하였다. 특히 마조키즘은 이를 단순한 병적인 의미로 보는 것이 아니라, 승려라는 만해의 신분을 감안하여 정신적 종교적인 고행의 의미를 부여하여 확대 해석하는데 초점을 두기도 했다.16) 이러한 내용으로 표출된 한용운의 여성화자는 지금까지 논한 바와 같이 융의 심리학에 의하면 남성의 무의식 속에 잠재한 여성성인 <아니마>의 정체이다. 그래서 필자는 이를 만해의 아니마가 지향하는 시적 공간을 중심으로 살펴보고자 한다.

(1) 자연을 향한 초극적 사랑

여기에 속하는 작품으로는 「님의 침묵」「이별은 미의 창조」「자유정조」「차라리」「하나가 되어 주셔요」「사랑의 측량」「거짓 이별」「가지 마셔요」「나는 잊고자」「나의 길」「꿈 깨고서」 등으로 나타났다. 이에 나타난 <아니마>의 양상을 살펴 보겠다.

> ① 님은 갔읍니다. 아아 사랑하는 나의 님은 갔읍니다.
> 푸른 산빛을 깨치고 단풍나무 숲을 향하여 난 작은
> 길을 걸어서 차마 떨치고 갔읍니다.
> 황금의 꽃같이 굳게 빛나던 옛 맹세는 차디찬 티끌이
> 되어서 한숨의 미풍에 날아 갔읍니다.
> 날카로운 첫 <키스>의 추억은 나의 운명의 지침을 돌려

---

16) 김석태, 한용운 님의 침묵 연구, 연대교육대학원, 1988.

놓고 뒷걸음쳐서 사라졌읍니다.
나는 향기로운 님의 말소리에 꽃다운 님의 얼굴에
눈멀었읍니다.
사랑도 사람의 일이라 만날 때에 미리 떠날 것을 염려하고
경계하지 않은 것은 아니지만, 이별은 뜻밖의 일이 되고
놀란 가슴은 새로운 슬픔에 터집니다.
그러나 이별을 쓸데없는 눈물의 원천으로 만들고 마는 것은,
스스로 사랑을 깨치는 것인 줄 아는 까닭에, 걷잡을 수 없는
슬픔의 힘을 옮겨서 새 희망의 정수배기에 들어부었읍니다.
우리는 만날 때에 떠날 것을 염려하는 것과 같이, 떠날 때에
다시 만날 것을 믿습니다.
아아, 님은 갔지만은 나는 님을 보내지 아니하였읍니다.

　　　　　　　　　　　　　　　　　— 「님의 침묵」 전문

　①은 시집의 제목이 되기도 한 「님의 침묵」이다. 독립운동가라는
한용운의 강한 이미지와는 어울리지 않는 여성 화자의 고백으로, 전
편에 흐르는 이별의 정서는 여성 이미지이다. 아니마의 정서로 표출
된 고시가의 무명씨 작품이 오늘날 여성작으로 분류되듯이, 「님의 침
묵」이 만약에 작자가 무명씨라면 틀림없이 이를 여성작가의 몫으로
돌릴 것이다. 이렇게 남성의 작이라도 아니마의 정서로 표출되면 여
성의 작으로 착각을 일으키게 된다.

　님은 갔고, 사랑하는 이를 떨쳐 버리고 갔다. 황금같이 빛나던 그
맹세는 티끌이 되어 한숨의 미풍에도 날아가 버리는 가치 없는 것으
로 가버리었지만, 아니마로 표출되는 시적 자아는 그 이별의 아픔과
슬픔을 새로운 희망으로 바꾸어 놓는 초극성으로 표상되었다. 곧 그
것은 슬픔의 힘을 새 희망의 정수배기에 들어 부어, 헤어짐 뒤에는 다

시 만날 수 있다는 믿음과 소망을 가지고 있다.

여기서 아니마로 표출되는 시적화자는 님과의 이별을 맞이하여 슬픔에 젖은 한스러움으로 주저앉지 않는다. 그 이별의 아픔과 서러움을 다시 만날 수 있다는 희망으로 극복한다. 그리고 "님은 스스로 갔지만은 나는 보내지 않았다" 라는 역설적인 시의 언술로 시적자아의 강한 의지를 표출하고 있다. 그러므로 「님의 침묵」에 나타난 아니마는 이별의 아픔과 슬픔까지도 사랑으로 초극할 수 있는 강한 의지를 소유한 여인으로 표상되었다.

> ② 이별은 미의 창조입니다.
> 이별의 미는 아침의 바탕 없는 황금과, 밤의 올 없는 검은 비단과 죽음없는 영원의 생명과 시들지 않는 하늘의 푸른 꽃에도 없습니다.
> 님이여, 이별이 아니면 나는 눈물에서 죽었다가 웃음에서 다시 살아날 수가 없습니다. 오오 이별이여.
> 미는 이별의 창조입니다.
>
> — 「이별은 미의 창조」 전문

> ③ 내가 당신을 기다리고 있는 것은 기다리고자 하는 것이 아니라 기다려지는 것입니다.
> 말하자면 당신을 기다리는 것은 정조보다도 사랑입니다.
> .... 중 략 ....
> 나는 님을 기다리면서 괴로움을 먹고 살이 찝니다. 어려움을 입고 키가 큽니다.
> 나의 정조는 자유정조입니다.
>
> — 자유 정조

④ 님이여, 오셔요. 오시지 아니하려면 차라리 가셔요 가려다 오고,
　오려다 가는 것은 나에게 목숨을 빼았고 죽음도 주지 않는 것입
　니다.

— 차라리 일부

⑤ 님이여, 나의 마음을 가져가려거든 마음을 가진 나까지 가져가셔요.
　그리하여 나로 하여금 님에게서 하나가 되게 하셔요.
　………………………… 중 략 …………………………
　그렇지 아니하거든 나의 마음을 돌려 보내 주셔요. 그리고
　나에게 고통을 주셔요.
　그러면 나는 나의 마음을 가지고 님이 주시는 고통을
　사랑하겠습니다.

— 하나가 되어 주셔요

　②는 "님이여, 이별이 아니면 나는 눈물에서 죽었다가 웃음에서 다
시 살아 날 수가 없습니다" 이별의 미학을 정의한 시의 언술이다. "바
탕 없는 황금, 올 없는 비단, 죽음 없는 생명, 시들지 않는 꽃"은 사실
없는 것이다. 존재하지 않는 것에 이별이 있을 리가 없고, 또 생명이
없는 것에 이별이란 단어가 있을 수 없으며, 설령 있다 하더라도 거기
에는 아무 의미가 없는 것이다. 이별이 있음으로 해서 눈물이 있고,
죽음보다 더한 아픔이 있고 눈물이 있을 수 있다. 그리고 다시 만났을
때의 기쁨의 눈물이 있고 웃음이 있다. 거기에 인생의 아름다움이 있
고, 사랑의 고귀함이 있다. 그리고 사랑의 노래가 있다. 그래서 "이별
은 아름다움의 창조"가 된다.
　본 시에 표출된 시어의 운용이나 시의 언술은 남성적이기 보다는
여성적이고, 여성의 정서이다. 그리고 여성정조이다. 그래서 이를

<아니마>의 표출로 본다. 여기에 표출된 시적 자아의 <아니마>는 '이별의 미학'을 정의 할 수 있을 정도의 시의 언술이 있고, 인생의 멋을 읊을 수 있는 '지적인 여인'으로 표상되었다. 그리고 '이별의 눈물'에서 '재회의 웃음'을 바라볼 수 있는 지혜와 여유를 읽을 수 있다.

③은 님을 기다리고자 하는 '의지'가 아니라, 자연적으로 기다려지는 사랑의 표출이다. 그 기다림이 괴롭고 어렵지만 의지로 어떻게 할 수도 없는 것이 사랑의 아픔이다. "나는 님을 기다리면서 괴로움을 먹고 살이 찝니다. 어려움을 입고 키가 큽니다."에서 '님을 기다리는 괴로움으로 살이 찌고, 어려움으로 키가 큰다"는 것은 세월의 흐름을 이른다. 이렇게 세월이 가도록 이별한 님을 기다린다는 것은 괴롭고 어려운 일이지만 님을 사랑하기 때문에 기다려지는 것이다. 남의 눈을 위해서 기다리는 것이 아니다. 더구나 '일부종사'라는 정조를 위해서 기다리는 것은 더욱 아니다. 오로지 사랑하기 때문에 자연적으로 기다려진다는 것이다. 그러기에 그 정조는 '자유 정조' 이다.

여기 나타난 <아니마>는 이별한 님을 기다리되 사랑하기 때문에 자연적으로 기다려지는 자기 의지가 분명한 '자유 정조를 내세울 줄 아는 여인'으로 표상되었다.

④는 사랑을 생명처럼 귀하게 여기는 사람에게는 사랑을 잃어버린다는 것은 죽음이나 마찬가지이다. 그래서 '목숨을 빼았고'라고 했다. 목숨을 빼았는다는 것은 생명이 없는 것이다. 생명이 없다고 해서 실제적인 죽음은 아니다. '죽은 생명과도 같다'는 바로 그러한 표현이 어울릴 것이다. 그래서 '죽음도 주지 않는 것' 이라고 했다. 이 시에 표출된 시의 언술 또한 여인의 정조이지 남성의 정조는 아니다.

여기에 나타난 <아니마>는 '님의 사랑을 생명처럼 귀하게 여기는 초극적인 사랑을 소유한 여인'으로 표상되었다.

⑤는 완전한 사랑을 갈구한 여인의 노래이다. '사랑은 주는 것이라'고들 한다. 하지만 '완전한 사랑은 주고 받는 것이다.' 그래서 일방적인 사랑을 반쪽 사랑이라고 한다. "님이여, 나의 마음을 가져가려거든 마음을 가진 나까지 가져가서요. 그리하여 나로 하여금 님에게서 하나가 되게 하셔요" 라 하여 마음과 몸이 하나가 되는 완전한 사랑을 노래했다. 님이 주는 고통까지도 사랑하겠다는 님을 향한 초극적인 사랑을 표출했다.

> ⑥ 당신과 나의 거리가 멀면 사랑의 양이 많고, 거리가 가까우면 사랑의 양이 적을 것입니다.
> 그런데 적은 사랑은 나를 웃기더니 많은 사랑은 나를 울립니다.
> 뉘라서 사람이 멀어지면 사랑도 멀어진다고 하여요.
> 당신이 가신 뒤로 사랑이 멀어졌으면 날마다 날마다 나를 울리는 것은 사랑이 아니고 무엇이어요.
>
> — 사랑의 측량 일부

> ⑦ 머리는 희어가도 마음은 붉어갑니다.
> 피는 식어가도 눈물은 더워갑니다.
> 사랑의 언덕엔 사태가 나도 희망의 바다엔 물결이 뛰놀아요.
> 이른바 거짓 이별이 언제든지 우리에게서 떠날 줄만은 알아요.
> 그러나 한 손으로 이별을 가지고 가는 날은 또 한 손으로 죽음을 가지고 와요.
>
> — 거짓 이별 일부

⑥은 사랑의 측량법이라고나 할까. 구체적으로 사랑은 측량할 수

없는 것이다. 그 깊이나 그 양이나 그 거리까지도 측량할 수 없는 것이 사랑이고 행복이다. 사랑과 행복과 만족은 마음 속에 있는 것이기에 마음을 측량할 수 없듯이 이들도 측량할 수 없는 것이다. 다만 그 표정에 나타날 뿐이다. "적은 사랑은 나를 웃기더니 많은 사랑은 나를 울립니다. 뉘라서 사람이 멀어지면 사랑도 멀어진다고 하여요"라 하여 무형으로 커지는 진정한 사랑은 확대된 거리에 반비례해서 더욱 그 사랑이 확장됨을 알 수 있다. 공간적인 거리가 멀어진다고, 시간적인 만남의 거리가 멀어진다고 사랑이 멀어진다면 이것은 진정한 사랑이 될 수 없다. 그러기에 사랑하는 연인들 끼리는 한 번 쯤 헤어져 보아야만 그 진실한 사랑의 깊이와 무게를 알 수 있다고 한다.

여기에 표출던 <아니마>는 '시·공을 초월한 사랑의 깊이와 무게를 더한 여인'으로 표상되었다.

⑦에서 '님과의 이별은 곧 죽음을 예시한다'는 극단적인 표현은 이별을 부정한 님을 향한 시적 자아의 절대적인 사랑의 표출이다. 그 사랑은 세월을 지나 머리가 희어져도 님을 향한 붉은 마음으로 젊음을 능가한다. 그래서 늙음의 피는 식어가도 사랑의 눈물은 뜨거워진다. 이별을 감지하는 사랑의 마음 언덕은 사태가 되어 무너져도 이별을 부정하는 희망의 마음 바다는 마냥 뛰고 있다. "한 손으로 이별을 가지고 가는 날은 또 한 손으로 죽음을 가지고 와요"라 하여 '사랑하는 님'과의 이별은 곧 죽음을 예시함을 표출했다. 이렇듯 생명을 다한 사랑의 극치와 사랑의 절대성을 노래했다.

⑧ ·····················상 략·····················
아아 님이여, 위안에 목마른 나의 님이여. 걸음을 돌리셔요,

거기를 가지 마셔요, 나는 싫어요.
·····························중 략 ·····························
아아 님이여, 새 생명의 꽃에 취하려는 나의 님이여.
걸음을 돌리셔요, 거기를 가지 마셔요, 나는 싫어요.
·························· 중 략 ··························
아아 님이여, 정에 순사(殉死)하려는 나의 님이여.
걸음을 돌리셔요, 거기를 가져 마셔요, 나는 싫어요.
·························· 중 략 ··························
아아 님이여, 죽음을 방향(芳香)이라고 하는 나의 님이여.
걸음을 돌리셔요, 거기를 가져 마셔요, 나는 싫어요.

— 가지 마셔요

⑨ ················ 상 략 ·················

잊으려면 생각하고
생각하면 잊히지 아니하니
잊도 말고 생각도 말아 볼까요
잊든지 생각든지 내버려 두어 볼까요
그러나 그리도 아니되고
끊임없는 생각생각에 님뿐인데 어찌하여요.

구태여 잊으려면
잊을 수가 없는 것은 아니지만
잠과 죽음 뿐이기로
님 두고는 못하여요
아아, 잊히지 않는 생각보다
잊고자 하는 생각이 더욱 괴롭습니다.

— 나는 잊고자

⑩ ················ 전 략 ·················

서산의 지는 해는 붉은 놀을 밟습니다.
봄 아침의 맑은 이슬은 꽃 머리에서 미끄럼 탑니다.
그러나 나의 길은 이 세상에 둘 밖에 없습니다.
하나는 님의 품에 안기는 길입니다.
그것은 만일 님의 품에 안기지 못하면, 다른 길은 죽음의
길보다 험하고 괴로운 까닭입니다
아아, 나의 길은 누가 내었습니까.
아아, 이 세상에는 님이 아니고는 나의 길을 낼 수가 없습니다.
그런데 나의 길을 님이 내었으면, 죽음의 길은 왜 내었을까요.

— 나의 길

⑪ 님이면은 나를 사랑하련마는 밤마다 문밖에 와서 발자욱 소리만
내고, 한 번도 들어 오지 아니하고 도로 가니 그것이 사랑인가요.
그러나 나는 발자취나마 님의 문 밖에 가 본 적이 없습니다.
아아 사랑은 님에게만 있나 봐요.
아아, 발자취 소리나 아니더면 꿈이나 아니 깨었으련마는
꿈은 님을 찾아가려고 구름을 탔었어요.

— 꿈 깨고서

⑧은 "위안에 목마르고, 새 생명의 꽃에 취하려 하고, 정에 죽으려
하고, 죽음을 아름다운 향기"라고 생각하는 님은 그 곳으로 향하고 있
다. 안타까운 여인의 마음은 가지말라고, 발걸음을 돌리라고 하소연
하고 있다. 이것은 시적 화자의 담화로 이어지는 시의 언술이며 시의
내용이다. 그리고 그것은 시적 자아의 <아니마>가 여성화자가 되어
여성의 정서로, 여성의 어조로서 시의 언술이며 시의 내용인 메세지
를 전한다. 여기에 나타난 <아니마>는 '님을 위하고 생각하는 간절
한 마음을 소유한 여인'으로 표상되었다.

⑨는 잊으려 잊으려 아무리 애써도 잊혀지지 않는 님, 잠과 죽음 이외에는 잠시도 떠나지 않는 님의 생각, 잊으려 노력하는 그 마음이 잊히지 않는 생각보다 더 괴로워지는 사랑의 아픔을 여성 화자의 어조로 노래했다.

⑩은 '님의 품'이 아니면 '죽음의 길'이라는 사랑에 목숨을 건 생명보다 더 귀한 사랑 노래이다. <아니마>로 표출되는 여성화자를 통한 사랑의 고백은 여성 작가의 사랑 노래보다 더욱 노골적이고 진솔하며 애절하다. 이러한 현상은 고시가에서도 그렇고 김소월에게서도, 한용운에게서도 마찬가지이다. 여성 작가들은 자신들의 이야기이기 때문에 될수록 우회적으로 표출하고나 잘 드러내지 않는 반면에 여성화자로 표출되는 남성의 작품에서는 여성의 내면의식까지도 적나라하게 표출하고 있음을 작품을 통하여 읽을 수 있다. 이것이 <아니마시>의 특징이기도 하다. 본 시에 나타난 <아니마>도 '님의 품이 아니면 죽음의 길'이라 하여 님과의 사랑에 있어서 생명을 걸고 있다.

⑪은 님을 간절히 기다리는 여인의 마음이 드러나 있다. 본 시는 앞에서 살핀 <아니마시>들과는 좀 다른 느낌을 준다. 여기서는 수줍고 내향적인 여인의 모습으로 표출되었다. 님을 기다리면서도 님의 문밖에는 가보지도 못하고, 꿈에서나 님을 찾아가는 숙기없고 내성적이며 수줍음을 타는 여인의 모습이다.

⑫ 가을 바람과 아침 볕에 마치맞게 익은 향기로운 포도를
따서 술을 빚었읍니다.
님이여, 그 술을 연잎 잔에 가득히 부어서 님에게 드리겠읍니다.
님이여. 떨리는 손을 거쳐서 타오르는 입술을 축이셔요.

님이여, 그 술은 한밤을 지나면 눈물이 됩니다.
아아, 한 밤을 지나면 포도주가 눈물이 되지마는, 또 한 밤을 지
나면
나의 눈물이 다른 포도주가 됩니다. 오오, 님이여.

                  — 한용운, 「포도주」 전문

⑬ 당신이 아니더면 포시랍고 매끄럽던 얼굴아 왜 주름살이 접혀요.
당신이 괴롭지만 않다면 언제까지라도 나는 늙지 아니할 테지요.
맨 첨에 당신에게 안기던 그때대로 있을테야요.
그러나 늙고 병들고 죽기까지라도 당신 때문이라면 나는 싫지
않아요.
나에게 생명을 주든지 죽음을 주든지 당신의 뜻대로만 하셔요.
나는 곧 당신이어요.

                  — 한용운, 「당신이 아니더면」 전문

⑫는 시어(詩語)가 신선하고 청순한 느낌을 준다. "시원한 가을 바
람, 가을 햇볕, 가을 포도"로 정성을 다해 빚어진 포도주를 연잎으로
만든 잔으로 <임>에게 드리는 여성화자의 마음이 청량감을 더해 준
다. '술'이 눈물이 되고, 포도주가 눈물이 되고, 다시 그 포도주가 눈물
이 되는 순환 원리는 한용운詩의 특징으로 나타나기도 한다. 이는 불
교의 윤회 사상과도 연(緣)을 같이 하는 것으로 고시가에서 다수 나타
나는 전신(變身)·전생(轉生)과 맥을 같이 하기도 한다.
⑬에서 여성작자라면 이렇게 자기 감정을 헤프게 표출하지는 않을
것이다. 설령 그것이 다른 사람의 감정이라 하더라도-. 여성화자로 된
이러한 한용운의 작품을 읽노라면 남성으로 표상되는 <임>에게 '목
숨 건 여인'들의 모습이다. <임>에게 향하는 이러한 표현은 고시가

에서부터 전해 온 <아니마詩>에 나타난 여정정조로서 <임>을 향한 '그리움, 안타까움, 기다림,'의 정서가 '한(恨)의 정서'로 이어지는 여성 화자들의 운명적인 삶에서 읽을 수 있다.

> ⑭ 당신의 편지가 왔다기에 꽃밭 매던 호미를 놓고 떼어 보았읍니다.
> 그 편지는 글씨는 가늘고 글줄은 많으나 사연은 간단합니다.
> 만일 님이 쓰신 편지이면 글은 짧을 지라도 사연은 길터인데
> 당신의 편지가 왔다기에 바느질 그릇을 치워 놓고 떼어 보았읍니다.
>
> — 한용운, 「당신의 편지」 일부

⑭에서는 <임(당신)>의 편지가 왔다는 반가운 소식에 "꽃밭 매던 호미를 놓고 떼어 보는 여인의 모습"과 <임>의 편지가 왔다는 반가운 소식에 "바느질을 하던 손을 멈추고 편지를 읽는 여인의 모습"이 영상처럼 나타난다. 한용운은 섬세한 여성의 마음까지 읽고 있는 시인으로 그가 표출해 낸 여성정조는 '<임>을 향한 초극적인 사랑의 결정체'이다. 이는 조선조 연군시조에 나타난 <아니마>의 정서와 상통한다.

한용운은 뜨겁게 살다간 시인이며, 승려며, 독립운동가이다. 서슬이 시퍼렀던 일제하에서도 창씨 개명을 하지 않고 버티었을 만큼 강직했던 그였기에 시인으로서의 사랑의 표현에도, 독립 운동가로서도, 승려의 신분에서도 그의 온 열정을 다 쏟았다.

시집 「님의 침묵」에서는 '<임>을 향한 사랑의 초극성'을 읽을 수 있고, 논설 「조선불교유신론」에서는 한국불교의 침체된 낙후성과 은둔주의를 통렬하게 비판했고, 「조선독립이유서」에서는 조선의 독립성

을 강력히 역설했다. 이외에도 그가 남긴 많은 '筆跡'에서 그의 사상
과 열정을 읽을 수 있다.

⑮ 나는 당신의 눈썹이 검고 귀가 갸름한 것도 보았읍니다.
   그러나 당신의 마음은 보지 못하였읍니다.
   ·································· 중 략 ··································
   당신이 나의 사진과 어떤 여자의 사진을 같이 들고 볼 때에
   당신의 마음이 두 사진의 사이에서 초록빛이 되는 것을
   분명히 보았읍니다.

                              — 한용운, 「당신의 마음」 일부

⑮는 "열 길 물 속은 알아도 한 길 사람 속은 모른다"는 속담이 있
듯이 밖으로 드러나는 외형적인 것은 육안(肉眼)으로 뚜렷이 볼 수 있
지만, 사람의 마음은, 특히 <임>의 마음은 심안(心眼)으로 보아도 분
명하게 보이지 않는다. 두 여인의 사진 사이에서 초록빛이 되는 <임-
당신>의 마음은 어떠한 마음일까 ? <당신의 마음>에서도 시적 화자
의 여성화로 여성정조가 표출되어 있다. 이는 시적 자아의 <아니마>
의 표출로 만해 자신의 내면의 세계인 양성심리 중의 여성성의 표출
이다. 여기에 나타난 <아니마>의 정서는 '당신으로 표현된 <임>의
마음이 변하여 가는 과정을 예민하게 관찰하고 그려낸 여인의 섬세한
마음'이다. 이것은 만해의 다른 여성화자가 표출해 낸 정서와는 궤(軌)
를 달리 한다.

⑯ 내가 당신을 기다리고 있는 것은 기다리고자 하는 것이 아니라
   기다려지는 것입니다.
   말하자면 당신을 기다리는 것은 정조보다도 사랑입니다.

남들은 나더러 시대에 뒤진 낡은 여성이라고 삐죽 그립니다.
구구(區區)한 정조를 지킨다고.
·············· 중 략 ·················
나는 님을 기다리면서 괴로움을 먹고 살이 찝니다.
어려움을 입고 키가 큽니다.
나의 정조는 자유정조(自由貞操)입니다.

— 한용운. 「자유정조」

⑯은 <임>을 기다리는 것은 '정조 때문이 아니라 사랑하기 때문'
이라 했다. 그 기다림이 괴로움이 되고 어려움이 있더라도 <임>을
사랑하기 때문에 견디는 것이다.'괴로움을 먹고 살이 찌고, 어려움을
입고 키가 크는 기다림의 세월 속에서 여인으로 표출되는 시적 자아
의 <아니마>는 기다림에 달관이 된 조선조 여인의 성숙된 모습을 보
는 듯 하다.

(2) 불자·불타를 향한 희생적 사랑

여기서 살펴 보고자 하는 작품은 「나룻배와 행인」「의심하지 마셔
요」「잠 없는 꿈」「생명」「선사의 설법」「님의 얼굴」 등이다.

① 나는 나룻배
　당신은 행인

　당신은 흙발로 나를 짓밟습니다.
　나는 당신을 안고 물을 건너갑니다.
　나는 당신을 안으면 깊으나 얕으나 급한
　여울이나 건너 갑니다.

— 「나룻배와 행인」 일부

② ·················· 전 략 ······················
　　당신의 명령이라면 생명의 옷까지도 벗겠습니다.
　　나에게 죄가 있다면 당신을 그리워하는 나의 슬픔입니다.
······················ 중 략 ·······················
　　당신을 그리워하는 슬픔은 곧 나의 생명인 까닭입니다.
　　만일 용서하지 아니하면 후일에 그에 대한 벌을 풍우의 봄 새벽
의 낙화의 수만치라도 받겠습니다.
　　당신의 사랑의 동아줄에 휘감기는 체형도 사양치 않겠습니다.
　　당신의 사랑의 혹법(酷法) 아래에 일만 가지로 복종하는 자유형
도 받겠습니다.
······················ 후 략 ·······························

— 의심하지 마셔요

　　여성 화자로 표출된 한용운의 다른 시들과 마찬가지로 ① 또한 작
가가 승려가 아니고, 한용운이라는 작자명이 없다면 이것은 영락없는
여성작가의 작품이다. 그것도 고통을 초극하는 희생적인 여인의 사랑
이다. '나룻배와 행인' 나룻배는 행인을 위하여 정성을 다하여 그 임
무를 수행한다. 나룻배는 행인을 태워서 물길이 깊은 곳이나 얕은 곳
이나 여울물이 급하거나 느리거나를 가리지 않고 건너간다. 하지만
그 행인은 나룻배에게 고마움을 느끼지 않는다. "나는 나룻배, 당신은
행인" 사랑하는 이를 위하여 나룻배가 된 여인의 희생적인 사랑으로
<아니마>는 표상되어 있다. 이것은 또 만해가 승려라는 점을 감안한
다면 중생을 향한 구도자의 길이기도 하다.
　　②는 "님의 명령이라면 생명의 옷까지도 벗겠다"고 했다. 이것은 곧
생명이라도 내어 놓겠다는 말이다. '만남'에 장애가 없는 가까이 있는
님을 그리워 하는 것은 행복의 순간 순간이 되겠지마는 이렇게 만날

수 없는 님을 그리워 한다는 것은 고통이고 슬픔이다. 그러나 그리워하는 그 슬픔까지도 생명이 되기에 님의 사랑이라면 동아줄로 휘감기는 그 체형까지도 포용하고, 님의 사랑이라면 아무리 힘든 것이라도 복종하겠다고 했으니 사랑의 깊이와 무게가 얼마나 큰 것인지를 짐작할 수 있다. 이러한 사랑은 이성간의 상대적인 사랑이 아니라 절대적인 사랑이다. 실체가 아닌 추상적인 대상이다. 한용운이 승려의 신분이기에 그 대상은 부처가 될 수 있다. 이렇게 신앙의 대상은 절대적인 존재자로 표상되고 절대적으로 복종할 수 있다. 그러기에 목숨도 버릴 수 있다.

신라 불교의 횃불이 된 이차돈의 순교나, 기독교계의 많은 순교자들의 죽음도 따지고 보면 절대자를 향한 아니마의 투사에서 온 것이다. 사실 아니마는 광범위하게 대상에 투사된다. 극렬한 민족주의자나, 공산주의자는 그 주의의 논리에다가 자기의 아니마를 투사시켜 거기에다가 목숨을 걸고 있다. 이렇게 치우치게 대상에 투사되면 그는 아니마의 노예가 된다. 여기에 표출된 <아니마>는 '님을 향한 희생적인 사랑의 화신'으로 표상되었다.

③ 나는 어느 날 밤에 잠 없는 꿈을 꾸었습니다.
"나의 님은 어디 있어요. 나는 님을 보러 가겠습니다. 님에게 가는 길을 가져다가 나에게 주셔요. 검이여"
"너의 가려는 길은 너의 님이 오려는 길이다. 그 길을 가져다 너에게 주면, 너의 님은 올 수가 없다."
·························· 중 략 ·································
"네가 너를 가져다가 너의 가려는 길에 주어라. 그리하고 쉬지말고 가거라."
"그리할 마음은 있지마는, 그 길에는 고개도 많고 물도 많습니다. 갈 수가 없습니다."

　검은 "그러면 너의 님을 너의 가슴에 안겨 주마." 하고 나의 님
을 나에게 안겨 주었습니다.

　나는 나의 님을 힘껏 껴안았습니다.

　나의 팔이 나의 가슴을 아프도록 다칠 때에, 나의 두 팔에 베어
진 허공은 나의 팔을 뒤에 두고 이어졌습니다.

— 잠 없는 꿈

④ ································ 전 략································

　님이여, 님에게 바치는 이 작은 생명을 힘껏 껴안아 주셔요.

　이 작은 생명이 님의 품에서 으서진다 하여도 환희의 영지(靈地)
에서 순정(殉情)한 생명의 파편은 최귀(最貴)한 보석이 되어서 조각
조각이 적당히 이어져서 님의 가슴에 사랑의 휘장을 걸겠습니다.

　님이여, 끝없는 사막에 한 가지의 깃들일 나무도 없는 작은 새인
나의 생명을 님의 가슴에 으서지도록 껴안아 주셔요.

　그리고 부서진 생명의 조각조각에 입맞춰 주셔요.

— 생 명

　③은 앞에서 논했던 것과 마찬가지로 여기서의 님도 실체가 아닌
'추상의 님'이고 '절대적인 님'이다. <아니마>로 표출되는 님을 향한
사랑은 이렇게 절대적인 것이 많다. 여성이 표출해 낸 사랑 노래는 실
제적이고 구체적인 내용인데 반하여 <아니마>의 사랑 노래는 대부
분 관념적이다. 이러한 현상은 고시가에서의 <아니마>의 정표나
<아니마>의 전생에서 여실히 드러난다. 이와 마찬가지로 한용운의
사랑 노래에서도 여성 화자를 통한 <아니마>의 표출에서 충분히 볼
수 있다. 이러한 것을 볼 때면 꼭히 <아니마>라는 용어를 빌리지 않
더라도 뷔이탠지이크의 말처럼 정상적인 남자는 51%는 남성성이고

49%는 여성성이라 했으니 얼마든지 여성의 목소리로 사랑을 고백할수 있다. 여기에 나타난 <아니마> 또한 '님을 향한 희생적이고 절대적인 사랑의 화신'으로 표상되었다.

일제 강점기 서슬이 퍼렇던 일경(日警)앞에서도 굽히지 않았던 대쪽같이 강직한 한용운이다. 그에게서 「님의 침묵」같은 시가 나왔다는 것은 믿기 어려운 일이다. 하지만 그가 타고르의 시를 읽고 그 영향을 받았다고 생각해 보면 이해가 쉽게 간다. 사실 타고르의 시편을 읽고 「님의 침묵」을 읽으면 고개를 끄덕이게 한다.[17]

④에 나타난 시적 자아는 여성 화자로 사랑에 대한 강한 의지를 표출하고 있다. "생명까지도 님에게 바칠 수 있고, 그 생명이 님의 품에서 어스러져 조각으로 남는다 하여도 보석이 되어 님의 가슴에 사랑의 휘장으로 걸고자"하는 시적 자아는 님과 '하나'를 이루고자 하는 여성 정조의 적극적인 사랑의 표출로서, <아니마詩>에서 절대적인 대상에게 자기 희생의 정서로 나타난다.

'새'는 나무가 그 쉼터이고 사랑의 보금자리이다. 그런데 시적 자아로 표출되는 이 '새'에게는 그의 쉼터도 사랑을 나눌 수 있는 아늑한 보금자리도 없다. 오로지 '님의 품' 뿐이다. 부서진 생명은 죽음을 의미한다. 영적인 죽음이든 육체적인 죽음이든 여기서는 님의 사랑을 갈구하며 님과 '하나'를 이루고자 하는 시적 자아의 사랑이 강렬하게 표출되어 있다. 여기서 시적 자아는 여성의 위치에서 여성화자가 되어 님을 향한 사랑의 감정을 표출함에 있어 "자기의 생명으로 만든 사랑의 휘장을 님의 목에 걸어 드리고, 부서진 생명까지도 님의 사랑

---

17) 이정자, 한용운과 타고르의 영향 관계, 『문학과 의식』 1993, 여름호.,참조.

을 받고자” 한다. 그러므로 시적 자아의 <아니마>는 작자의 종교로 볼 때 ‘불타를 향한 절대적 사랑’으로 표상되어 있다.

⑤ 나는 선사의 설법을 들었습니다.
　“너는 사랑의 쇠사슬에 묶여서 고통을 받지 말고 사랑의 줄을 끊어라. 그러면 너의 마음이 즐거우리라.” 고 선사는 큰 소리로 말하였습니다.

　그 선사는 어지간히 어리석습니다.
　사랑의 줄에 묶이운 것이 아프기는 아프지만 사랑의 줄을 끊으면 죽는 것보다도 더 아픈 줄을 모르는 말입니다.
　사랑의 속박은 단단히 얽어매는 것이 풀어주는 것입니다.
　그러므로 대해탈은 속박에서 얻는 것입니다.
　님이여, 나를 얽는 님의 사랑의 줄이 약할까 봐서 나의 님을 사랑하는 줄을 곱들였습니다.

　　　　　　　　　　　　　　　　　　　— 「선사의 설법」 전문

　“사랑은 죽음보다 강하다”고 한다. 죽음은 심장의 고동이 멈추면 모든 것은 사라진다. 고통도 괴로움도 사랑도 기쁨도 그 아무것도 이 세상의 것은 적어도 그에게 있어서는 무(無)로 돌아간다. 이 세상의 것은 살아 남은 자의 몫이다. 죽은 자는 말이 없고 피안의 세계에서 머무른다. 그리고 피안의 세계에서 그 곳의 몫으로 또 살아간다. 하지만 이 세상에서 살아가는 한 이 세상의 몫을 따르고 이곳의 모든 인연을 귀하게 생각하게 된다. 더구나 사랑의 연(緣)에 있어서는 생명과도 같은 것이다. 그러기에 죽음보다 더한 고통을 받으면서도 그 사랑을 지키고자 한 ‘춘향의 사랑’이 있고, 문학이 있고, ‘황조가’같은 사랑의 시가 고대로부터 있었다. 사랑을 하는 자와 사랑을 하지 않는 자와의 느낌을 알 수 있듯이 사랑의 고통을 겪어본 자와 그렇지 않은 자는 살아가는 이해의 폭이 다르다.

'사랑의 쇠사슬, 사랑의 동아줄, 사랑의 밧줄'은 사랑의 속박을 의미한다. 사랑은 자유이기보다 속박이고, 구속이고, 고통이다. 동시에 사랑은 속박에서의 해방이고 자유이고 기쁨이다. 왜냐하면 사랑하는 이들은 이 모든 것을 사랑 속에서 경험하기 때문이다. 그러기에 사랑이 고통이지만 그 끈을 끊는다는 것은 죽음보다 더한 고통이고 아픔이다.

「선사의 설법」도 <아니마>의 사랑으로 표출된 '시적 자아의 불타를 향한 자기 희생적인 절대적 사랑'으로 표상되었다.

⑥ 님의 얼굴을 <어여쁘다>고 하는 말은 적당한 말이 아닙니다.
어여쁘다는 말은 인간 사람의 얼굴에 대한 말이요, 님은 인간의 것이라고 할 수가 없을 만치 어여쁜 까닭입니다.

자연은 어찌하여 그렇게 어여쁜 님을 인간으로 보냈는지, 아무리 생각하여도 알 수가 없습니다.
알겠습니다. 자연의 가운데에는 님의 짝이 될 만한 무엇이 없는 까닭입니다.

.... 중 략 ....
아아, 나는 님의 그림자여요.
님은 님의 그림자밖에는 비길 만한 것이 없습니다.
님의 얼굴을 어여쁘다고 하는 말은 적당한 말이 아닙니다.

— 님의 얼굴

⑥에서는 님을 향한 시적 자아의 대상이 불타임을 알 수 있다. '님

의 얼굴을 <어여쁘다>고 하는 것은 맞지 않다. 왜냐하면 이 말은 인간에 대한 말이고, 님은 인간으로 태어났으되 지금은 인간이 아니다. 불타이다. 자연(道)이 님을 인간으로 보낸 것은 그래도 인간이 만물의 영장이기 때문이다.

불타는 불타 이전에 왕이다. 왕은 만물의 영장인 인간 중에도 가장 큰 것으로 우주에서 '도·천·지'와 더불어 네 가지 큰 것에 속한다. 그러므로 도의 운행에 따르는 천·지·인은 왕의 은혜를 받고 따른다. 그래서 작위함이 없는 자연의 이치를 본 받는 도는 무위자연의 도(道)로서 이는 우주의 자연 법리를 의미함과 동시에 인생의 당위 원칙을 의미하는 것이다.[18] 그러므로 불타인 님은 인간이되 인간이 아니다. 불자들로부터 최고의 경의와 사랑을 받을 수 있는 절대적인 존재이다. 이를 표출함에 있어 시적 자아는 여성화자가 되어 여성 정조로 님을 향한 사랑의 극치를 님의 아름다움을 찬양하는 것으로 표상했다.

(3) 연인을 향한 순애적 사랑

여기서 논의 될 작품은 「나의 노래」「착인」이다.

> ① ························ 전 략 ·····························
> 나의 노래는 사랑의 신(神)을 울립니다.
> 나의 노래는 처녀의 청춘을 쥐어짜서 보기도 어려운
> 맑은 물을 만듭니다.
> 나의 노래는 님의 귀에 들어가서는 천국의 음악이 되고
> 님의 꿈에 들어가서는 눈물이 됩니다.

---

18) 이정자, 고산시가에 나타난 미의식, 「문학과 의식」 1991,봄호, 참고.

①은 '맑은 물, 천국의 음악, 눈물'로 이어지는 시어의 전이는 시적 자아의 정서의 흐름인 동시에 이것은 여성 화자로 등장하는 시적 자아의 <아니마>의 표출이다. 물은 불이 남성성인데 반하여 대지, 달과 더불어 여성성이다. 여성이 부드러움의 상징이듯이 여성성은 모두가 부드러움을 대표한다. 물은 형체가 없이 담는 그릇에 따라 담겨지는 유연성과 함께 극히 수동적인 것을 상징하고 한다. 하지만 여인이 약하면서도 강한 면이 있듯이, 물의 위력도 남성적인 불의 위력 못지 않게 크다. 여름날, 억수로 퍼붓는 소나기와 그로 인하여 물바다를 이루는 홍수와 해일의 위력이 그것이다.

체육이 남성성이라면 음악은 여성성이다. 음악이라면 불교에서 일컫는 서방세계인 '극락의 음악'보다는 역시 '천국의 음악'이 귀에 익숙하다. 작자도 극락의 음악보다 천국의 음악을 들었나 보다. 이렇게 님을 향한 나의 노래는 사랑의 신(神)을 울리고, 맑은 물이 되고, 천국의 음악이 되고 그것은 또다시 님의 꿈에 들어가서는 눈물로 승화한다. 눈물은 가장 순수한 감정의 표출이다. 이러한 시의 언술에서 시어의 기능은 원초적 통일성을 가진다. 곧 자연이나 신과 완전한 교감을 이룬다.

인간은 자기의 삶에 의미를 던지는 실존적 상황에서 이 세계와 어떤 형태로든 관계를 맺는다. 이러한 관계 속에서 가장 순수하게 원초적으로 표상되는 공간이 시의 세계이다. 여기서 시의 세계는 신화의 세계와 만난다. 그것은 신화와 시는 자아와 세계가 정서적으로 동일

한 의식에 근거하고 있기 때문이다.[19]

② 내려오세요, 나의 마음이 자릿자릿하여요, 곧 내려오셔요.
　사랑하는 님이여, 어찌 그렇게 높고 가는 나뭇가지 위에서 춤을
추셔요.
　두 손으로 나뭇가지를 단단히 붙들고 고이고이 내려오셔요.
　에그 저 나무 잎새가 연꽃 봉오리 같은 입술을 스치겠네.어서 내
려 오셔요.
　·························· 중 략 ··························
　내려오지 않는다던 반달이 사뿐사뿐 걸어와서 창밖에 숨어서 나
의 눈을 엿봅니다.
　부끄럽던 마음이 갑자기 무서워서 떨려집니다.

　　　　　　　　　　　　　　　　　　— 착인(錯認)

　만해(卍海) 한용운의 님은 그가 그의 시집 『님의 침묵』 군말에서 피
력했듯이 다의성을 가진다. 곧 연인이 될 수도 있고, 국가나 민족이
될 수도 있고, 불타나 중생이 될 수도 있고, 절대자나 자연이 될 수도
있다. 「착인」에서의 님은 드러난 것은 하늘에 떠 있는 '달'이지만 시
의 언술 뒤에 있어 드러나지 않은 의미는 따로 있다. 이는 이미지 분
석을 통해서만 알 수 있다.
　시의 의미를 추적할 때 세 가지 측면에서 그 함축성을 살필 수 있
다. 첫째 시인이 원래 작품 속에서 표현하고자 한 의도적 의미
(intentional meaning)와, 둘째 작품 속에 실제로 표현된 실제적 의미
(actual meaning)와, 셋째 독자가 그 나름대로 해석한 의미(significance)가
그것이다.[20] 이와 같이 시어의 상징은 다의성을 가진다. 그러므로 해

---

19) 김준오, 시론, 삼지원, 1994, p. 46.

석의 모호성에서 현대시의 난해를 가져온다.

　시적 자아는 '달'에다가 사랑하는 님의 심성을 이입시켜 인격화하
였다. '달'은 어둠을 밝혀 주는 '광명'을 의미함과 동시에 밤에 일어나
는 인간사의 모든 것을 보고도 말 아니하는 '무언의 인격자'로도 나타
낸다. 그런가 하면 연인들의 마음을 울려주기도 하고 함께 감상하는
즐거움을 주기도 하는 정감의 대상이기도 하다. 본시에서 시적 자아는
만해의 다른 많은 시에서처럼 여성의 어조로, 여성 정조를 표출하고
있다. 이렇게 시의 이미지는 관념의 육화(肉化)이므로 시인은 이미지를
통해서 현실 감각을 환기시키면서 시어의 예술성을 높이기도 한다.

(4) 상실한 조국에 대한 역설적 사랑

　여기서 논의될 작품은 「복종」「당신을 보았습니다.」「어느 것이 참
이냐」「참말인가요」 등이다.

> ① 남들은 자유를 사랑한다 하지만은 나는 복종을 좋아해요
> 　자유를 모르는 것은 아니지만 당신에게는 복종만 하고 싶어요
> 　복종하고 싶은데 복종하는 것은 아름다운 자유보다도 달콤합니다.
> 　그것이 나의 행복입니다.
> 　그러나 당신이 나더러 다른 사람을 복종하라면 그것만은 복종할
> 수 없습니다.
> 　다른 사람을 복종하라면 당신에게 복종할 수 없는 까닭입니다.
>
> — 한용운, 「복종」 전문

> ② 당신이 가신 뒤로 나는 당신을 잊을 수가 없습니다.

---

20) 김준오, 앞의 책, p. 204.

까닭은 당신을 위하느니보다 나를 위함이 많습니다.

나는 갈고 심을 땅이 없으므로 추수가 없습니다.
······························ 중 략 ·····························
나는 집도 없고 다른 까닭을 겸하여 민적이 없습니다.
"민적 없는 자는 인권이 없다. 인권이 없는 너에게 무슨 정조냐"
하고 능욕하려는 장군이 있었습니다.
그를 항거한 뒤에 남에게 대한 격분이 스스로의 슬픔으로
화하는 찰나에 당신을 보았습니다.
아아 온갖 윤리· 도덕· 법률은 칼과 황금을 제사 지내는
연기인 줄을 알았습니다.
영원의 사랑을 받을까, 인간 역사의 첫 페이지에 잉크칠을 할까,
술을 마실까 망설일 때에 당신을 보았습니다.

— 당신을 보았습니다

③ 그것이 참말인가요, 님이여, 속임없이 말씀하여 주셔요.
당신을 나에게서 빼앗아 간 사람들이 당신을 보고, "그대는 님이
없다"고 하였다지요.
그래서 당신은 남 모르는 곳에서 울다가 남이 보면 울음을 웃음
으로 변한다지요.
사람의 우는 것은 견딜 수가 없는 것인데 울기조차 마음대로 못
하고 웃음으로 변하는 것은 죽음의 맛보다도 더 쓴 것입니다.
······························ 하 략 ·····························

— 참말인가요

①에서의 당신은 조국이다. 이를 읽노라면 조선조의 연군지시를 연
상케 한다. 임금에 대한 사랑과 복종이 연군지시의 주제들이다. 만해
는 국가에 대한 복종에 있어 남성적인 강함보다는 여성적인 나약함으
로 접근하고 있다. 조선조의 연인지시가 부부별리나 연인으로 표출되

었듯이 만해에게 있어서도 부부 내지 연인의 관계로 부각된다. 님에 대한 복종은 조선조 여인의 미덕이다. 일부종사를 함도 조선조 여인의 미덕이다. 여인의 이러한 미덕을 차용하여 빼앗긴 조국에 대한 울분을 이렇게 표출했다. 이는 忠臣不事二君의 유가의 사상에서 온 조선조 사대부들의 절의와도 같은 것이다.

'복종하고 싶은데 복종하는 것'은 타에 의한 강요가 아니라 시적자아의 의지이다. 내 스스로 택하는 복종이기에 그것은 아름다운 자유보다도 낫고, 행복을 가져다 준다. 하지만 타인의 규제나 강요에 의한 복종은 '거부감'을 가져오고 불행을 예고한다. 더구나 사랑의 관계에서는 더욱 그렇다. 만해는 조국을 사랑함에 있어서도 그 시대 상황에서 어떻게 다르게 표현할 수 없었음을 짐작 할 수 있다. 그것을 만해는 여성의 어조로, 사랑하는 님을 향한 여인의 여리고 순수한 사랑으로 표출하고 있다. <임>에게 복종하고 싶은 여인의 마음은 <임>을 향한 온전한 사랑의 표현이다. 이러한 절대적인 사랑의 표현은 <아니마>정서가 표출된 고시가의 연군지시에서 다수 나타남을 앞의 논의에서도 볼 수 있다.

②에서도 만해가 처한 시대적 상황으로 볼 때 '님'은 조국이다. 만해는 창씨 개명에 반대해서 새호적이 없었으니 민적도 없었음을 알수 있다. 나라를 빼앗겼으니 갈고 심을 땅도 없을 테고 추수가 없는 것은 자연적인 사실이다. "민적이 없는 자는 인권이 없고 인권이 없는 자는 정조도 필요 없다"는 장군의 말에서 조국을 잃은 슬픔의 단면을 충분히 볼 수 있다. 이러한 조국 상실의 감상을 강력한 남성의 언어로 토해냈다면 일제 강점기에 일어설 수가 없다. 그러기에 나약한 여인의 언어로, 여인의 나약한 감성으로 조국애를 님을 이별한 연인의 아

픈 가슴으로 표출해 내었다. 이를 표출함에 있어 여성 화자는 만해의 무의식 속에 잠재해 있는 아니마가 그 역할을 담당한 것이다. 이는 융의 말을 빌리면 남성에게는 그 마음속에 여성성인 아니마가 내재해 있는데 이것은 여성을 이해하는데 있어서나, 상대자를 구하는데 있어서나, 가정생활에 있어서 나타난다고 한다.

③은 당시의 시대적 상황과 작가의식으로 볼 때, 여기서의 <당신>은 조국이고, 시인 자신이다. 시적 화자는 아니마로 표출되는 여인이며, 님은 조국이다. 두 번째의 님은 국민이 된다. 시인은 조국을 잃은 서러움을 사랑하는 임을 빼앗긴 여인의 위치에서 이별의 아픔을 토로하고 있다. 아니마의 입장에서 표출해 내는 여성 편향성의 이러한 시의 성격들은 외우내환으로 인해 사회적으로 불안한 시대에 살았던 고려조의 속요에서 표출되었다. 그리고 조선조의 가사나 시조에서 표출되었음을 전장에서 살펴 왔다. 이것이 일제 강점기에는 소월과 만해의 시에서 두드러지게 표출되고 있음을 볼 수 있다. 그러므로 이러한 여성 편향성의 작품들은 작가가 처한 그 시대 상황과 작가 개인이 처하고 경험한 삶의 조건과 밀접한 관계가 있음을 알 수 있다.

이상에서 살펴 본 바와 같이 「한용운과 아니마」는 작자가 처한 시대적 상황과 그가 읽은 타고르의 시집 「원정」이 만해의 무의식 속에 내재되어 있는 여성성인 <아니마>와 만남으로 해서 조국을 잃은 그 서러움을 임을 잃은 여인의 심정으로 다양하게 표출해 내었다. 그 대상은 고시가에서 두드러지게 나타난 연인이 되기도 하고, 만해의 신앙과 관계된 불타나 불자가 되기도 하고, 주권을 잃은 조국이 되기도 하고, 초월적인 자연이 되기도 한다. 여기서 주목되는 것은 <님>의 대상이 연일일 경우는 사랑에 초극적이고자하나 원망과 애원의 정서가 잠재되어 있고, 불자나 부처인 경우는 희생적인 사랑으로 마조키즘적이다. 신앙은 그만큼 절대적이고 자기희생적임을 보여준다. 그 대상이 자연인 경우는 자연 앞에서의 인간의 순수성을 맛보게 한다. 또 상실한 조국이 그 대상일 때는 조국 또한 상대적이 될 수 없기에 절대적인 대상으로 나타나 사랑의 언술을 역설적으로 표출하여 마조키즘적 자기 희생적인 것임을 알 수 있다.

한용운의 『님의 침묵』 전편을 고찰해 볼 때 님의 대상은 첫째 연인, 둘째 불자와 불타, 셋째 자연, 넷째 상실한 조국 등 4유형으로 분류할 수 있다. 이들 중에서 그래도 단연 우세한 것은 한용운의 신분에는 어울리지 않게 님의 대상이 연인임을 알 수 있다. 이러한 현상에서 주목되는 것은 드러난 외적 인격인 퍼소나로서의 한용운과 무의식 속에 가두어진 내적 인격으로서의 아니마의 모습으로서의 한용운을 독자는 바라 볼 수 있다. 융에 의하면 외적 인격인 퍼소나가 강하면 강할수록 남성의 내적 인격인 아니마는 더 강하게 갈등하고 억압되어 심하면 정신적인 병적 증상을 일으킨다고 한다. 그것이 시의 언술로서 표출하는 시인에게는 몽상을 통하여 몽상의 세계에서 아니마의 정서를 표현한다고 한다. 앞에서 살펴보았듯이 소월보다 만해가 훨씬 더 그의 시에서는 여성적인 것이 우월함을 알 수 있다. 소월의 전 작품을 살펴 볼 때 소월은 여성화된 남성 화자와 여성 화자를 합하여 70%를 차지한다. 여성 화자만은 40%에 해당한다.[21] 거기에 비해 만해의 『님의 침묵』은 여성 화자의 작품이 76. 2%이다. 단연 월등하다. 또 소월

---

21) 윤석산, 소월시 연구 참조.

은 그 짧은 인생에서도 초기 작품에서 여성 화자가 두드러지게 나타나고, 후기에 갈수록 여성화된 남성 화자에서 남성 화자로 옮아갔음을 볼 수 있다. 소월시의 전체적 변모 과정에서 여성 화자는 1920년경으로 보고 여성화된 남성 화자는 1921년에서 약 2년경으로 본다. 그리고 남성 화자는 1923년에서 24년경으로 본다. 이런 순서를 화자와 연관지어 볼 때 소월의 님은 여성 화자에게서는 사춘기적 막연한 그리움의 대상(관념적인 님 또는 부재의 님으로 표현하기도 함 : 필자 주)이 여성화된 남성 화자에 와서는 구체적인 여인으로 바뀌고, 다시 사회적 현실에 눈을 돌리는 과정에서 제작된 남성 화자에 와서는 잃어버린 조국이라든지 피폐된 농촌 등 공적인 현실을 읊은 것으로 본다.[22] 그래서 소월에게 있어서 님의 대상은 만해와는 그 양상을 달리한다.

3) 서정주와 「귀촉도」

눈물 아롱 아롱
피리 불고 가신 님의 밟으신 길은
진달래 꽃비 오는 서역 삼만리.
흰 옷깃 여며 여며 가옵신 님의
다시 오진 못하는 파초 삼만리.

— 서정주, 「귀촉도」 1연

서정주의 詩 가운데서도 <아니마>적 요소가 두드러지게 나타난

---

22) 윤석산, 앞의 논문 참조.

것이 <귀촉도(歸蜀途)>이다. 여기서 표현된 시어나 정서 감정, 어감 등이 모두 여정 정조임을 알 수 있다. 시어에 있어서도 <아니마>적인 요소가 되는 것들을 찾아보면, "눈물, 아롱아롱, 꽃비, 흰 옷깃 여며여며, 아로새긴, 은장도, 밤하늘, 은핫물, 귀촉도, 운다." 등을 찾을 수 있다. 이들 시어들은 모두 여성 정조를 내포하고 있는 여성 이미지들이다. 특히 '눈물'은 여성 전유물로서의 이미지이며, 아어체(雅語體)인 '아롱아롱'은 여성적 시어(詩語)이다. '서역 삼만리'나 '파초 삼만리'는 다시 돌아 올 수 없는 멀고도 먼 길로 떠난 <임>의 자취로 '흰 옷깃 여며여며'와 더불어 <임>이 가신 길이 '피안'으로 가는 길, 곧 저 세상으로 가는 길임을 알 수 있다. '진달래 꽃비'는 계절을 상징하는 것으로 이것 역시 '봄'의 여성 이미지이다.

이렇게 여성 이미지로 표출된 본 시는 '모든 남성은 그의 내면에 자기 자신의 이브를 가지고 있다는 말'에서 보듯이 이 이미지는 '기본적으로 무의식적이며, 남성의 살아 있는 유기 조직에 새겨져 있는 원시적 기원의 유전적 요인이다. 그리고 그것은 모든 조상들이 경험한 여성의 혼적 또는 원형으로 일찍이 여성에 의해 이루어진 모든 인상의 침전물'[23]이라는 것이다. 그러므로 남성 속에 있는 이러한 여성 정조인 <아니마>는 시인의 경우, 그의 작품 속에 형상화되어 나타난다. 그러므로 시적 자아의 여성 정조로서 「귀촉도」에 형상화되어 표출된 이러한 <아니마>의 정서(情緖)는 '인간 내면에 자리한 양성 심리의 표출'로 지금까지 논의되어 온 바와 같이 고시가에서부터 나타난 것임을 알 수 있다.

---

23) Calvin S. Hall & Vernon J. Nordby, 앞의 책, p.63.

내 영원은 / 물빛 / 라일락의
빛과 香의 길이로다.

가다 가단 / 후미진 굴형이 있어,
소학교 때 내 여선생님의
키만큼한 굴형이 있어,
이뿐 여선생님의 키만큼한 굴형이 있어,
내려가선 혼자 호젓이 앉아
이마에 솟은 땀도 들이는

물빛 / 라일락의
내 香의 길이로라 / 내 영원은.

                                  — 서정주, 「내 영원은」

    '물빛 라일락의 빛과 향'은 여성 이미지이다. 유년의 추억도 '후미
진 굴형, 여선생님, 혼자 호젓이 앉아' 등이 내향성의 여성 이미지들
이다. 이렇게 「내 영원」에 표출된 시적 자아의 <아니마>의 표상은
'여성 이미지로 포장된 시어(詩語)와 함께 융화되어 표출된 유년의 추
억'으로, 이러한 유년의 추억이 고시가에서는 고향 이미지와 함께 서
정시로 다수 나타난다.

안녕히 계세요 / 도련님

지난 오월 단오ㅅ날, 처음 만나던 날
우리 둘이서 그늘 밑에 서 있든
그 무성하고 푸르른 나무같이
늘 안녕히 안녕히 계세요.

저승이 어딘지는 똑똑히 모르지만

춘향의 사랑보다 오히려 더 먼
딴 나라는 아마 아닐 것입니다.

천 길 땅 밑을 검은 물로 흐르거나
도솔천의 하늘을 구름으로 날드래도
그건 결국 도련님 곁 아니예요?

더구나 그 구름이 소나기되어 퍼부을 때
춘향은 틀림없이 거기 있을거예요!

— 서정주, 「춘향유문(遺文)」· 춘향의 말 3

　제목이 말해 주듯이 시적 자아의 <아니마>가 춘향이 되어 표출한
'도련님'을 향한 사랑의 노래이며, 이별의 노래이다. 서정주는 고전 속
에 나타난 신화·전설들을 그의 시의 소재로 운용하여 새롭게 창출하
는 경우가 다수 있다. 「동천(冬天)」, 「신라초(新羅抄)」, 「질마재 신화(神
話)」가 그렇다. 「춘향유문(春香遺文)」도 고전 속의 주인공을 형상화 한
것으로 차안(此岸)과 피안(彼岸)을 넘나드는 시적 자아의 몽상을 그리
고 있다.
　1·2연에서 춘향은 도령을 향한 이승에서의 마지막 인사를 하면서,
도령과 처음 만나던 날의 추억을 상기한다. 3연에서는 저승길이 멀다
하더라도 도령이 있는 서울보다는 가까울 것이라 하여 도령과의 이별
의 거리는 저승보다도 먼 확대된 거리로 표출되어 合一의 불가능성을
나타낸다. 4연에서는 도련님으로 인해 저승의 심연으로 빠지거나 도
솔천의 구름 위를 나른다 해도 그건 곧 도련님 곁이라 하여 도련님과
함께 있는 영원한 사랑의 실체임을 표현했다. 5연에서는 '그 구름이
소나기가 되어 퍼부을 때 춘향은 틀림없이 거기 있다'고 하여 죽어도

죽지 않는 불사조처럼 此岸과 彼岸을 넘나드는 춘향의 사랑은 시적 자아가 지향하는 윤회 사상의 표출이다. 물, 구름, 소나기로 이어지는 물의 순환 구조는 인간의 生(탄생), 死(소멸), 재생(소생)의 윤회를 의미하기도 한다. 곧 물은 탄생·생명·부활을 의미하고, 구름은 죽음·허무·소멸을 의미하며, 소나기는 물의 의미와 더불어 재생·창조·소생의 의미를 가진다.

그러므로 <춘향유문>은 '물, 구름, 소나기'로 이어지는 물의 순환 구조와 그것이 가지는 원형 이미지가 시적 자아가 추구하는 윤회 사상과 하나가 되어 표출된 영원한 사랑의 실체이다. 이러한 시적 자아의 <아니마>의 표상은 고시가에 나타난 전생(轉生)을 통한 <아니마>의 정서와 유관하다.

4) 김영랑과 '눈물'의 시학

김영랑의 시를 읽어 가면 그의 이름만큼이나 아름다운 시어들을 만나게 된다.

이슬, 눈물, 샘물, 물결, 방울, 햇살, 강물, 설움, 실비, 손결, 햇발, 구슬, 종달 등 'ㄹ'과 'ㅇ"ㅁ'음을 즐겨 쓰고 있음을 본다. 부드럽고 구르는 듯한 '유음'을 즐겨 쓰고 있어 시어의 아름다움을 맛 볼 수 있다. 또 종지어를 '어요, 아요, 야요'등의 아어체를 애용하여 여성스러움을 더해 준다. 그리고 시의 소재 또한 여성 이미지를 나타내는 시어를 많이 쓰고 있다. 이러한 연유로 해서 김영랑은 시의 내용 보다 그 표현미에서 여성성인 <아니마>의 특징을 살필 수 있다. 특히 그는 '눈물'의 시어를 즐겨 썼음을 다음의 작품에서도 읽을 수 있다.

① 모란이 피기까지는
　나는 아직 나의 봄을 기다리고 있을 테요
　모란이 뚝뚝 떨어져버린 날
　나는 비로소 봄을 여윈 서룸에 잠길테요
　　………… 중 략 …………
　모란이 피기까지는
　나는 아직 기다리고 있을테요. 찬란한 슬픔의 봄을

　　　　　　　　　　　　　　— 모란이 피기까지는

② 돌담에 속삭이는 햇발같이
　풀아래 웃음 짓는 샘물같이
　내마음 고요히 고운 봄길 위에
　오늘 하루 하늘을 우러르고 싶다.

　새악시 볼에 떠오는 부끄럼같이
　시의 가슴을 살포시 짓는 물결같이
　보드레한 에매랄드 얇게 흐르는
　실비단 하늘을 바라보고 싶다.

　　　　　　　　　　　　　　　　— 봄길 위에서

③ 내 마음을 아실이
　내 혼잣 마음 날같이 아실이
　그래도 어디나 계실것이면

　내마음에 때때로 어리우는 티끌과
　속임없는 눈물의 간곡한 방울방울
　푸른밤 고이 맺는 이슬같은 보람을
　보밴듯 감추었다 내어드리지

　　　　　　　　　　　　　　　— 내 마음을 아실 이

④ 「바람이 부는대로 찾아가오리」
　홀린듯 기약하신 님이시기로
　행여나! 행여나! 귀를 종긋이
　어리석다 하심은 너무하구려.

　문풍지 서룸에 몸이 저리어
　내리는 함박눈 가슴 헤어져
　헛보람! 헛보람! 몰랐으료만
　날더러 어리석단 너무하구려.

— 원 망

⑤ 그 밖에 더 아실이 안계실거나
　그이의 젓인 옷깃 눈물이라고
　빛나는 별 아래 애닯은 입김이
　이슬로 맺히고 맺히었음을

— 애닯은 입김

⑥ 풀 위에 맺어지는 이슬을 본다
　눈썹에 아롱지는 눈물을 본다
　풀 위엔 정기가 꿈같이 흐르고
　가슴은 간곡히 입을 벌린다

— 풀 위에 맺어지는 이슬

⑦ 못 오실 님이 그리웁기로
　흩어진 꽃잎이 슬프랬던가
　빈손 쥐고 오신 봄이 그저 다 가시련만
　흘러가는 눈물만면 님의 마음 져지련만

— 못 오실 님

⑧ 님 두시고 가는 길의 애끈한 마음이여
　한숨 쉬면 꺼질 듯한 조매로운 꿈길이여
　이 밤은 캄캄한 어느 뉘 시골인가
　이슬같이 고인 눈물을 손끝으로 깨치나니
　── 님 두시고 가는 길

⑨ 미움이란 말속에 보기싫은 아픔
　미움이란 말속에 하찮은 뉘우침
　그러나 그 말씀 씹히고 씹힐 때
　한거풀 넘치어 흐르는 눈물

── 미　움

　위의 시 ①에서 ⑨를 보면 시의 언술로 여성 이미지를 나타내는 시어가 중심을 이루며 운용되었음을 볼 수 있다. ①, ②, ④를 제외하고는 시의 언술에서 '눈물이 주조(主調)를 이룬다. ①은 '서름, 봄, 슬픔'이 여성 이미지로 여성성을 나타내며, ②는 '샘물, 봄길, 새악시, 부끄럼, 살포시, 보드레한, 속삭임, 실비단, 물결' 등이 여성스러움의 아름다움을 나타내는 시어들이다. ③은 '눈물, 방울방울, 이슬'이, 구르는 듯한 유음의 흐름과 여성 이미지를 내재하고 있으며, ④는 '함박눈, 서름'이, ⑤는 '눈물, 애닯은 이슬'이, ⑥은 '이슬, 눈섭에 아롱지는 눈물'이, ⑦은 '눈물, 꽃잎, 봄'이 ⑧은 눈물, 애끈한 마음, 한숨, 꿈길, 이슬, 눈물 등이 ⑨는 눈물이 여성 이미지를 각각 드러내고 있다.

　위의 예시에서 보여지듯이 영랑 시어에는 '눈물'이 자주 나온다. 사실 눈물은 여성의 몫이다. 남자라면 눈물도 감추어야 하고 안으로 삼키는 것이 우리네 정서에는 남자다움으로 되어 있다. 그런데 영랑에게는 눈물이 많다. 눈물은 물, 시내, 대지와 더불어 여성 이미지다. 눈물은 또 생성 풍요 부활의 의미를 가지는 물의 속성에 포함된다.

물이 생성의 의미를 가지는 것은 모든 생물이 물에서 나기 때문이다. 물이 없으면 생명이 자랄 수 없는 것과 같다. 물이 없는 사막은 모래뿐이다. 또 물이 풍요의 의미를 가지는 것은 물로 인하여 만물이 생성되기 때문이다. 여름날 비 온 후에 생기가 넘치는 만물의 풍성함에서 볼 수 있다. 그리고 물이 부활의 의미를 가지는 것은 시들어 가는 나무에 물을 주었을 때 다시 생생하게 살아나는 것을 볼 수 있다. 또 기독교 의식의 하나인 세례식에서 물로 세례를 주는 것이 거듭난 부활의 의미를 가진다. 이러한 의미를 지닌 물로 이루어진 눈물은 가장 순수한 감정의 표출로서 여성의 몫이다. 영랑의 시어에서 눈물이 자주 등장하는 것은 그만큼 그의 심성의 순수함을 말해 준다. 어려서 결혼하여(14세 때) 일찍 아내를 여의고(15세 때) 전라도 강진 땅에서 서울로 일본으로, 이렇게 객지로 다니며 유학을 했고 3·1운동 때는 일경에 체포되어 대구 형무소에서 옥고를 치르기도 했다. 이러한 그의 평탄치 못한 삶에서도 맑고 아름다운 시어가 표출된 것은 그에게 기독교인으로서의 사랑이 있었고 운동을 통한 활달함과 음악을 통한 정서의 부드러움이 있었기 때문으로 본다. 휘문 시절, 영랑은 축구 테니스 등 운동을 좋아했고, 음악에도 조예가 깊었다. 특히 아악에도 정통하였고 북에는 일가를 이룬 명수(名手)로 거문고에도 심취하였다. 이 같은 음감과 정조가 그의 시세계에서 그만의 독특한 시어로 아름답게 창출된 것으로 본다.

영랑에게 있어서 여성 이미지를 나타내는 이러한 시어의 운용으로 표출된 시의 언술 또한 여성적인 정조가 주조를 이루어 시의 내용은 자연스럽게 여성 편향성을 나타낸다. 이러한 여성 편향성은 남성의 무의식 속에 있는 여성성의 표출로 C. G. 융의 심리학적 용어를 빌려서 <아니마>라고 지금까지 논의하여 왔다. <아니마>는 정도의 차이는 있을지라도 남성 누구에게나 무의식 속에 내재되어 있고, 이를 증명이라도 하듯이 많은 시인들에게서 <아니마>로 표출된 시를 읽을 수 있다.

2. 고시조와 아니마

1) 아니마의 개념과 그 특성

남성과 여성은 본질적으로 동일한 심리적 전제(前提)를 가지고 있다. 이 양성(兩性)에 차이를 두는 것은 그 사회의 남녀관, 즉 전통적 편견 때문이다.

예외적인 경우도 있지만 일반적으로 남성은 능동적이며 여성은 수동적이다. 남성은 사회적인 지위나, 권위, 및 명예를 존중하는가 하면, 여성은 사회나 국가보다는 가정이, 추상적인 이념이나 학설, 보편적인 진리보다는 구체적인 개인의 감정이 중요하다. 이렇게 어릴 때부터 성격이 다르고 커 가면서 그 개인이 속하고 있는 가정, 사회 집단의 남녀관 — 남녀의 페르소나 — 에 따라서 그 차이점을 뚜렷하게 한다. 그러나 자세히 관찰해 보면 이러한 차이점은 남녀의 의식적 태도의 차이점이며, 무의식에는 이것과는 서로 다른 요소가 숨어 있음을 발견할 수 있다.

가령 밖에서는 남성적이고 적극적인 사람이 집에 돌아오면 유약하고 소극적인 사람이 있는가 하면 그 반대인 경우도 있으며, 여성의 경우에 있어서도 평소에는 나약하고 소극적으로 보이는 사람이 어떤 일을 대처하고 처리하는데 있어서는 대담하게 행동하는 경우를 본다. 그래서 '사람은 보기와는 다르다'느니 '외유내강'이라든지 '외강내유'란 말이 있다. 이것은 모두 남녀의 의식의 태도와는 다른 또 하나의 무의식적인 태도가 각각 달리 나타나고 있음을 보여 주는 한 예다.

이러한 무의식에 있는 내적 인격의 특성을 C. G. 융이 <아니마>·<아니무스>로 명명했다. 즉 남성의 무의식 속에 있는 여성적 요소를 <아니마>, 여성의 무의식 속에 있는 남성적 요소를 <아니무스>라고 부른다. 이러한 내적 인격은 외적 인격 때문에 생겨난 산물이 아니고 본래 그렇게 체험하게끔 준비된 원초적인 조건, 즉 원형 가운데 하나이다.

이 원형은 반드시 밖에 있는 어떤 인물에만 투사되는 것이 아니다. 예술가, 시인은 자기의 아니마, 아니무스를 화폭이나 작품 속에 형상화한다. 반드시 사람으로서 형상화하는 것이 아니라, 이름 모를 새, 비둘기, 학, 혹은 태양과 달 속에 <아니마>, <아니무스> 원형을 그려내어 그것이 그들 작품의 독특한 특질을 이루게 된다. 이러한 <아니마>, <아니무스>는 또한 이념에 투사되기도 하고, 물질에 투사되기도 한다. 그 이념이 계몽 사상이든, 공산주의든, 기독교 사상이든, 혹은 낭만주의든, 그것이 <아니마>·<아니무스> 투사(投射)의 대상이 되면 그 이념들은 그들의 사랑의 대상이 된다. 열병 환자처럼 그들은 그 주의와 사상에 광신적으로 집착하게 된다.

임금이나 민족도 <아니마> 투사의 대상이 될 수 있다. '님'이라는 우리나라 말은 상당히 강한 종교적 신성성(神聖性)과 열정(熱情)을 함축하고 있는 말이다. 정몽주의 '님 향한 一片丹心'이나, 한용운의 '님의 침묵', 그 밖의 여러 시가(詩歌)에 반영된 '임'은 모두 그 말에 내포되는 개인적인 감정의 성질과 척도는 다르다 하더라도 단순한 애인의 의미를 넘어선 종교적 의미를 내포하며 '마음의 상Seelenbild'과 관련된다고 볼 수 있다.

<아니마>의 성적(性的) 상대는 <아니무스>지만, 이들의 상대가 되는 자아 개념은 <페르소나>이다. 즉 자아(自我)ego를 동전으로 빗대어 본다면, 한쪽은 <아니마>이고 다른 한쪽은 <페르소나>라고 할 수 있다. 곧 <페르소나>가 외부로 나타난 가면Mask이라면 <아니마>는 우리들 정신의 내면에 있는 남성 정신의 여성적 측면이다.[24)]

이러한 <아니마>의 특성은 보통 어머니에 의해서 결정된다. 어머니로부터 부정적인 영향을 받았다면 그는 쉽게 흥분되고, 우울해지고, 불안해하고, 감동을 하는 변덕스러운 성격의 소유자가 되는 경향이 있다. 남자의 영혼 안에서 부정적인 모성상(母性像)은 일에 대한 권태와 무기력, 병에 대한 두려움, 소심증, 우수(憂愁), 억압 등의 증상을 띤다. 이러한 증상이 심할 경우는 자살을 유도하기도 한다, 이런 경우 <아니마>는 사영(死靈)이 된다. 이러한 부정적인 <아니마>가 노출되는 또 하나의 양식은 모든 것의 가치를 깎아 내리는 부정적인 행위이다. 곧 심술 비방 악의 파괴 등으로 독부(毒婦)의 속성으로 나타나기도 한다.

이러한 아니마는 남성들로 하여금 파멸적인 지적 유희에 빠져들게도 한다. 이러한 <아니마>의 계략은 가면을 한 지적인 대화에서 그

---

24) Calvin S. Hall & Vernon J. Nordby, 이용호 역, A Primer of Junction Psychology(백조출판사, 1980), p.61.

효력을 발휘한다. 가장 흔한 <아니마>의 표현은 색정적인 환상의 형태를 취하기도 한다. 이러한 경우 남성들은 외설적인 것들에 빠져든다. 이것은 <아니마>의 거칠고 원시적인 측면으로서 남성들이 그의 감정 관계를 충분히 계발하지 못했을 때 강박관념에서 일어난다. 첫눈에 사랑에 빠지는 경우, 이것은 각각의 <아니마> <아니무스>가 상대방에게 투사되었기 때문이다.

반면에 어머니로부터 긍정적인 영향을 받고 자란 남성에게 있어서, 좋은 신부감을 찾는 능력은 긍정적인 <아니마>의 덕이다. 이러한 긍정적인 <아니마>는 남성들로 하여금 논리적인 사고를 도와주고, 올바른 내적 가치와 합치도록 하여 마음의 심부에 이르는 길을 열어 준다. 이것은 곧 버질을 천국으로 인도하는 베아트리체의 역할과도 같은 것이다.[25]

이러한 <아니마>의 발전에는 4단계가 있다.[26] 이러한 단계는 개인의 인격도야와도 같은 것이다.

첫째 단계는 이브의 像으로 본능적이고 생물학적 관계로 나타난다.
둘째 단계는 파우스트의 헬렌에서 보여지는 낭만적이고 미적 수준의 인격화와 성적 요소의 특징을 지니고 있다.
셋째 단계는 성모 마리아에 표현된 것으로 Eros를 영적 헌신의 극치에까지 올리는 像으로 표출된다.
넷째 단계는 Sapientia로 상징되는 지혜의 결정체이다. 구약의 雅歌書에 나오는 Shulamite는 그 유일한 표상으로 가장 순수하고 성스러운

---

25) C. G. Jung, 이부영외 역, 인간과 무의식의 상징(집문당, 1993). pp. 182-187. 참조.
26) 아니마의 4단계에 대해서는 융 전집 16권 p. 174. 참조.

것도 초월한다. 현대에서는 모나리자가 지혜의 아니마와 가장 가깝다.

이렇게 <아니마>는 남성의 마음에 숨은 모든 여성적인 심리적 경향들이 인격화된 것이다. 곧 막연한 여러 느낌과 기분, 예견적 육감, 비합리적인 것에 대한 감수성, 개인적 사랑의 능력, 자연에 대한 느낌, 그리고 무의식적인 것과 관계되는 복합적인 감정의 총체로 이루어진 여성적인 정서 일반을 일컫는다.[27] 이러한 여러 가지 심리적인 경향들을 문학작품 속에서 여성화된 분위기나 느낌, 정조 특성으로 여성 취향화하여 밀도 있게 고조시키거나 작중 인물을 여성으로 설정하여 특별한 효과를 거두는 것을 여성 편향성female complex이라 일컫기도 한다. 여기에는 여성적 화법을 구현한 문형적인 측면과 여성적인 시적 자아의 설정, 그 위상에 관한 위치 선정, 시적 자아의 대상 인식 방식과 그 관계 설정 등 시적 상상력을 동원한 여성적인 내면 공간 일체를 포함시킨다.

일반적으로 여성편향성이라 할 때는 남·여 구별 없이 시의 내용이 여성적인 것을 일컬어 말하는 것이고 여성 편향적인 시 가운데 그 작자가 남성인 경우를 <아니마 시>로 다룬다. 곧 <아니마 시>란 작가는 남성이면서 그 시적 화자가 여성인 경우를 일컫는다.

시인에게 있어서 <아니마>의 바람직한 기능은 그의 <아니마>가 보내는 여러 가지 느낌, 기분, 기대와 환상들을 시어로 형상화하여 둘 때 생기는 것이다. 곧 몽상 속에서 보다 깊은 무의식적인 소재들이 마음의 심층에서 솟아 나와 기존의 소재들과 연결되어 표출될 때 생긴다.

---

27) C. G. Jung, 이부영 외 역, 위의 책, p. 152.

2) 고시조에 나타난 아니마의 표상

(1) 연인지향형

이태극은 「고시조에 나타난 애정관」에서 내용분류를 통하여 애정류의 시조가 단연 1위임을 천명하였다. 조선조가 아무리 유교 중심의 사회였고, 실천 도덕을 강조하였다 하더라도 인간의 본능인 애정은 역시 그 생활 저변에 줄기차게 흐르고 있었음을 알 수 있다. 곧 나라와 임금, 부모, 형제, 친구 등에 대한 사랑도 있었지마는 대부분이 남녀간의 애정 생활이었음을 작품을 통하여 구명할 수 있다. 필자는 박을수 편 『한국시조대사전』에서 아니마가 표출된 작품을 찾아 본 결과 총 4736 수 중에서 연인·연군·연부를 포함한 애정류의 시는 총 622 수로서 약 14%를 차지했다. 이 중에서 무명씨의 작이 355수이고, 유명씨의 것은 267수이다. 여기에 공통적으로 나타난 여성 정조는 '임을 향한 그리움이고 안타까움'이다.

시조에 표출된 아니마는 그 지향하는 대상에 따라 연인지향형, 연군지향형, 연부지향형으로 분류된다. 본항에서는 연인지향형에 나타난 아니마의 모습을 밝혀보고자 한다.

> ① 간 밤에 우던 여흘 슬픠 우러 지내여다
> 이제야 싱각ᄒ니 님이 우러 보니도다
> 져 믈이 거스리 흐르고져 나도 우러녜리라
>
> — 원관란

바슐라르는 『몽상의 시학』에서 아니마를 설명하는 가운데 C. G. 융의 정신분석학이 가장 명확하게 "인간의 심리상태는 그 원초적인 상태에서 쌍성(雙性)이라는 것을 입증해 낸바 있다."[28]라 하여 아니마의 존재를 확연히 했다. 이것은 뷔이텐지이크가 정상적인 남성은 51% 남성적이며, 정상적인 여성은 51% 여성적이라는 것과 같은 의미를 가진다. 그러므로 무의식은 우리 속에서 남녀 양성의 힘을 유지한다.

물의 이미지는 모든 몽상가에게 여성성의 감흥을 전해 준다. 일반적으로 성실한 몽상 속에서 포착된 순수한 이미지들은 자주 아니마의 덕성을 말하고 있다.

"간밤에 울던 여울"은 시적 자아의 슬픈 마음이 이입된 '유심(有心)'의 여울이다. 동시에 이것은 <임>의 마음도 함께 하는 시적 자아의 관조의 대상이 된 원초적 인식어(原初的 認識語)이다. 흐르는 물의 심상 속에서 <임>과 <나>를 하나로 잇는 공유 공간을 획득하고자 하는 시적 자아의 적극적 의지가 표출되어 있다. 하지만 이것은 '바람'일 뿐 현실적으로 이룰 수 없는 '역류 현상'이다. 이 시는 <아니마>의 모습으로 표출된 다른 이별시들과는 다른 면모를 보인다. <아니마>로 표출되는 시적 화자의 정조는 여성적이지만 현실 속에서 흐르는 물을 역류시키고자 하는 그 의지는 <아니무스>의 능동적이고도 적극적인 성향이다. 그리고 이 작품은 <임>과 <내>가 함께 우는 것으로 표출된 그 자체도 <아니마><아니무스>가 공존하고 있다. 그래서 본 시조는 다른 <아니마詩>에서 나타난 여인의 일방적인 사랑 노래와는 차이가 있음을 볼 수 있다. 하지만 시적 자아의 아니마는 '임을 향한 그리움'으로 표상되었다.

---

28) 바슐라르, 김현 옮김, 몽상의 시학, 기린원, 1993. p.70-71 참조.

② 쑴 가온디 오는 임을 흔젹 업다 칙망마라
   오미 슈스 무한 회포 쑴 속의도 다졍이라
   언제나 그린 임 만나 몽중사를.

                                              – 이세보

③ 이 몸이 쑴이 되여 님의 침상 넌짓 가셔
   분명이 현몽ᄒ면 놀나 찌여 반기련이
   엇지타 슈심의 못 일른 쟘이 그도 어려

                                              – 이세보

②는 그리는 <임>을 몽중(夢中)에서 만나 '합일'의 졍을 이루는 것
을 노래한 것이다. 꿈은 간절한 바람이 꾸어지거나 잊혀진 체험들이
무의식 속에서 어느 시기에 꿈으로 나타난다고 한다. 프로이드에 의
하면 '꿈은 어떤 방법으로든지 우리의 체험으로부터 연유된 것이다.
그것은 어떤 형태로 나타나든 소망 충족의 수단'[29]이라 했다. 시적 자
아는 <임>을 그리는 간절한 마음에서 꿈을 꾸었고 꿈속에서 그 소망
을 충족시키고 있다. "오매(寤寐), 수사(愁思), 무한(無限), 회포(懷抱)는
꿈속에서도 다졍(多情)"이라 하고, 언제나 꿈에서라도 <임>과의 만남
을 이루겠다고 하였다. 그러므로 이에 나타난 아니마의 표상은 '임에
대한 적극성과 능동성을 나타낸 시적 자아의 여성 정조'로 형상화되
었다.
   ③은 '꿈이 되어서라도 <임>께 가까이 가고자 하나 <임>을 향한
그리움과 수심(愁心)으로 잠도 이루지 못함'을 노래했다. 시적 자아는
초장에서 <임>을 향한 그리움에 애태우다가 꿈에서나마 <임>의 곁

---

29) S. Freud, 김기태 옮김, 꿈의 해석 (선영사, 1993), pp. 21-28. 참조.

으로 가고자 하는 의욕을 보인다. 곧 자신이 꿈이 되어 <임>의 침상으로 넌지시 가서 <임>의 꿈에 현몽하면 <임>이 놀라서 깨어 반길 것을 몽상(夢想)한다. 하지만 이러한 몽상도 잠을 이룰 수가 없으니 어렵다고 하여 <임>과의 합일을 이룰 수 없음을 읊었다.

　본 詩에 운용된 시어(詩語)들을 살펴보면 꿈, 침상, 현몽, 수심, 잠 등은 밤이 주는 이미지들로 '낮' 이 남성 이미지를 나타내듯이 '밤'은 여성 이미지를 나타낸다. <임>을 애타게 그리는 여성 정조가 '밤'이 주는 이미지와 함께 어울려 표출된 시에서의 <아니마>는 '그리운 <임>과의 결합을 간절하게 바라나 이룰 수 없는 여인'으로 표상되었다.

④ 오정주(烏程酒) 팔진미(八珍味)롤 먹은들 살로 가랴
　옥루금병(玉漏金屛) 깁흔 밤에 원앙침(鴛鴦枕) 비취금(翡翠衾)도
님 업스면 거적이로다
　녀 님아 덕석 집벼기에 초식(草食)을 홀지라도 이별(離別) 곳 업
스면
　긔 원(願)인가 ᄒ노라

　　　　　　　　　　　　　　　　　　　　　　　　　— 박문욱

⑤ 님으란 회양 금성 오리 남기 되고 나는 삼사월 츩넌출이 되야
　그 남게 그 츩이 낙검의 납의 감듯 일이로 츤츤 졀이로 츤츤 외
오 풀러
　올히 감아 얼거져 틀어져 밋붓터 끗ᄭ지 죠곰도 븬틈업시 찬찬
굽의나게
　휘휘 감겨 주야장상 뒤틀려져 감겨 잇셔
　동셧쫄 바람비 눈서리를 암으만 맞즌들 쩔어질 쭐이 이시랴

　　　　　　　　　　　　　　　　　　　　　　　　　— 이정보

④의 박문욱은 조선 영조 때의 가인(歌人)으로 자(字)는 여대(汝大)로 김수장 김천택 등과 같은 시대 가단(歌壇)의 가인이다. 살림은 가난하나 호탕하였기 때문에 여러 歌人들이 호걸군자(豪傑君子)라고 하였다.

'나물 먹고 물 마셔도 사랑하는 <임>과 함께라면 足하다'고 하여 <임>과 이별 없기를 바라는 간절함을 노래하였다. <임>과의 사랑은 원초적인 것이며 본능적인 것이다. 사랑은 미(美)에 대한 충동으로 아름다운 것이며 미(美)에서 환기되는 정(情)이기도 하다. 이것은 인간이 자기완성에 이르는 <인격의 미>가 되는 기본 원리이기도 하다. 이러한 사랑은 본시 자기에게 결핍되어 있는 것에 대한 동경이고 희구이다. 이 결핍되어 있는 것을 소유함으로써 자기를 풍부하게 하려는 자기 충족적인 열광적 충동이다.[30] 그러므로 에로스의 사랑은 뜨겁고 소유욕이 강하다. 그래서 이별 없는 사랑, 영원한 사랑, 지속적인 사랑을 희구한다.

'오정주(烏程酒), 팔진미(八珍味), 옥루금병(玉漏金屛), 원앙침(鴛鴦枕), 비취금(翡翠衾),' 은 모두 뛰어난 물품들이다. 이렇게 좋은 것들도 <임>이 없으면 아무런 가치를 느낄 수 없는 하찮은 거적자리에 불과하다고 했으니 <임>의 존재가 얼마나 큰 자리를 차지하는가를 짐작할 수 있다. 이렇게 큰 자리가 하나 가득 채워져 있을 때는 환락과 희열의 행복한 공간을 맛볼 수 있다. 하지만 그것이 빈자리로 남아 있을 때에는 아픔과 원망, 애정으로 가득찬 불행한 공간을 마주하게 된다. 이로 인한 이별의 확장된 공간과 시간은 여인으로 하여금 한(恨)을 싹트게 한다. 이러한 불행한 공간을 맞이하지 않기 위하여 <아니마>의

---

30) 백기수, 미의 사색 (서울대출판부, 1976), p. 206.

정조로 표출되는 시적 화자는 '<임>과의 이별 없는 사랑'을 노래하였다.

⑤도 이별 없기를 간절히 바라는 남·여 간의 사랑시(詩)로 <아니마>의 정조로 표출되어 있다. 점잖은 선비의 작품이라기보다는 작자미상으로 전하는 속요를 대하는 듯 하다. '사랑하지 않으면 글을 쓸 수 없고, 또한 그 사랑은 사랑의 텍스트인 기호들의 동요 속에서 가장 훌륭하게 실현된다."³¹⁾는 줄리아의 말처럼 사랑의 노래는 기호화된 언어의 유희인 문학 작품 속에서 유감없이 발휘된다. 그러므로 사랑을 표방하는 모든 존재는 상대에 대하여 욕망을 불러일으킨다. 그리고 그 욕망을 일으키는 대상은 무엇보다 존재 그 자체에 어울린다고 할 수 있다. 그와 더불어 그 욕망은 자기 존재를 자연스럽게 보존하기를 갈망하면서 그 방해물을 피해 가기도 하고 이에 반항하기도 한다.

본 시에 나타난 시적 자아의 욕망은 <임>과 결코 떨어 질 수 없는 강한 의지를 표출함에 있어 '나무와 칡넝쿨'을 시적 소재로 운용했다. '나무'로 표상된 <임>과 '칡넝쿨'로 표상된 시적 자아의 여성화자로 등장하는 <아니마>는 비바람 눈서리와 같은 어떠한 역경과 어려움에도 헤어질 수 없음을 나타냈다. 여기서 '칡넝쿨'의 속성은 詩의 본말 속에 시어(詩語)로서 충분히 그 의미가 내재되어 있음을 알 수 있다.

   ⑥ 가을 밤 치 긴 적에 님 싱각이 더욱 깁다
      머귀 싱권 비에 남은 간장(肝腸) 다 석노라
      아마도 박명(薄命)흔 人生은 니 혼 진가 흐노라

                — 김천택

---

31) 줄리아 크리스테바 지음, 김영 옮김, 사랑의 역사 (민음사, 1995), p. 270.

⑦ 청계(清溪)쇼 둘 발근 밤의 슬피 우는 져 긔러기
　쌍쌍(雙雙)이 놉피 써셔 누를 그려 우는
　우리는 半 짝기 되여 님만 그려 우노라.

— 강복중

⑧ 청냉포(清冷浦) 둘 붉은 밤에 어엿븐 우리 님군
　고신(孤身) 척영(隻影)이 어드러 가시건고
　벽산중(碧山中) 자규(子規) 애원성(哀怨聲)이 나를 절로 울닌다.

— 문수빈

⑨ 청천(青天)의 발근 달은 임의 얼골 보련마는
　나는 엇지 ᄒᆞ여 져 달과 갓치 못 가는고
　님도 져 달 보고 날 싱각 ᄒᆞ넌지.

— 원 봉

⑩ 간 밤의 불든 바람 금성(金聲)이 완연(宛然)하다
　고침(孤枕) 단금(單衾)에 상사몽(相思夢) 훌처 찌여 죽창(竹窓)을 반개(半開)ᄒᆞ고 묵연(默然)히 안자 보니
　만리장공(萬里長空)에 하운(夏雲)은 흐터지고 천인 강상(千仞崗上)에 찬 기운만 어려 잇다
　정전(庭前)에 실솔성(蟋蟀聲)은 이한(離恨)을 아뢰난 듯 추국(秋菊)에 맷치인 이슬 별루(別淚)를
　먹음은 듯 잔류(殘柳) 남교(南橋)에 춘앵(春鶯)은 이귀(已歸)하고 소월(素月) 동영(東嶺)의 추원(秋猿)이 슬피 운다
　임(任) 여흰 이 내 마음 이 밤 새우기 어려워라.

— 임중환

⑥은 <임>이 없이 홀로 방을 지키는 여인에게는 가을밤도 <임>

과 함께 한 동짓달 긴긴 밤 보다 더 길게 느껴진다. 그래서 <임>을 기다리는 홀로의 시간은 '일각(一刻)도 여삼추(如三秋)'라 하여 짧은 시간도 확장되어 표현된다. 시적 자아는 깊어 가는 가을밤에, 우둑우둑 낙엽에 떨어지는 성긴 비 소리에 <임>그리워 잠을 못 이루고 간장(肝腸)이 탄다. "이렇게 박명한 인생은 저 혼자인 듯 하다" 하여 가을이 주는 부정적인 정서인 별리(別離)와 우수(憂愁), 밤이 주는 고적감(孤寂感), 밤비 소리, 이 모든 정황에 <임>을 향한 상사(相思)로 잠을 이루지 못한다.

그러면서도 조금도 <임>을 원망하지 않고 자기의 박명한 탓으로 돌리는 여인의 모습은 군신 관계에서 빚어지는 갈등 요소를 노래한 시가에서 다수 보여 진다. 부요에서도 숙명적 체념 의식으로 나타나 모순 되고 억울한 상황이더라도 그 책임을 자신에게 돌림으로써 현실을 수용하고 화해하며, 타협을 이루는 것을 본다. 그러므로 여기에 나타난 여성화자로 등장하는 <아니마>의 표상은 시적 자아의 여성 정조로서, '이별한 <임>을 향한 그리움에 잠 못 이루는 여인'으로 표출되었다.

㉠의 "슬피 우는 저 기러기"는 <임>을 향한 그리움으로 울고 있는 시적 자아의 감정이 이입된 '객관 상관물'이다. T. S. Eliot에 의하면 독자는 이 '객관 상관물'을 통하여 시인의 정서와 똑같은 정서를 경험하게 된다. 또 이것은 시인이 뜻하는 의미와 동화되어 시적 기능을 가지며, 이로 인하여 시인의 정서와 감정이 독자에게 전달된다고 했다. 즉 '객관 상관물'은 시인과 독자간의 촉매기(觸媒器)의 역할을 한다는 것이다.[32] 그러므로 본 시에서의 기러기는 <임>의 소식을 가져다 줄 전달자로서의 기러기도 아니고 '내 뜻' 을 전해 줄 기러기도 아니다.

다만 누구를 그리며 울고 있는 기러기로만 표출되어 시적자아의 정서와 감정을 나타낸다.

시적 자아가 사랑에 가득 찬 정서 감정으로 기러기를 보았다면 "달 밝은 밤 쌍쌍이 높이 오르며 비상(飛翔)의 날개 짓으로 울려 퍼지는 그 소리"는 분명히 사랑을 구가(謳歌)하는 비둘기의 노래 소리로 들렸을 것이다. 그러므로 시인의 관조의 대상이 되는 물상(物象)은 시인의 마음의 像이 된다. 즉 '존재하는 모든 만물의 상은 인간의 사고의 산물'로서 대상에 생명을 이입(移入)시키는 관조자(觀照者)에 따라서 그에 내재되는 미적 가치도 상이(相異)하게 나타난다.[33]

따라서 시적 자아의 여성정조로 표출된 본 시에 나타난 <아니마>는 '<임>을 향한 그리움으로 홀로 울고 있는 여인' 으로 표상된 것이라고 하겠다.

⑧은 시인의 관조(觀照)의 대상이 된 '객관 상관물'에다 시적 자아의 감정을 이입시켜 표출한 노래이다. '고신(孤身) 척영(隻影)'은 '<임>의 모습'이고 '자규 애원성'은 시적 자아의 감정이 이입된 심상(心象)이다. '자규'는 '두견' '접동새' 와 같은 이름으로 인간의 애처로운 처지를 대신 말해 주는 새로 알려져 있다.

이렇게 '새'의 상징성은 시가의 발생과 동시에 나타난 것을 볼 수 있다.

「황조가」의 꾀꼬리는 애정의 상징물로, 시가에서 자주 운용되는 '두견이'는 그리움과 한의 상징물로 등장한다. 이러한 새의 다양한 상징

---

32) 이정자, T. S. Eliot와 김기림의 영향관계(「흐름동인」 제4집, 백문사, 1995), pp. 193-196. 참조.

33) 이정자, 고산시가의 미학적 연구 (이대교육대학원, 1975), p. 25. 참조.

성을 좀 더 살펴보면 「청산별곡」의 새는 '비애의 상징물'로, 「만전춘」에서의 오리는 '외설적인 애정을 상징하는 새'로, 「유구곡(維鳩曲)」에서의 비둘기는 '진실을 말하지 않는 중신들'로, 뻐꾸기는 '진실을 말하는 일반 서민'으로 비유했다. 이러한 새의 상징물에 대한 연구는 조동민이 잘 정리해 두었는데, 그는 "고대시가에 나타난 새의 상징성과 현대시에 나타난 새의 상징성을 연구하여 새가 지니고 있는 상징성을 규명함으로써 한국시가의 상징법 형성과 그 변천 과정의 일단을 밝혔다. 즉 새의 상징성 연구를 통해 하나의 소재가 어떻게 상징성을 획득하며 또 그것이 시의 형상화에 어떻게 기여하고 있는가를 밝혔다".[34]

'달'은 '해'와 대립되는 이미지로 '물, 대지, 꽃, 어둠, 눈물'과 함께 여성 이미지이다. 하지만 달 속에 남성이 있다는 자취도 세계 여러 지역에서 볼 수 있음을 김명희는 "시가에 나타난 달의 이미져리 고구(考究)"에서 정리해 두었다. 거기에 의하면, 아시아, 유럽, 아프리카, 아메리카, 폴리네시아 등지에서 '달'은 인내심이 있는 성실한 남성으로 상징되었음을 읽을 수 있다.[35]또 Sanskrit인 달의 어원(語原)에서도 '달'이 남성이었음을 볼 수 있는데 mas는 masculine이다. 고대 노르웨이語나 스칸디나비아語에서 달이 남성이었음을 알 수 있다. 이러한 남성적인 달의 이미지는 달이 솟아오를 때는 진실, 공정, 생산의 이미지를 띠고, 달이 넘어 갈 때는 폭풍, 죽음, 파괴를 예지(豫知)해 주는 재판관으로서 인간과 神의 중재자 위치에 존재한다고 보았다.[36]

---

34) 조동민, 한국시가의 새의 상징성 연구 (건국대 박사학위논문, 1988).
35) Timorthy Harley; Moon Lore ; 2. The Man in the Moon; p.16. 1978.
   (조동민 논문에서 재인용)
36) 김명희, 詩歌에 나타난 달의 이미져리 연구 (동국대 석사학위논문, 1980), pp. 46-47. 참조.

이러한 남성성을 나타냈던 달의 이미지는 지역에 따라 다르게 나타난다. 영국 프랑스 이탈리아 등지에서는 풍요와 美를 상징하는 여성으로 등장한다. 또 영어나 독어의 성 구분에도 달은 여성으로 구분된다. 우리 동양에서도 달은 여성적인 이미지가 지배적임을 시경(詩經)에서 볼 수 있다.

> 月出皎兮 佼人僚兮 舒窈糾兮 勞心悄兮
> (달은 휘영청 밝은데 어여쁜 임 그리워 마음 조이네)
> 月出皓兮 佼人懰兮 舒懮受兮 勞心怪兮
> (달은 휘영청 밝은데 예쁜 임이여 그 사랑스러움에 마음 조이네)
> 月出照兮 佼人燎兮 舒夭紹兮 勞心慘兮
> (달은 휘영청 밝은데 임의 아름다움이여 그 어여쁨 내 마음 슬프게
> 하네)
>
> — 시경(詩經), 「월출삼장(月出三章)」

밝은 달밤 임 그리워 애태우는 시적 자아의 정서가 점층적으로 표출된 애조(哀調)가 넘치는 시(詩)이다. 이 때 달은 시적 자아의 정서가 이입된 <임>의 상징소(象徵素)로 애상(哀傷)의 이미지로 나타난다. 다음은 여류 시인의 작품이다.

> 待月西廂下　서쪽 행랑 아래에서 달 기다리며
> 迎風戶半開　문을 반 쯤 열어 놓고 바람을 맞네
> 隔墻色影動　담 너머 그림자 어른 거릴 때면
> 疑是玉人來　혹시나 임이 오는가 마음 조이네.
>
> — 최앵앵(崔鶯鶯), 「明月 三五夜」

여기서 달을 바라보는 시인의 마음을 통하여 우리 선인들의 사랑의 감정을 구김 없이 읽을 수 있다. 그것은 곧 우리 시가에 나타난 시인의 마음이기도 하지만, 인류가 공동으로 소유하고 있는 달의 '心象'과 함께하는 사랑의 감정이기도 하다. 그리고 이러한 사랑의 감정은 여성 정조로 나타나 남성의 경우, 위의 시조와 같이 <아니마>의 모습으로 형상화 되는 것이 일반적인 표상이다.

⑨는 '인간의 유한성(有限性)'을 드러낸 詩이다. 하늘 높이 떠 어두운 밤을 밝게 비춰 주는 저 달은 <임>의 얼굴을 보련마는 시적 자아는 절실히 그리는 <임>이건만 보지 못하는 안타까움을 '달'에 비유하여 노래했다. '달'은 천상의 것으로 지상에서의 모든 제약이나 인간사의 감정에서 초월한다. 고산이 '오우가'에서 '보고도 말 아니 하니 내 벗인가 하노라' 하여 달의 '무언(無言)의 인격성(人格性)'을 찬탄하기도 했듯이, 달은 어두운 밤을 지키면서 인간사의 모든 일을 보고도 허물하지 않는 '고매한 인격의 소유자'로 지칭되기도 한다.

이러한 '달'은 뭇 시인들의 美的 관조의 대상이 되어 침잠하고 충동하여 생명을 부여하고 순수한 감정이입으로 그것에 침투하여 미적 가치를 나타낸다. 본 시에서 시적 자아의 관조의 대상이 된 천상의 '달'은 지상에서 부딪치는 인간사의 한계성을 벗어난 초월적인 것이다. 어디에서나 볼 수 있는 '달의 편재성'은 시적 자아가 소망하는 '공간 초월성'으로 나타난다. 이러한 달의 이미지는 우주 공간에서 유유히 내려다 볼 수 있는 '초월적인 것'으로 부각되어 지상의 한계도 못 벗어나는 시적 자아로 하여금 부러움을 갖게 한다.

본 시에 나타난 시적 자아의 <임>그리는 여성정조는 '밤'과 '달'이 주는 일반 정서 감정과 더불어 인간의 나약성과 유한성을 자탄했다.

곧 '달의 초월성'에 비해 상대적으로 작아지는 '인간의 유한성'을 벗어나지 못함을 안타까워했다.

⑩에서와 같이 이별의 정한(情恨)은 가을바람, 가을 밤, 가을비, 가을 달, 낙엽소리, 귀뚜라미 소리 등 가을의 서정과 함께 표출되어 나타나는 것이 일반적이다. 본 詩에서도 가을바람 소리(金聲)와 함께 이별의 정한(情恨)이 나타난다. 쓸쓸히 독수공방(獨守空房)하는 여인은 <임>그리는 꿈에서 깨어나 '죽창(竹窓)'을 반쯤 열고 <임>을 그리며 가만히 앉아 먼 하늘을 바라본다. <임>이 있는 머나 먼 하늘가에는 구름이 흩어지고, 높고 높은 절벽 위에는 찬 기운만 어려 있다. 여기서 '만리장공'은 <임>과의 공간적 거리를 암시하고, '하운(夏雲)'과 '천인강상(千仞崗上)'은 <임>과 <여인-나->을 갈라놓는 물리적인 방해물을 가리킨다. "뜰 앞의 귀뚜라미 소리"와 "추국(秋菊)에 맺힌 이슬", "추원(秋猿)의 울음소리" 는 시적 자아의 정서가 이입(移入)된 '객관 상관물'이다. 이것은 '별리(別離)의 한(恨)과 눈물, 슬픔'을 나타내는 유심(有心)의 시어(詩語)들로 '원초적 언어(原初的 言語)'이다. 이렇게 시인은 보편적이고 개념적인 일상의 언어일지라도 개인적이고 주관적인 자아 인식을 통하여 '대상'과 '나'를 또는 '대상'과 '나의 감정'을 동일화identity시킨다.

본 詩는 <임>을 여의고 잠 못 이루는 시적 자아가 계절과 함께 하는 시어들이 주는 정서 감정과 어울려 <임>을 향한 이별의 정한을 표출한 <아니마>의 표상이다.

이상에서 연인지시(戀人之詩)에 나타난 <아니마>를 고찰해 보았는데, 여기에 나타난 공통적인 주제는 <이별>이고, 이별의 주체는

<임> -상대방·남성-이며, 이별의 객체는 여성화자로 등장하는 <아니마>로 나타난다. 그리고 <임>은 동적으로 기약 없이 떠나버리는 매정한 존재로 표상되었고, 시적화자인 여인은 정적으로 <임>으로부터 이별을 당해야 하는 존재로 표상되어, 이로 인한 여성의 정조는 <한>과 <슬픔>, 그리고 <임>에 대한 그리움으로 표출되었다. 위에서 살핀 바와 같이 <아니마詩>를 읽다 보면 여성의 작품으로 착각을 일으키게 된다. 그것은 시에 표출된 여성화된 정조, 여성화된 시어의 운용, 여성화된 시적 화자의 감성과 미감, 그 상상적 내면의 공간 세계가 온전히 여성의 것으로 <아니마>의 옷을 입고 표출되기 때문이다.

　<아니마>의 이러한 이별의 정한(情恨)은 "가을, 가을 밤, 밝은 달, 가을 비, 기러기, 귀뚜라미, 두견이(접동새, 소쩍새)"등과 어울려 시적 자아의 <임>에 대한 그리움과 안타까움이 절절이 표출되어 나타난다. 조선 후기 시조에 나타난 연인지시(戀人之詩)에서는 이별 없는 영원한 사랑을 갈망하여 노래하기도 했다.

　이러한 연인지향형에 나타난 <아니마>의 표상을 종합하여 요약해 보면;

　①은 <아니마> <아니무스>가 공유한 이별의 눈물을 물의 심상(心象)과 함께 표출했다. ②와 ③은 '몽중에서나마 <임>을 만나 합일의 정'을 이루고자 했고. ④와 ⑤는 '임과의 이별없는 사랑을 간절히 바라는 여인'으로 표상되었다. ⑥ ⑦ ⑧ ⑨ ⑩은 '가을밤'의 정서와 '밝은 달'이 주는 정감과 함께 <임>을 향한 그리움을 노래했다.

(2) 연군지향형37)

㉮ 나의 님 向ᄒᆞᆫ 뜻지 죽은 후면 엇더홀지
　상전(桑田)이 변(變)ᄒᆞ야 벽해(碧海)는 되련이와
　님 向ᄒᆞᆫ 一片丹心이야 가설쥴이 잇스랴

— 성삼문

㉯ 닉 마음 버여닉어 뎌 달을 만들과저
　九萬長天에 번듯이 걸려 잇서
　고은 님 계신 곳제다 비추어나 보리라

— 정 철

　㉮, ㉯는 시적 자아인 <아니마>의 절의와 충정이 나타난 노래이다.
㉮은 사륙신(死六臣)의 기개(氣槪)가 넘치는 충정(衷情)이 담긴 연군
(戀君)의 詩이다. 상전(桑田)이 벽해(碧海)로 변한다는 것은 천지괴변
(天地怪變)이 일어나지 않는 이상 불가능한 일이다. 그런데 이러한 일
이 일어난다 해도 <임>을 향하는 자기의 일편단심은 변하지 않는다
하여 <임>에 대한 굳은 절의를 표출했다.
　㉯에서 시적 자아는 달이 되어 <임>이 계신 곳을 비추고 싶다고
하여 임금에 대한 간절한 충성심을 표출했다. 곧 시적 화자는 멀리 떨
어져 임금을 곁에서 보필할 수 없는 간절한 마음을 도려내어 그것으
로 어두움을 밝게 비추어 주는 '광명의 달'이 되어서라도 임금을 보필
하고자 한다. 이것은 정철의 의지이며 충성의 한 표현이기도 하다. 그

---

37) 여기서 논한 시조는 이태극의 <고시조에 나타난 애정관>1)과 최남선의 「시조유취」
　에 실린 연군시를 참고하였고, 박을수의 『한국시조대사전』을 텍스트로 하였다.

러나 그 표현에 있어서 시적 자아는 어디까지나 여성화되어 사랑하는
임을 그리워하고, 임을 향한 간절한 마음은 달이 되어 그 빛과 더불어
임과 합일을 이루고자 하는 여성의 정조이다. 그러므로 임금을 향한
충성심을 형상화한 것이되 그 나타난 정서는 시적 자아의 <아니마>
의 표상이다.

정철 작품에 나타난 <아니마>의 형상은 다른 작가에 비하여 유난
히 드러난다. 시조에서도 여러편이 두드러지게 나타나며, 「사미인곡」
「속미인곡」과 같은 가사에서는 <아니마>의 절정을 이루어 가이 ' 아
니마 문학의 백미' 라 하겠다.

    ㉰ 천만리 머나먼 길에 고은 님 여희옵고
       내 ᄆᆞ음 둘듸 업서 냇 ᄀᆞ에 안자시니
       져 물도 닉 안 ᄀᆞᆺᄒᆞ여 우러 밤길 녜놋다.
       (千里遠遠道 美人離別秋 此心無所着 下馬臨川流
       川流亦如我 嗚咽去: 漢譯歌-莊陵誌)

                                        — 왕방연

    ㉱ 추성(楸城) 진호루(鎭胡樓) 밧긔 우러녜는 뎌 시내야
       므슴 호리라 주야(晝夜)의 흐르는다
       님 向흔 내 뜯을 조차 그칠 뉘룰 모로느다

                                        — 윤선도

    ㉲ 청계수(淸溪水)의 목욕(沐浴)ᄒᆞ고 갈마산(葛麻山)의 취닙 쓰더
       떼쟝의 믈혀 먹고 수월정(水月亭)의 홋거르며
       주야(晝夜)의 북풍을 향ᄒᆞ야 님만 그려 우뇌라.

                                        — 강복중

㉓, ㉔, ㉕는 <임>이 그리워 우는 여인으로 표상된 노래이다.

㉓는 작자가 노산군(魯山君) 단종(端宗)을 영월로 이송(移送)시키고 돌아오는 길에 그 심정을 읊은 것으로,[38] 노산군을 <임>으로 표현했다. 작자와 그 제작 동기만 없다면 이것은 <임>을 향한 여인의 노래로 돌릴 것이다. 이 시의 정서는 여성의 것이고 여성 정조로 여성화되어 있다. 이별의 공간적 거리는 지척(咫尺)이라도 도달할 수 없는 상황에서는 천리만큼 먼 거리로 인식된다. 그리고 그것은 심리적으로 가장 먼 거리로 극대화되어 표출된다. 현실적 거리와는 상관없이 이 극대화된 거리는 천만리로 표현되어 상상을 동원한 가장 먼 거리로 나타난다. 그것은 시간의 지속에서 천과 만의 숫자적 개념을 가장 크고 많은 것으로 인식하고 살아온 옛사람들의 사고에서 온 것이다. 즉 영원성을 천년만년, 천추만세로 표현하고, 많은 것을 천병만마(千兵萬馬), 천산만학으로 나타내며 형상을 천태만상으로 말하는 것과 같은 것이다. 이러한 개념은 수 개념을 초월한 끝없이 확대된 수치이다. 따라서 이별의 공간이 천만리로 표현될 때 그것은 실제적으로 도달이 불가능한 거리라는 의미를 내포하고 있다.[39] 이러한 공간적 거리의 극대화는 고시조에서 흔히 보여지는 표현법이다. 특히 이별의 시에서는 그리움과 함께 표출되어 있다. 이를 극복하기 위한 방법도 상상력을 통한 비현실적인 양상으로 나타난다. 곧 전생(轉生), 전신(轉身)에 의한 접근 방법이 그것이다.[40]

---

38) 世宗時人 以金吾郎押去魯山 反還彷徨川邊 有感而作是歌 盖卽此一曲 斯人愛君 之誠 可見矣 (珍靑 17)

39) 정혜원, 고시조의 내면의식 연구 (서울대 박사학위논문, 1986), pp. 59-61. 참조.

40) 박진태,<애정시조의 유형적 구조>,「한국시가의 재조명」(형설출판사, 1984). pp. 84-95. 참조.

'고은 님'으로 표현된 노산군 단종(1441-1457)은 당시 16세의 나이였다. 하지만 작자는 군신(君臣)의 예(禮)를 지켜 그 심정을 시어로 표출해 냄에 있어서 사랑하는 <임>을 멀리 이별하고 그리워 눈물짓는 여인의 입장이 되어 나타냈다. 이러한 표현은 유가(儒家)의 윤리관에 기인한 것으로 조선조 사대부들의 의식 속에는 군·신의 관계를 부·부의 관계로 동일시 하였음을 그들의 작품에서 볼 수 있다.

이러한 의식을 C. G. 융은 <아니마>로 명명했다. 곧 남성 속에 있는 여성상으로 우리는 누구나 정도의 차이는 있겠지만 그 내면에 남·녀 양성을 가지고 있다는 것이다. 그것을 남성의 경우에는 <아니마>, 여성의 경우에는 <아니무스>라 이름 했다. 그것이 외부로 표출되는 경우도 흔히 있다. 곧 남성화된 여자, 여성화된 남자에게서 볼 수 있다. 이러한 경우는 특별한 예이지만 대부분의 경우 그 내면에 간직되어 있다. 본 시조에서 시적화자는 <임>과 이별하고 마음을 가눌 수가 없어 냇가에 앉아 물의 '심상(心象)'에다 자신의 감정을 이입시킨다. 흐르는 물은 울고 있는 시적화자의 마음이고 눈물이다. 눈물은 물, 시내, 대지와 더불어 여성 이미지이다. 물은 본래 생성, 풍요, 부활의 의미를 가진다. 성경 창세기에 의하면 물은 대지보다 먼저 존재하였다.(창1:2) 이러한 물의 존재적 가치는 상징의 구조와 기능을 보다 잘 파악할 수 있게 한다. 물은 가능성의 우주적인 총체를 상징하는 동시에 여성성으로서 그것은 일체의 존재 가능성의 원천fons et origo이며, 저장고이다. 그리고 그것은 모든 형태에 선행하며 모든 창조를 뒷받침한다. 그래서 물과의 접촉은 언제나 부활을 가져 온다.[41] 기독교에서의 세례의식도

---

41) M. Eliade,The Sacred and the Profane, The Nature of Religion
(New York:Harcourt, Brace & World, 1959) 李東夏 역, pp. 115-117. 참조.

이러한 거듭남의 의미를 부여한다. 이러한 여성적인 심상(心象)을 나타내는 물에다가 시적 자아의 마음을 이입시켜 임을 그리워 하는 애틋한 감정을 여성의 정조로 표출한 것은 남성의 내면 세계에 존재하고 있는 또 하나의 '나' 인 <아니마>의 표출이다. 그러므로 이에 나타난 아니마는 '두고온 임을 그리며 눈물짓는 여인'으로 형상화되었다.

㉱는 윤선도의 작으로 이에 나타난 물의 심상(心象)은 본래의 물의 이미지를 떠난 시적 자아의 정서 감정이 이입되어 시어로 표출되었다. 그래서 흐르는 시내물 소리도 자연 그대로의 소리가 아닌 시적 자아의 마음의 소리로 들린다. 그것은 밤낮을 그칠 줄 모르고 임을 향한 부단(不斷)한 마음으로 울고 있다. 여기 나타난 윤선도의 정조는 앞에서 논한 왕방연의 그것과 유사하다.

모든 사물은 보는 이의 마음에 따라 이렇게도 보이고 저렇게도 보인다. 그래서 '존재하는 모든 만물의 상은 인간의 사고의 산물'42) 이라 한다. 즉 보는 이의 관점에 따라 다르다는 것이다. 특히 자연을 관조함에 있어서는 관조자의 인격과 그의 사상과 그의 철학에 따라 그 이입되는 가치관이 달라진다. 대상에 생명을 이입시키는 이에 따라 그에 내재하는 미적 가치가 상이하게 나타난다는 것이다.43) 지금 시적 화자의 마음은 울고 있다. 그래서 흐르는 시냇물 소리가 노래가 아닌 울음소리로 들린다. 그것도 그칠 줄 모르고 밤낮 없이 울고 있다. 이렇게 울고 있는 시냇물은 곧 임을 향해 울고 있는 시적 자아의 감정이다. 그러므로 이에 나타난 아니마의 표상은 '이별한 <임>을 안타

---

42) Frank. N. Magil, (ed) Masterpiece of World Philosophy : 세계사상대계1권, 신태양사, 1970, p. 397.
43) 이정자, 앞의 책(주 31), p. 25.

까이 그리는 여인'으로 표출되었다.

㉯는 "북풍을 향ᄒᆞ야"의 북풍은 북쪽을 가리키는 말로 임금이 계시는 궁궐을 의미한다. "청계수에 목욕ᄒᆞ고"는 깨끗한 물에 몸만 목욕하는 것이 아니라 마음까지 깨끗게 하는 시적 자아의 <임>을 향한 정성을 읽을 수 있다. "갈마산의 취나물을 뜯어 때장(醬)에 끓여 먹는다"는 것은 소식(疏食)을 의미함과 동시에 '청계수의 목욕'과 더불어 정갈하고 소박한 시적 자아의 마음과 생활을 표현한 것이다. 일편단심 <임>을 향한 시적 자아의 정성어린 몸과 마음의 가꿈은 "주야의 북풍을 향하여 님만 그리며 우노라"에 다 표출되어 드러난다. 밤이고 낮이고 <임>이 있는 궁궐을 향하여 <임>을 그리워하며 눈물 짓고 있다는 것이다. 이렇게 <임>을 향한 그리움은 남·녀간의 사랑의 감정으로 표현되었는데, 이것은 여성 화자로 등장하는 시적 자아의 <아니마>의 정조로서 시인이 가지는 무의식의 세계인 <아니마>가 표출된 것이다.

㉰ 사랑이 거짓말이 님 날 사랑 거짓말이
　　꿈에 와 뵈단 말이 그 더욱 거짓말이
　　날 가티 잠 아니 오면 어느 꿈에 뵈오리

　　　　　　　　　　　　　　　　　　　　　— 김상용

㉱ 님이 혜오시민 나는 전혀 미덧더니
　　날 사랑ᄒᆞ든 情을 뉘 손에 옴기신고
　　처음에 믜시던 것이면 이더도록 셜오랴.

　　　　　　　　　　　　　　　　　　　　　— 송시렬

㉲ 마음이 어린 후 ㅣ 니 ᄒᆞ는 일이 다 어리다.
　　만중운산(萬重雲山)에 어느 님 오리오마는

지는 닙 부는 바람에 힝여 귄가 ᄒ노라.

— 서경덕

㉻, ㉼, ㉽은 <임>을 향한 그리움의 노래들이다.

㉻은 척화파의 거두이던 김상헌의 형인 김상용의 작이다. 사랑하는 임에 비유하여서 연군(戀君)을 원망한[44] 본 작품은 이별한 임에 대한 그리움으로 잠 못 이루는 여인의 심정이 표출되어 이다. 시적 화자는 초장의 "사랑이 거짓말이 님 날 사랑 거짓말이"에서 임의 사랑을 의심하고 불신하기 시작한다. 그 사랑은 중장에서 "꿈에 와 뵈단말이 그 더욱 거짓말이"라 하여 꿈에라도 오겠다고 언약한 임과의 사랑이 거짓임을 원망한다. 그러한 의심과 원망과 그리움은 "날가티 잠 아니 오면 어느 꿈에 뵈오리"라 하여 그리움으로 잠을 이루지 못하니 어떻게 꿈에선들 임을 볼 수 있겠느냐고 하였다. 이는 그리움의 극치로 사랑병의 징후이다. 선학자의 언급이 없었고, 군신의 관계를 부부관계로 표현하던 조선조 유학자의 소작(所作)이 아니라면 본 시조는 연인지시에서 논의 했을 것이다.

작자가 없다면 이것은 여성작으로 보았을 것이다. 여성의 작품에서 보다 <아니마>로 표상되는 남성의 작품에서 더 진솔한 여성정조가 표출되는 것을 볼 수 있다. 이렇게 여성정조는 <아니마>의 표출에서 더욱 확실하게 나타남을 작품에서 읽을 수 있다. 본 시에 표출된 <아니마>의 표상은 '<임>을 향한 그리움과 안타까움으로 잠 못 이루는 여인'으로 나타난다.

---

44) 이태극, 앞의 책, p.214. 참고.

㉔는 송시열의 작으로 시적 자아는 임의 사랑이 자기에게서 떠나 타인에게로 옮아간 여인의 입장에 서 있다. 물론 여기서의 임은 임금을 지칭한 것으로 임금의 사랑을 잃은 신하의 심정이 마치 임의 사랑을 잃은 여인의 정조로 나타나 있다. 이는 곧 시적 자아의 여성화로 남성의 마음 속에 내재되어 있는 여성적인 심리적 경향들이 인격화되어 나타난 시적 자아의 <아니마>로 표상되었다.

㉕는 개성의 삼절 중의 하나인 서경덕의 작으로 황진이를 두고 읊었다고도 한다. 『시조유취』에 애국류에 속해 있고, 이태극도 군은(君恩)의 작품에서 본 시를 논의 했는데, 필자의 견해로는 그 대상을 <황진이>로 보는 것도 별 무리는 없을 것 같다. 왜냐하면 중장에 표출된 시적 상황의식으로 보아서 <임금> 보다 <황진이> 쪽이 더 적절하게 느껴지기 때문이다. 하지만 여기서는 논의의 편의상 선학들의 해석을[45] 따라서 연군지시로 논한다.

여기서 마음이 여리고 순직한 시적 자아는 이별한 임을 기다리는 여성의 정조이다. 지는 잎과 부는 바람 소리에도 행여나 임이 오는가하고 기다리는 시적 화자는 작자 자신이지만 그 정서는 작자의 마음 속에 있는 <아니마> 의 표출이다.

(3) 연부지향형

㉐ 기력이 뜻을 두고 남방의 깃드렷더니
　　雪風月明夜의 喔喔一聲 츠져 온다
　　아마도 부부지별은 기력인가.

　　　　　　　　　　　　　　　　　　　— 이세보

---

45) 이태극, 앞의 책, p. 203. 참조.

㉯ 이 몸이 원앙되여 나릭 우의 임을 언고
　 츈ᄒ츄동 스시 업시 이별만 피ᄒ리라
　 아마도 부부별은 원앙인가.

— 이세보

㉱ 기울 계 대 니거니 ᄯ 나 죡박귀 업거니 ᄯ 나
　 비록 이 셰간이 판탕홀만졍
　 고온 님 괴기옷 괴면 그룰 밋고 살리라.

— 정 철

㉮는 부인을 두고 멀리 떠나 온 남편이 부인을 생각하며 지은 노래로 여성화된 남성화자이다. 이세보는 많은 시조 작품을 남겼는데 서정시가 으뜸으로 나타난다. 그 중에서도 여성 정조인 <아니마>로 표출한 연인지시가 다수를 차지함을 볼 수 있다. 이별의 정조(情調)와 함께 많이 나타나는 기러기는 계절의 정서를 더해 준다. "셜풍월명야의 악악일셩"은 두고 온 <임>의 소리임을 초장과 중장의 시의(詩意)에서 알 수 있다.

㉯는 부부금슬(夫婦琴瑟)의 극치라고나 할까. 원앙의 상징이 금슬 좋은 부부를 이르는데 그것도 부족해서 원앙이 되어 나래 위에 임을 엊고 춘하추동 사시절을 <임>과 함께 있겠다고 했다. 이세보는 연인지시에서도 <아니마>의 목소리로 사랑의 감정이 풍부하고 뛰어남을 볼 수 있다. 부부애를 이렇게 노골적으로 표현한 시는 고시가에서는 물론이고 현대시에서도 보기 드문 예이다.

㉱는 여성화자로 표출된 여서정조이다. "밀기울과 겨로 끼니 때를 이어가거나 말거나 족박 따위 없거나 말거나 비록 세간이 엉망이 될

망정 고운님 사랑하기만 하면 그를 믿고 살겠다."하여 애정지상론(愛情至上論)을 펼쳤다. 하루 세 번 끼니 때를 이어 가고 쪽박으로 물을 긷는 등, 부엌 살림은 여인의 몫이다. 그러므로 이런 볼품없는 자질구레한 부엌 살림에도 임의 사랑만 있다면 믿고 살겠다는 여인의 순직한 마음이 표출되어 있다.

이상에서 연부지향형의 시를 살펴보았는데 연인지향형이나 연군지향형보다 양적으로 월등하게 적다. 그만큼 부부를 중심으로 한 사랑 노래가 적게 불리어졌다는 증거이기도 하다. 몇 편 되지 않지만 위에서 논의된 것을 요약해 보면, 이세보의 시조 두 편에서는 '부부지별'과 '부부원앙'을 노래해 '부부별리(夫婦別離)의 유감(有感)'과 '부부원앙(夫婦鴛鴦)의 영원함'을 각각 읊었다.

3) 고시조에 나타난 아니마의 情表 대상

연인들끼리 사랑의 징표를 주고 받는 것은 옛날이나 지금이나 특별한 의미를 가진다. 애정의 징표로써 시조를 이별한 임에게 보낸 대표적인 사람은 기생 홍랑이며, 그 작품은 널리 알려진 "묏버들 갈히 것거 보내노라 님의손디 / 자시는 창밧긔 심거두고 보쇼셔 / 밤비예 새 닙곳 나거든 날인가도 너기쇼셔."이다. 홍랑은 최경창(崔慶昌)을 경성(鏡城)[46]에서 영흥까지 배웅하고 묏버들과 시(詩)를 함께 보낸 것이다.

---

46) 『국사대사전』(이홍직 박사 편, 백만사)에는 "1568년 문과에 급제, 여러벼슬을 지내다가 종성(鍾城)부사를 지내고, 직강(直講)으로 임명을 받아 부임도중 경성鏡城)에서 죽었다".로 되어 있고 『동아원색세계대백과사전』에는 "1568년 증광문과에 급제, 대동도찰방(大同道察訪) · 종성부사(鐘城府使)를 지냈다. 83년 방어사(防禦使)의

애정의 징표를 이별하는 임에게 또는 떠나면서 주고, 남기는 예(例)는 문학작품 속에서 종종 나타난다. 하지만 아니마詩에 나타난 애정의 징표는 대개 실질적이라기 보다는 관념적이고 상상속에서 이루어지는 것이 그 특징으로 나타난다.

애정의 징표로 사랑을 전달하는 발상에서 쓰여진 시조에 나타난 정표류를 박진태가 정리한 것을 살펴보면 옷, 편지, 낙엽편지, 심중(心中)의 무한사(無限事), 눈물, 그림, 묏버들, 햇볕, 미나리, 간장(肝腸) 등이 있다.[47] 거기에는 물론 남·녀 작자를 구별하지 않고 애정의 징표를 논한 것이다. 필자는 본 항에서 여성의 작(기녀작妓女作 등)이나 무명씨의 작이라도 여성의 작이 확실한 것은 논외로 했다. 그러나 무명씨의 작이라도 유명씨인 남성작과 시의(詩意)나 시상(詩想)이 유사한 것은 남성작으로 이를 간주하고 논했음을 밝힌다. 이를 논함에 있어 필자는 천체, 식물, 가공, 신체·기타로 나누어 살피기로 한다.

(1) 천체(天體)류

천체에는 지상의 물체가 아닌 천상 내지 우주 공간의 것으로 "하늘, 해(해볕), 달(달빛), 별, 구름, 비," 등이다. 이러한 것들을 사랑의 징표로 <임>에게 보낸다는 것은 극히 관념적이고 상상 속에서나 이루어질 수 있는 것들이다. 그런데 이들은 고시조에서 시어로 운용되어 다

종사관(從事官)에 임명되었으나 상경 중 죽었다."로 되어 있다. 그래서 필자의 견해로는 '종성(鐘城)'을 '경성(鏡城)'으로 잘못 표기된 것이 아닐까 생각한다. 하지만 본 논문에서는 선학들의 의견에 따라서 필자도 경성(鏡城)으로 표기는 했다.

47) 박진태, <애정시조의유형적 구조>,「한국시가의 재조명」(형설출판사 1988), pp. 81-85. 참조.

수 나타나지만 애정의 징표로 <임>에게 드리는 것으로 표출된 것은 극히 드문 것으로 보인다. <아니마詩>에서 이를 살펴 본 결과 '햇볕'이 운용되었음을 볼 수 있고, 달은 시적 감흥으로 <임>도 함께 비추는 것으로 표현되어 '정표'로 <임>에게 드리는 것과는 그 시의(詩意)가 달랐다.[48] 별은 '북두칠성'이 정표와는 관계없이 시어로 운용되었고, '구름'과 '비'는 시어로 운용되었으나 '눈물'의 보조관념으로 표출되어 여기서 제외했다. 그러므로 <아니마詩>에서 <임>에게 드리는 애정의 징표로서 나타난 천체류는 '햇볕' 뿐이다.

① 겨울날 다스흔 볏츨 님 계신듸 비쵸고쟈
　봄 미나리 술진 마슬 님의게 드리고쟈
　님이야 무어시 업스리마는 내 못 니저 ᄒ노라

　　　　　　　　　　　　　　　　— 작자 미상

①은 햇볕과 미나리가 애정의 정표로 등장했다. 시적 자아에게는 이것이 가장 귀중한 것으로 생각되었을 것이다. 사실, 겨울날 햇볕은 그 시절 서민들에게는 귀중한 것이다. 입을 것이 넉넉지 않았던 시절이기에 따스한 햇볕은 추위를 막아 준다. 고시조에서 겨울날 햇볕을 임금의 은혜로 노래한 것이 있음을 보아도 그시절 사람들이 햇볕을 얼마나 소중하게 여겼나를 알 수 있다. 이렇게 소중한 것이기에 <임>에게 보내고 싶어한다. <임>에게 무언가를 보내고 싶어하는 마

---

48) 달아 두렷흔 달아 임의 동창 비춘 달아
　임 홀노 누엇드냐 어늬 낭ᄌ 품엇드냐
　져달아 본디로 일너라 스싱겼단.

음, 이것이 사랑이고 사랑의 표현이며 애정의 깊이이다.

'미나리' 또한 시적 자아에게는 맛있는 좋은 음식으로 여겨졌다. 특히 '봄미나리'의 상큼한 맛은 겨우내내 푸새를 먹지 못한 그 시절에는 신선함을 주는 나물이다. 그러기에 이것도 <임>에게 드리고 싶은 것이다. 이러한 것들은 <임>에게 없어서가 아니라, 모든 것이 풍족한 <임>이지만 그저 무언가 보내고 싶어하는 시적 자아의 마음이다. 그러므로 여인의 섬세한 마음으로 표출된 본 시의 정서는 <아니마>의 몫이다.

(2) 식물(植物)류

여기에는 나무, 잎, 꽃, 열매 등으로 꽃에는 '매화'가 으뜸이고, 잎은 낙엽, 열매로는 수박과 참외, 나무로는 버드나무 등으로 나타난다.

'매화'는 '난초, 국화, 대나무'와 함께 동양화에서 즐겨 그리는 '사군자(四君子)'로서 그 고결함을 詩에서도 즐겨 노래하고 있다. 아니마詩는 아니지만 매화를 소재로 한 시조를 살펴 보면 ;

> 매화(梅花) 넷 등걸에 춘절(春節)이 도라 오니
> 넷 퓌던 가지에 퓌염즉 ᄒ다마는
> 춘설(春雪)이 난분분(亂分分)ᄒ니 필동 말동 ᄒ여라.
>
> — 매화(평양妓)

> 미화야 너는 어이 츄월 춘풍 다 보니고
> 십일 이월 한설 중의 너만 홀노 퓌엿느니
> 아마도 황혼 가약은 너 쓴인가.
>
> — 이세보

매화(梅花) 픠다커늘 산즁(山中)의 드러가니
　　봄 눈 깁헌논듸 만학(萬壑)이 흔 빗치라
　　어듸셔 곳다운 향(香)내는 골골이셔 나ᄂᆞ니.

— 이형상

　　매화(梅花) 한 가지에 시 달이 도더 오니
　　달다려 무른 말이 매화 흥미 네 아난냐
　　차라리 내 네 몸 되면 가지 가지.

— 류심영

　이렇게 '매화'는 시인들의 미적 관조의 대상이 되어 시어(詩語)로 융화되어 각기 다른 의미를 표출하였다. 이는 "작가의 감정이 이입되는 시어의 상징은 같은 미적 대상일지라도 시인의 의식속에서 기호화되어 시어에 융화되면 시인의 경험과 교양, 그 상상력에 의하여 그 의미가 달라지기 때문이다."[49] 그러므로 한 작품을 가지고도 그 많은 연구가 이루어지듯이, 하나의 소재를 두고도 무수히 많은 작품이 나오고 있음을 볼 수 있다.

　　① 낙엽에 두자만 적어 서북풍에 노피 씌어
　　　월명장안에 님 계신더 전ᄒᆞ고져
　　　님 씌서 보기곳보면 반기실가 ᄒᆞ노라

— 작자 미상

　　② 져 건너 태백산(太白山) 밋퇴 네 못 보던 채마전(采麻田)이 죠
　　　홀시고

---

49) 朴喆熙, 시의 상징적 기능 (예술논문집 3집), p. 62.

너리 너리 넛줄에 둥글 둥글 슈박에 얽어지고 틀어졌는듸
쑬 ㄱ튼 춤외 죠롱 죠롱 열려세라
뒷다가 다 닉어지거드란 님 계신 듸 보니리라

— 작자 미상

①은 "낙엽에 사연을 적어 바람에 띄워 <임> 계신데 전한다" 했다. '낙엽'과 '서북풍'은 계절적으로 보아 초겨울을 나타낸다. 단시조라는 형식상의 제약 때문에 축소된 시적 공간에서 함축된 의미로 표출한 것이다. 그러기에 그 이면에 드러나지 않은 시적 자아의 무한한 감정을 상상해 내는 것은 독자의 몫이다. 찬 기운이 스며드는 쓸쓸한 계절에 혼자 텅 빈 방을 지키며 멀리 떠난 <임>의 소식을 기다리는 여인의 모습을 떠올릴 수 있다. 오지 않는 <임>의 소식과 바람에 뒹구는 낙엽 소리에 시적 자아는 <임>이 더욱 그립다. "그리움에 못이겨 '사랑' 두 字를 '낙엽'에 띄워 바람에 날려 보낸다. <임>이 보고 반길 것을 상상하며 - .' 이렇게 詩의 세계는 현실적으로 이루어 질 수 없는 상황을 상상속에서 관념적으로 이루어 내어 <임>과의 만남을 이루고자 한다. 현실적인 공간의 거리를 상상을 통하여 초월하고 이를 극복하여 외형적인 것을 승화시킴으로써 영적 정신적으로 합일을 이룬다. 그리하여 이별의 아픔에서 벗어나기도 하고, 그리움을 승화시키기도 한다.

②는 "꿀맛 같은 참외"를 <임>에게 보내고자 한다. 이것은 현물(現物)이므로 실현 가능한 것이다. 본 시는 작자미상이기 때문에 작자의 性은 알 수 없지만 여기서 진술하는 <아니마詩>에 편입시킨 것은 애정詩로서 <아니마>의 정서를 읽을 수 있기 때문이다. '참외'는 '수박'

과 함께 여름에 먹는 과일로서 그 시절에는 '귀한 것'이다. 이렇게 좋고 귀한 것이기에 <임>에게 보내고 싶은 것이다. 사랑의 대상은 소중하다. 그러므로 귀한 것을 보면 먼저 생각나는 것이 사랑하는 <임>이다. 이렇듯 사랑의 감정은 시인들에 의하여 동서고금을 통하여 다양한 유형으로 표출된다.

(3) 가공류(加工類)

가공류에는 시적 자아의 손길이 닿은 정성이 담긴 것들을 <임>에게 보낸는 것을 말한다. 여기에는 '옷, 편지, 임의 화상(畵像)' 이 있다.

> ① 가을 하늘 비 긴 빗츨 드는 칼로 몰나 너여
>   금침(金針) 오색(五色) 실로 수(繡) 노하 옷슬 지어
>   님 계신 구중(九重) 궁궐(宮闕)에 드리오려 ㅎ노라.
>
>   ― 무명씨

①은 "금침(金針) 오색(五色)실로 수(繡)를 놓아 옷을 지어 구중궁궐에 계신 <임>에게 드리고자 한다. 조우인의 <자도사>에도 "은침(銀針)을 빠야 내야 오색실 꿰어 놓고" <임>의 옷을 깁는다는 비슷한 표현이 있다. 이렇게 남성 작가들의 작품에서 순수한 여성 정조를 읽을 수 있는 것은 남성속에 있는 여성성인 <아니마>가 표출되기 때문이다.

> ② 동색(東墻)에 갓치 우름 셤거이 드럿더니
>   뜻 아닌 천금(千金) 서찰(書札) 님의 얼골 씌여 왓닉
>   아셔라 간장(肝腸) 스는 거슬 보와 무삼 ㅎ리오
>
>   ― 안민영

③ 자다 씨여 보니 님의게셔 편지 왓뇌
　백번(百番) 남아 펴 보고 가슴 우희 언져 두니
　하 그리 무겁든 아니ᄒᆞ더 가슴이 답답ᄒᆞ여라

— 작자 미상

②의 '까치'는 기쁜 소식을 전해 주는 '새'로 옛부터 우리의 문화 속에서 통용되어 왔다. 이러한 기쁜 소식을 전해 주는 까치의 울음 소리와 함께 날아 온 천금같은 <임>의 편지다. 요즈음은 전화 세대이니만큼 '전화'나 '호출기(삐삐)'로 사랑을 나누기도 하지만 그 옛날이나 60·70년대까지만 해도 편지는 사랑 전달의 한 방법으로 가장 보편적으로 통용되었다. 박진태도 밝혔듯이[50] 고시가에서도 애정 전달의 방법으로 편지가 비중을 가장 많이 차지하는 것을 볼 수 있다.

③서 편지는 시적자아가 보내는 것이 아니라 <임>으로부터 받은 사랑의 징표이다. "백번이 넘도록 보고 또 보고 그래도 부족해 가슴에 품어 본다. 그 편지가 무거울리는 없으련만 가슴은 답답하다.'

이 답답한 가슴은 <임>을 향한 그리움과 안타까움이다. 이는 <임>과의 합일을 이루고자 하는 공간적 거리를 축소시키지 못하는 안타까움이고, <임>과 떨어진 위치에서 부단히 합일을 지향하며 희구하는 안타까움이며, <임>과 연결해 주는 합일점을 찾지 못하는 안타까움이다. 그 안타까움은 겹겹이 무게를 더해 가슴을 짓누른다. 이러한 현상에서 벗어나기 위해서는 몽상속에서라도 이별의 공간을 초월하여 정신적 교감을 이루어야 한다. 그리하여 육체적 형상을 지양하고 영적 승화로 이르게 해야한다. 이를 사랑으로 승화 시키지 못했

---

50) 박진태, 같은 책, pp. 84-85. 참고.

을 경우, 사랑의 그리움과 열화는 아픔과 원망이 되어 한(恨)으로 이어진다.

본 시조는 무명씨 작이지만 논의의 편의상 <아니마詩>에 편입시켜 시적 자아의 여성 정조를 <아니마>의 정서로 보고 논의한 것이다. 사실 <아니마>의 정서와 여성정조는 동일하게 나타난다. 더구나 유명 남성작에 표출된 <아니마>로 표상되는 시적 자아의 여성정조는 여성화자를 통하여 더 명확하게 드러남을 지금까지의 논의에서도 충분히 알 수 있다.

④ 혼자 쓰고 눈물 지고 두 ㅈ 쓰고 한숨 지니
   자자행행(字字行行)이 수묵산수(水墨山水) 되거고나
   져 님아 울고 쓴 편지(片紙) ㅣ니 휴지 사마 보시소

— 작자 미상

<임>에게 보내는 '편지'를 쓰면서 시적 자아의 마음과 그 상황을 노래했다. "한자 쓰고 눈물짓고, 두 자 쓰고 한숨짓는" 시적 자아의 마음은 임을 향한 그리움인지 <임>을 향한 원망인지 또는 왜 <임>과 헤어졌는지 그 어떠한 상황이나 이유도 시어(詩語)속에 표출되어 있지 않다. 다만 그 눈물 자욱이 자자행행(字字行行)에 모두 흐트러져 수묵산수화가 되었으니 휴지로 생각하고 보라고 했다. 글자가 눈물로 뒤엉켜 어지러운 모습을 수묵 산수화(水墨山水畵)로 나타낸 작자의 표현력이 뛰어나다. 또 휴지는 버려지는 것인데 휴지 삼아 보라고 한 작자의 재치가 돋보인다.

박진태는 '애정시조의 유형적 구조'에서 '편지'가 애정 전달의 방법

으로 으뜸을 차지함을 진술했는데[51] <아니마>로 표출된 연군시가에서의 애정 징표에서는 '옷類'가 많음을 볼 수 있다. 이는 <아니마詩>가 보다 관념적이고 비현실적인 상상력에 의해서 표출된 시어의 융화이기 때문이다. 이러한 현상은 시조에서 보다 시가에서 두드러지게 나타난다.

⑤ 청춘에 곱든 양ᄌ 님으로야 다 늙거다
　　이제 님이 보면 날인 줄 아르실가
　　아모나 내 형용(形容) 그려늬여 님의 손더 드리고자.

　　　　　　　　　　　　　　　　　　　　　　— 강백년

⑥ 요늬 가슴 썩은 피로 님의 화상 그려내어
　　나 자는 머라마테 족자삼아 거러두고
　　밤中만 님 싱각날제 쳐다볼가 ᄒ노라

　　　　　　　　　　　　　　　　　　　　　　— 작자 미상

　⑤은 청춘에 <임>과 이별하고 그 곱던 모습이 다 늙었으나 이제 <임>을 만나도 알아 보지 못할 것을 염려하여 지금의 모습을 그려서 <임>께 보내겠다 했으니 <임>을 향한 여인의 일편단심(一片丹心)을 볼 수 있다.
　⑥에 표현된 것은 <임>께 보내는 것이 아니라 그리운 <임>의 화상을 그려서 자기의 머리맡에 두고 <임>이 생각날 때면 쳐다보겠다고 했다. <임>에게 보내는 정표는 아니지만, <임>을 향해 내가 가지는 정표가 되기에 여기에 편입시켰다. "밤중에만 <임>이 생각나면

─────────────────
51) 박진태, 같은 책, p. 84.

그 화상이나마 쳐다본다” 고 하여 육체적인 사랑을 초월한 영적 · 정신적 사랑의 합일을 ‘임의 화상(畵像)’속에서 이루고자 했다. 이것은 작자 미상이기 때문에 여기에 편입시키기가 주저되었지만 <아니마 詩>에서 나타난 여성정조와 그 표출된 정서가 비슷하기 때문에 논의의 대상으로 택했다.

또 어차피 인간은 남녀양성을 누구나 다 가지고 있는 것으로 보고 있다. C.G.융의 「정신 분석학」에서는 가장 명확하게 인간의 심리상태는 그 원초적인 상태에서 쌍성(雙性)이라는 것을 입증해 낸 바 있다. 융에 의하면, 무의식이란 억압된 의식이 아니며, 잊혀진 추억으로 이루어진 것이 아니라 제1의 본성이다. 그러므로 무의식은 우리속에서 남녀양성의 힘을 유지한다. 남녀양성에 대해서 말하는 자는, 이중의 안테나를 가지고 자신의 무의식의 심층을 건드리고 있다. 우리는 자신이 얘기하고 있다고 생각하지만 그것은 무의식에서의 양성(兩性)의 대화로 심화된다.[52]

이러한 남녀양성의 특징이 균형을 이루지 못하고 저울추가 기울어지듯 한쪽으로 기울어 지면 특히 반대성으로 기울어지면 <아니마> <아니무스>의 특성을 나타낸다. 이러한 현상을 증명해주듯 심리학자 뷔이텐지이크Buytendijk는 그의 멋진 책 「여자」에서 다음과 같이 진술하고 있다. “정상적인 남자는 51% 남성적이며, 정상적인 여자는 51% 여성적”이라는 것이다. 이러한 의미에서 볼 때 일반적인 문학작품에서 남·녀 성의 구별 없이 작자가 나타나는 것이 당연한 것으로 보인다. 따라서 작자미상으로 전해지는 고시가인 경우, 무명씨의 작품으로

---

52) 바슐라르, 김현 옮김, 몽상의 詩學 (기린원, 1993), pp. 68-111. 참조.

서 <아니마詩>에 나타난 여성정조와 유사할 경우 이를 <아니마>의 표출로 보고 작품해석을 다루는 것도 무리는 아닌 것으로 본다. 그리고 무명씨의 작품으로 지금껏 여성화자로 표출된 작품에 대해서는 작품분석에 대한 재조명의 필요성을 가진다.

(4) 신체류 —기타

신체류에는 "간장(肝腸), 눈물"이 사랑의 정표로 나타나며, 기타에서는 '사랑'이란 추상어 자체가 운용되어 표출되기도 했다.

> ① 두어도 다 셕는 간장(肝腸) 드는 칼노 버혀 니여
>   산호상(珊瑚床) 백옥함(白玉函)에 졈졈이 담앗다가
>   아모나 가느 니 잇거든 님겨신듸 보늬리라.
>
> — 작자 미상

> ② 사랑을 낫낫치 모아 말로 되야 셤에 너허
>   크고 센 물 쎄 허리 추어 시러노코
>   아희야 채 흔 번 젹어라 님의 집의 보내자.
>
> — 작자 미상

①에서 시의 소재로 운용된 '간장(肝腸)'은 신체의 내부기관인 오장육부의 하나이지만 마음이 작용하는 곳이다. 그래서 '간장'이 탄다니 '간장'이 썩는다는 말이 있다. <임>으로 인하여 다 썩은 '간장'을 칼로 도려 내어 <임>에게 보낸다는 것은 여인의 마음을 몰라주는 무정한 <임>에게 '그 마음'을 알리기 위해서이다.

'누구든지 <임>에게 가는 사람이 있으면 그에게 부탁하여 자기(여

인)의 간절한 마음을 전하고 싶은 욕망'을 자학적으로 표출하였다. 이러한 자학적인 표현은 <임>과의 '하나됨'이 거부당한 현실에서 마음의 안정대를 구축하지 못하여 일어나는 부정적인 행위이다. 이로서 바람직한 미래지향적인 피안의 세계에 역행하는 과거에 집착하는 퇴행으로의 이행이다. 사랑의 합일을 획득해 내는데는 이별이란 비극적 이유가 항상 따르게 마련이다. 이것은 사랑이란 유형의 육체를 초월한 정신적인 영적 승화에 의해서만 완전해 질 수 있고, 정신적인 '일치'에 의해서만 영원해 질 수 있기 때문이다.

②는 <임>을 향한 '사랑' 자체를 <임>에게 보내고자 했다. '사랑의 감정을 하나하나 함께 모아서 말로 되어 섬에 넣어 힘이 센 말(馬)에 실어 <임>의 집에 보낸다'는 것이다. 추상적인 '사랑'을 구체적인 '사랑'으로 표현했다. 이렇게 '시의 세계'에서는 시인의 상상력에 의하여 무엇이든 시어로서 관념화 할 수 있다. 이것이 시인의 특권이며, 시의 특권이고 그 특징이다.

이상에서 애정시에 나타난 <아니마>의 애정의 징표를 살펴 보았다. 이를 요약해 보면, '천체'에서는 '햇볕'과 '양춘' '달빛'을 <임>께 드리고자 했고, '식물'에서는 '매화' '낙엽' '참외' 가 <임>께 드리는 정표로 표출되었고, '가공'에서는 '옷' '편지'가 두드러지게 나타났으며 '<임>의 화상(畵像)' 도 표출되었다. 신체 · 기타에서는 '간장(肝腸)' '눈물' '사랑'이 <임>께 드리고자 하는 애정의 징표로 표현되기도 했다.

4) 아니마의 轉生

아니마詩에 나타난 여성화자의 사랑은 거의가 절대적이고 적극적으로 표출되는 경우가 많다. 그 사랑이 적극적이 될수록, 또 현세에서는 그 임과의 결합이 불가능하면 할수록 전생(轉生)을 하고자 하는 욕망은 커지고, 전생(轉生)·전신(轉身)을 해서라도 임과의 합일을 이루고자 한다. 전생을 하고자 하는 대상으로는 새, 나무, 꽃, 달, 바람, 등 다양하게 나타난다. 이를 유형별로 나누어 '새' '나무' '꽃' '기타'로 살펴 보겠다.

(1) 새류

전생을 하고자 하는 새의 종류로는 두견새(접동새 · 자규)가 제일 많고, 제비, 원앙 학, 봉황 등이 등장한다.

> ① 그려 사지 말고 출흐리 시여져서
>   월명 공산에 두견시 넉시되여
>   밤中만 술아져 우러 님의 귀에 들니리라.
>
>   — 작자 미상

> ② 글여 사자 말고 이 몸이 곳이 죽어
>   이화 일지(梨花 一枝)에 접동(蝶蝀)새 넉시 되야
>   님 자는 벽사창(碧紗窓) 외(外)에 울어 녤 짜 흐노라.
>
>   — 작자 미상

> ③ 이 몸 스여져서 접동시 넉시 되여
>   님 자는 창 밧게 불면서 쌕리과져

날 잇고 깁히 든 잠을 끼여 볼가 ㅎ노라.

— 작자 미상

④ 이 몸이 싀여져서 접동새 넉시되야
　 이화(梨花) 핀 가지(柯枝) 속닙헤 쎠엿다
　 밤중만 술하져 우리님의 귀에 들리리라.

— 작자 미상

①은 '<임>을 홀로 애타게 그리며 이렇게 사는것 보다는 차라리 죽어서 두견새의 넋이 되어 그것도 밤에만 살아서 <임>의 귀에 들리리라' 했다. 사랑에 대한 여인의 이러한 적극적인 태도는 <임>의 행동을 바꾸어 보려는 적극적인 행위가 아니라 자기 소멸로 인하여 <임>을 영원히 상실하는 결과로 극히 소극적인 대응이다. 하지만 시의 세계에서는 상상력에 의하여 죽을 수도 있고, 두견의 넋으로 변신할 수도 있다. 시적 자아는 초장에서 <임>과의 이별의 거리를 죽음으로 초월하고, 중장에서는 두견의 넋으로 환생하여 <임>과의 거리를 축소시키고자 한다. 그리고 종장에서는 <임>의 귀에 들리므로 <임>과의 합일을 이루어 이별의 현실을 극복하자는 것이다.

두견새는 우리나라에서는 흔한 새로 특히 비무장지대 숲에서는 155마일 전역에서 여름이면 종일토록 그 독특한 울음소리를 들을 수 있다. 이 새는 피를 토하는 듯한 슬픈 울음 소리와 촉(蜀)나라 망제의 죽은 넋이 化했다는 전설과 더불어 옛부터 많은 시인들의 시어에 운용되어 (恨)의 미학을 창출하는 시가의 전통을 형성했다.

②는 "접동새 '넋'이 되어 <임>이 자는 창 밖에서 울어 댄다"고 했다. '접동새'는 두견새의 다른 이름으로 이 새는 '두백(杜魄), 두우

(杜宇), 망제혼(望帝魂), 불여귀(不如歸), 소쩍새, 자규(子規), 제결(鵜鴂,) 촉백(蜀魄), 촉조(蜀鳥), 촉혼(蜀魂)' 등의 이름으로 시어(詩語)에 운용되었다. 하지만 시조에서의 접동새는 시인의 관조의 대상이 되어 새로운 미적 의미를 부여한 개인적·원초적 언어로서 운용된 것이 아니다. 다만 이미 접동새가 갖는 개념화되어 버린 의미로서의 슬픔과 '恨 맺힌 울음'이 상징되었을 뿐이다.

김대행은 "언어에 대한 인식의 두 가지 태도"를 논하는 가운데 일물일어(一物一語)적 인식의 원초적 언어와 개념적 인식의 보편적 언어로 구분하여 전자를 詩的인 인식, 후자를 개념적·과학적 인식으로 진술했다.[53] 곧 시의 언어(詩語)는 주관적이고 개인적인 언어로 시인이 그 독특한 미적 의미를 부여한 언어임을 알 수 있다.

③은 "접동새 넋이 되어 <임>과의 합일을 이루고자" 했다. 시적 자아는 초·중장에서 이별한 <임>과의 확대된 거리를 접동새 넋이 되어 초월·축소코자 했으며 종장에서 <임>의 잠을 깨워 <임>과의 합일을 이루고자 했다. 이별의 시에서는 여성화자의 사랑에 대한 자아의식이 강하면 강할수록 현실에서의 <임>과의 합일이 거부된 이별의 확장 공간에서 이를 극복하기 위하여 전생·전신(轉生·轉身)을 꾀한다. 이러한 전생과 전신은 현실적으로 보면 극히 소극적인 방법이지만 시적인 표현 방법으로서는 적극적인 행위로 나타난다.

여성화자로 표출되는 이별의 애정詩에서는 거의 하나같이 시적 자아인 여성화자의 사랑의 감정과 그 상대인 <임>의 사랑이 별개의 감정으로 떨어져 있음을 볼 수 있다. 본 시에서도 보여지듯이 여인으로

---

53) 김대행, 한국시가구조연구 (삼영사, 1984·1976), pp. 226-228. 참조.

표상되는 시적 화자는 <임>을 향한 그리움을 이기지 못하여 차라리 죽어서 접동새 넋이 되어서라도 <임>과 결합을 하고자 했다. 이에 반하여 <임>은 여인의 이러한 안타까운 마음을 아는지 모르는지 잠만 깊게 자고 있는 것으로 표출되어 있다.

④에서는 "접동새 넋이 되어 이화핀 가지 속잎에 싸였다가 밤중에만 살아서 <임>의 귀에 들린다" 고 하여 <임>과의 합일을 꾀했다. 곧 초·중장에서 현실에서는 <임>과의 '만남'을 이룰 수 없는 이별의 확대거리를 죽음으로 초극화하여 접동새의 넋으로 전생을 하여 <임>과의 거리를 축소시키고자 했다. 그리하여 밤중만 살아서 <임>의 귀에 들림으로써 <임>과의 융화를 이루고자 했다. 이렇게 종장에서 <임>과의 합일을 이루는 동일화 현상은 김열규도 밝힌바 있다. 곧 서정적 시조에 있어서의 서정적 상호몰입이 종장에서 이루어 진다고 했고,[54] 김대행은 이같은 대상과 자신의 합일이란 서정시의 가장 기본적 요소로서, 이것은 서정적인 시조에 있어서만 볼 수 있는 특질로 진술했다.[55]

시적 자아의 여성적 정서는 중장에 더 잘 나타나 있다. "이화 핀 가지의 속잎에 쌓였다가" 에서 여인의 가리움과 수줍음을 엿볼 수 있다. <임>을 향한 그리움에 혼자 마음을 태울 뿐, 누가 알세라 안으로만 숨기는 사랑이다. 그래서 낮에는 드러내지 못하고 밤에만 살아서 그저 <임>의 귀에 들리게 함으로써 자기의 존재를 <임>에게 알리고자 했다. 이것은 고려 여인과는 다른 조선조의 규중(閨中) 여인의 모습

---

54) 김열규,<한국시가의 서정의 몇 국면>,동양학 2집 (단국대동양학연구소, 1972).
55) 김대행, 같은 책, p.234.

이다.

    ⑤ 이 몸이 싀여져서 삼수(三水) 갑산(甲山) 져비 되야
       님 자는 창 밧 준여 믓마다 죵죵 즈로 집을 지여 두고
       그 집에 드는 체ᄒ고 님의 방(房)에 들니라.
                                   — 작자 미상

    ⑥ 이 몸이 원앙되여 나리 우의 임을 언고
       츈ᄒ츄동 ᄉ시 업시 이별만 피ᄒ리라
       아마도 부부별은 원앙인가.
                                     — 이세보

    ⑤는 "제비가 되어 <임>의 방에 들어가리라 했다." 극히 그 형식이
제한되어 있는 시조의 공간이기에 가사의 언술과는 달리 <임>과의
이별이나 사랑에 대한 사설은 드러나지 않는다. 그러므로 시조에 있
어서는 그 이면에 숨어있는 사랑의 사설들을 독자의 상상력으로 밝혀
내고, 몽상속에서 읽어가야 한다. 필자는 타 작품과 마찬가지로 이 무
명씨의 시조도 시적 자아의 여성화자로 등장하는 <아니마>의 표출
로 인정하고 논의한다.

    왜냐하면 여성화자로 등장하는 시에 있어서, 시인은 <아니마>의
몽상을 통하여 자기 <아니무스>의 생각에 노래를 구상하고, 노래에
힘을 부여하여 상상의 날개를 펼쳐서 <아니마>의 작업으로 한 편의
시작을 이루기 때문이다. 이러한 몽상은 <아니마>의 자유로운 확장
으로 시적 이미지는 시인의 몽상을 자극하고 시인의 몽상속에 녹아든
다. 그러므로 <아니마>로 가득찬 순수한 몽상은 가장 특징적인 <아
니마>의 표현으로 나타난다.56) 때문에 유명씨의 작품에서 살폈듯이

(정철, 이세보 등) <아니마詩>가 더욱 여성적이고 뚜렷한 여성정조를 표출하고 있음을 알 수 있다.

시적 자아는 <임>을 만날 수 없는 상황, <임>과 합일을 이룰 수 없는 현실의 거부된 공간에서 <임>을 향한 그리움을 충족시킬 수 있는 공간 획득을 몽상속에서 이룬다. 이렇게 시인은 몽상을 통하여 상상력을 확장시켜, 차안(此岸)의 세계를 피안(彼岸)의 세계로 이동시킨다. 그래서 현실을 초월하고 피안의 세계에서 안주공간을 확보한다. 그것이 제비이고 처마끝 <임>의 방이다. 곧 시적 자아는 제비로 전생하여 피안의 세계를 획득하고 <임>의 집 추녀끝에 집을 지음으로써 안주공간을 확보한다. 그리하여 <임>의 방에 수시로 드나들 수 있는 <임>과의 공유공간을 획득한다.

⑥은 부부간의 정을 읊은 여성정조의 표출로 <아니마>가 형상화되어 나타난 시조이다. <임>과 이별 없기를 바라는 노래로 '원앙'이 되어 날개 위에 <임>을 얹고 춘하추동 사시사철 이별만 피한다 했다. 이것은 전신(轉身)의 모습으로 나타났다. "원앙이 되어 나래 위에 임을 얹어 놓고 있겠다"는 것은 <임>과 <나>를 결속시키는 절대적 사랑이다.

이상에서 논(論)한 전생(轉生)의 대상이 된 새류에서는 두견새(접동새)가 되어 <임>의 귀에 들리거나, <임>의 창가에서 울기도 한다. 그리고 자기를 잊고 깊이 잠든 <임>의 잠을 깨우기도 하고, <임>의 귀에 들리기도 한다. 또 제비가 되어 <임>의 방에 들기도 하고, 원앙이 되어 나래 위에 <임>을 얹고 사시사철 이별 없기를 바라기도 했다.

---

56) 바슐라르, 같은 책, pp. 77-80 참조.

(2) 나무류

나무류는 시조에는 보이지 않고 가사에만 나타난다. 그래서 가사에서 그 형을 살펴보고자 한다.

① 노가디고 싁여지여 혼백조차 훗터지고
　　공산 촉루(髑髏) ᄀ치 님자 업시 구니다가
　　곤륜산 제일봉의 만장송(萬丈松)이 되여이셔
　　바람비 쓰린 소리 님의 귀예 들리기나

　　　　　　　　　　　　　— 조위, 「만분가」에서

② 차라니 싁여져 ……………………
　　……………………………………………
　　그도 마소하면 천심노목(千深老木) 되여이셔
　　대하랄 괴와 노코 님의 몸을 밧들고져

　　　　　　　　　　　　　— 김천택, 「별사미인곡」에서

①에서는 "만장송이 되어 <임>의 귀에 들린다" 했다. 소나무(松)는 절의를 상징하는 시어에 운용되어 나타남을 본다. 성삼문의 "봉래산 제일봉의 낙낙장송 되어이셔" 라 든지 윤선도의 "솔아, 너는 어이하여 눈서리를 모르는다 구천에 뿌리 박은 줄을 글로하여 아노라" 등에서 사시사철 푸른 솔의 절의를 읽을 수 있다. 본 <만분가>의 만장송(萬丈松)은 절의(節義)보다 고절(孤節)을 상징한다. "혼백조차 흩어져 공산에 뒹구는 해골같이 임자없이 구르다가 곤륜산 제일봉의 높고높은 소나무"가 되어서라도 <임>의 가까이에 가서 <임>과 함께하고자 하

는 시적 자아의 의지가 표출되어 있다.

　하지만 이러한 시의 공간은 시의 세계에서만 가능한 몽상의 세계로서 시적 자아의 상상력에 의해 창출된 인위적 자아 공간이므로 비현실적이다. 즉 "곤륜산의 만장송"이 된다고 했는데 '곤륜산'은 이 세상에는 없는 상상속에 있는 전설의 산이다. 뿐만 아니라 소재로 운용된 시어 자체도 비현실적이다. 이는 현실에서는 도저히 이루어 질 수 없는 <임>과의 만남을 시적 자아의 상상력에 의해 설정된 언어 공간에서 이룩하고자 하기 때문이다.

　②에서는 '천심노목(千深老木)'이 되어 <임>의 몸을 받들겠다 했다. '천심노목'은 시적자아의 영(靈)이 들어간 '개인적 나무'이다. 이것은 관념적인 보통의 나무에서 시적 자아의 개인적 인식이 내포된 원초적 詩語로 운용되었다. 그리고 이것은 시적 자아의 사랑의 감정이 이입된 '생명의 나무'가 되어 <임>을 받들어 <임>과 '하나'가 되고자 했다.

(3) 꽃 류

　매화는 앞의 논의에서 보았듯이 애정의 징표로 많이 운용되었는데 '전생 ·전신'에서는 거의 나타나지 않았다. 그래서 가사에서 나타난 것이 있어서 이를 살펴보기로 한다.

　　① 흔(恨)이 쌸희 되고　　눈물로 가디 삼아
　　　님의 집 창 밧긔　　외나모 매화(梅花)되여
　　　설중(雪中)의 혼자 픠여　　침변(枕邊)의 이위는 듯
　　　월중소영(月中疎影)이　　님의 옷의 빗취어든

어엿븐 이 얼굴을   네로다 반기실가

                                            — 조 위, 「만분가」에서

② 츌ㅎ로 싀여뎌   ㅈ규의 넋이 되여
   야야 매화(夜夜 梨花)의   피눈물 우러내야
   오경(五更)에 잔월(殘月)을 섯거 님의 줌을 끼오리라

                                            — 조우인, 「자도사」에서

　①은 "<임>의 집 창 밖에 외나무 매화되어 <임>과의 합일을 이루
고자 했다." 이 매화는 뜰에 있는 보통 매화가 아니다. <임>을 향한
그리움이 恨으로 변한 그것을 뿌리로 하고, <임>으로 인하여 홀린
눈물을 가지로 삼아 이루어진 외나무 매화는 시적 자아의 <아니마>
가 투영된, 인격을 가진 감정의 매화이다. 그것도 "눈속에 혼자 피어
<임>의 벼개 머리에서 달그림자로 <임>의 옷에 비치어 <임>과 합
일을 이루고자 했다". 이러한 '꽃(매화)'은 과일과 더불어 "시인의 이
름으로 몽상가의 존재 속에서 이미 살고 있다"는 프랑시스 쟘의 표현
처럼57) 이것 또한 몽상속에서 일구어 낸 시적 자아의 상상력의 所産
이다.
　②는 전생(轉生)의 대상은 자규(自規)지만 <임>의 잠을 깨우는 것
은 '이화(梨花)'이기에 여기에 편입시켜 논하기로 한다. '야야 이화'는
시적 자아의 감정이 이입된 유심(有心)의 이화이다. <임>으로 인한
가슴의 엉어리는 이화의 피눈물이 되어 오경의 잔월과 함께 <임>과
'하나'를 이룬다.

---

57) 바슐라르, 몽상의 시학, pp. 173-178 참조.

물론 여기서 '이화의 피눈물'은 시적 자아인 <아니마>로 표출되는 여성화자의 감정이 이입된 '여성의 몫'으로 恨이 내재되어 있음을 읽을 수 있다. 왜냐하면 그것은 '자규의 넋' 자체가 시적 자아가 전생한 恨의 한 표현이며, 또 '이화의 피눈물' 도 시적 자아가 <임>을 향해서 쏟은 눈물의 한 결정체이기 때문이다. 곧 <임>과의 이별에서 온 이러한 체험감정이 시적 자아의 뼈속에 피속에 용해되어 '자규의 넋'이 되고 '이화의 피눈물'이 되어 시어로 융화된 것이다. 이는 곧 "시는 사실 경험인 것이다"[58] 라고 한 릴케Rilke의 말이나, "우리의 모든 체험은 피 가운데로 용해한다"[59]고 한 박용철의 말 처럼 모든 체험은 그것이 감정과 함께 피 속에 용해되어 한 편의 시로 형상화되는 것이다.

(4) 기타

여기서 작품과 함께 다루고자 하는 대상은 달, 귀뚜라미, 술, 임, 꿈, 충성의 넋, 등이지만 이외도 전생을 하고자 하는 대상은 구름, 바람, 명월, 명산대천, 지초, 오현금, 말(馬), 띠끌 등이 있다.

① 기러기 풀풀 다 늘아드니 소식인들 뉘 전호리
  수심이 첩첩호니 줌이 와야사 꿈인들 아니 쑤랴
  출호로 져 둘이 되야셔 비최여나 보리라.
                                    ─ 작자 미상

② 기럭기 저 기럭이 너 가는 길이로다.

58) R. M. Rilke, 강두식 역, 「말테의 手記」, 『세계문학전집』 25, (정음사, 1969).
59) 정한모·김용직, 한국현대시요람 (박영사, 1975), p. 322.

님 계신듸 잠간 들녀 웨웨쳐 불너 일으기를 무월 황혼에 술쯔리
그려 못 술네라 ᄒ고 부듸 흔 말만 젼ᄒ고 가렴
진실로 젼키곳 젼ᄒ면 님도 반겨 ᄒ리라.

— 작자 미상

①은 '달'이 되어서 <임>과 합일을 이루고자 한다. 초장에서 시적자아는 <임>과의 만남이 거부된 소원(疎遠)한 거리에서 소식조차 전하지 못하는 안타까움을 표출했다. 중장에서는 좁혀지지 않는 <임>과의 공유 공간이 상실된 상황에서 수심(愁心)만 더해가고, 잠도 이루지 못하는 시적자아는 종장에서 상상력에 의한 변신(變身)을 택하여 <임>과 함께하고자 한다.

이렇게 시의 세계에서는 현실의 비합리적인 것을 합리적인 것으로 바꿀 수 있고, 현실에서 이룰 수 없는 것도 몽상속에서 이룩할 수 있다. 이것은 시인만이 이룩할 수 있는 특권으로서, 시는 시인의 상상력에 의해 창출되는 언어공간이기 때문이다. 시의 공간을 사유하는 인간은 실제적인 현실 공간에 안주하면서도 현실 외의 또 다른 공간을 공유하고자 하는 소망을 그 속에 가지고 있거나 보다 나은 삶에의 지향을 꿈꾸기도 한다.[60]

그러므로 시적자아는 현실에서 이루지 못하는 <임>과의 만남을 몽상속에서 '달'로 변신을 하여 그 빛을 <임>에게 비치게 함으로써 <임>과의 접촉을 꾀하여 그 소망을 이룩하고자 한다.

---

60) 이정자, <구지가의 공간연구>, 「대학원 학술논문집 제40집」(건국대대학원, 1995), p. 26. 참조.

②는 전신(轉身)이나 전생(轉生)이 아니라 기러기로 하여금 <임>에게 소식을 전하는 것으로 <임>과의 합일을 이룩하고자 한다. <임>과 함께 하고자 하는 여인의 소망에는 전신 전생 변신 외에도 본 시조에서와 같이 전달자를 통한 간접적인 방법이 표출되었음을 볼 수 있다. 이에 관해서는 박진태가 심도있게 정리해 둔 것이 있으므로[61] 본 논문에서는 논외로 한다.

> ③ 님 그린 상사몽(相思夢)이 실솔(蟋蟀)의 넉시되야
>   추야장(秋夜長) 깁푼 밤에 님의 방(房)에 드럿다가
>   날 닛고 깁피든 줌을 씨와 볼 짜 흐노라.
>
>   — 박효관

> ④ 이 몸 싀여져서 님의 잔(盞)의 술이 되여
>   흘러 속의 드러 님의 안홀 알고란쟈
>   미야코 박절(薄切)흔 뜻이 어늬 궁긔 들엇는고.
>
>   — 작자 미상

③은 실솔(蟋蟀;귀뚜라미)의 넋이 되어 <임>과의 '합일'을 이루고자 한다. 시적자아는 <임>과의 '만남'이 거부된 공간에서 <임>을 애타게 그린다. 그 그리움은 '상사몽'이 되고, 귀뚜라미의 넋으로 전이되어 현실에서 거부된 <임>과의 거리를 초월하고자 한다. '넋'은 공간을 초월하여 어디든 갈 수 있고, 현실에서 거부된 <임>과의 공유 공간을 획득할 수 있다. 이렇게 획득할 수 있는 <임>과의 공유 공간은 <임>의 방이다. 가을 밤 깊은 밤에 쓸쓸히 울어대는 '실솔의 넋'으로

---

61) 박진태, 같은 책, 참조.

변화한 시적 자아의 <아니마>는 자기를 잊고 깊이 잠든 <임>을 깨워서 <임>과의 '하나됨'을 이룩하고자 한다.

이렇게 시는 자기 경험의 결정체이며, 사랑의 결정체이다. 예이츠 Yeats는 자기 시작(詩作)의 소재에 대해서 다음과 같이 피력했다.

> A poet writes always of his personal life,
> in his finest work out of its tragedy
> whatever it be, remorse, lost love, or mere loneliness[62]

동서양을 막론하고 예나 지금이나 사랑의 노래가 으뜸을 차지하고 그 중에서도 이별의 아픔을 노래한 것이 많다. 사랑을 하고 실연을 하고 후회를 하고 이루지 못하는 사랑에 외로움을 느끼고 마음 아파하고, 이러한 것들이 뼈가 되고 피로 융화되어 표출된 것이 사랑의 詩이다. 예이츠의 시적 소재에 대한 자기 피력이나 고시가에 나타난 사랑의 노래들은 똑 같이 "시인의 경험에서 일구어 낸 최상의 결정체"라는 것이다. 그러므로 본 논문에서 다루어지는 <아니마詩>들은 시인의 마음속에 자리잡은 '여성상의 표상'으로 그 시절 남성들의 <아니마>인 동시에 그 시절 남성들이 여성을 향한 '여성관'으로도 간주된다. 왜냐하면 시대와 대상에 따른 <아니마>의 정서가 다르게 나타나기 때문이다.

④는 "열길 물속은 알아도 한길 사람속은 모른다"는 우리네 속담을 연상시킨다. <임>의 잔의 술이 되어 흘러내려 <임>의 몸속으로 들어가 박절(薄切)한 <임>의 마음을 알고자 한다. 그리하여 술(酒)로 전

---

62) W. B. Yeats, Eassays and Introduction (London ; The Macmillan Press Ltd. 1961), p. 509.

생(轉生)을 하되 <임>이 들이키는 술잔의 술로 전생을 하고자 했다. 시적자아는 <임>과의 合一을 꾀하기 보다는 <임>의 마음을 알고자 한다. 그래서 <임>의 안에 들어가 보았으나 박절한 <임>의 마음은 어디에 있는지 알 수 없음을 노래했다. 마음은 추상적인 것으로 형체가 없고, 몸속은 구체적인 형상을 가진 것이기에, '유형(有形)의 몸속' 에서 '무형(無形)의 마음'을 찾을 수 없음은 당연하다. 이렇게 '술'로 전생을 하겠다는 것은 '윤회'에도 없는 것으로 시인의 '기발한 발상' 이다. 이 시는 무명씨의 작이지만 그 표현미가 남성의 작으로 간주되어 여기서 논한 것이다.

⑤ 이 몸 죽어 임이 되고 임 죽어 이 몸되면
　이 성의 그리든 이를 후성의 져도 나를
　아마도 인간 지란은 샹수불견인가.

— 이세보

⑥ 이 몸이 꿈이 되여 님의 침샹 넌짓 가셔
　분명이 현몽ㅎ면 놀나 씨여 반기련이
　엇지타 슈심의 못 일른 잠이 그도 어려.

— 이세보

⑦ 니 몸이 주어져셔 무어시 되고 허니
　춘삼월 동풍이 되여 任의 품에 들고 지고
　아마도 任과 동풍은 일시(一時) 불변(不變) ㅎ니노라

— 회 연(會淵)

⑧ 님 보신 둘 보고 님 뵈온 듯 반기노라

님도 너를 보고 날 본 듯 반기는가
출하리 저 둘이 되여서 비치여나 보리라.

— 이원익

⑤에서 "이 몸은 죽어서 <임>이 되고 <임>은 죽어서 이 몸이 되면' 곧 윤회전생을 하여 <임>과 <나>의 위치가 맞바꾸어져서 <임>도 <나>를 그려보라는 원망스런 시의 언술이다. 여기서 시적화자는 <임>과의 합일을 끝까지 이루지 못하고 "인간지란은 상사불견(相思不見)"이라 하여 " 헤어져 그리는 안타까운 마음" 을 윤회를 통한 <임>과의 전생으로 <임>에 대한 서운함을 풀어보고자 했다. 이와 유사한 시의가 무명씨의 것으로 악학습영·582에도 있다.63)

⑥은 "꿈에서 <임>께 현몽하여 <임>과 합일을 이루려고 하나 수심(愁心)으로 잠을 못 이루니 그것도 어렵다"하여 끝까지 <임>과 하나됨을 이루지 못함을 노래했다.

⑦은 '춘삼월 동풍'으로 '전생'을 하여 <임>과 합일을 이루고자 했다. 이렇게 시에 나타난 전생의 대상은 '무형'의 것으로 나타나는 경우도 있음을 보게 된다. '바람'은 '형상'이 없으면서도 대지 위에서 공간을 초월하여 유유히 다닐 수 있다. 그리고 유형적인 장애물을 그대로 넘나들 수 있는 추상적인 무형의 물상이지만, '느낌'을 줌으로써 '대상'과의 교감이 용이하다. 그러므로 시적 자아는 단절되고 거부된 <임>과의 사랑을 이룩하기 위해 '무형의 바람'으로 전신(轉身)을 하

---

63) 우리 두리 후생ᄒ여 네 나되고 내 너 되야
    내 너 그리 긋던 애를 너도 날 그려 긋쳐 보렴
    평생에 내 셜워ᄒ던 줄을 돌녀 볼가 ᄒ노라.

여 <임>과의 융화를 이루고자 했다.

⑧은 예나 지금이나 '달'은 시인의 관조의 대상이 되어 수없이 시어 속에 표출되어 나타난다. 밝은 달을 쳐다보며 멀리 두고 온 <임>을 생각하거나, 떠나간 <임>을 그리며 눈물짓는 시어들로 형상화된 詩는 읽는 이의 '심금(心琴)'을 울리고, 감동을 주기도 한다. 현실에서는 이룰 수 없는 <임>과의 화합을 이렇게 <달>이 되어서라도 이루어 보고자 했다.

이상에서 논한 전생, 전신, 변신의 대상을 종합 요약해 보면, 새 종류에는 '두견새' '접동새' '제비' '원앙새'로 전생을 하여 <임>과의 합일을 원했고, 나무 종류에서는 '만장송(萬丈松)'과 '천심노목(千沈老木)'으로 전신(轉身)을 하여 <임>과의 융화를 이루고자 했으며, 꽃에 서는 '매화'로 전신을 하여 <임>과의 일체를 소망했다. 그리고 기타 에서는 달, 실솔(귀뚜라미), 술, 임, 꿈, 충성의 넋, 동풍(東風) 등으로 전신, 전생하여 <임>과의 결합을 원했다.

이상에서 논의한 것 외에도 구름, 명산대천, 지초, 오현금, 말, 띠끌 ……등 다양하게 전생(轉生), 전신(變身)을 소망하여 <임>에게 가까이 가고자 하는 소망을 나타냈다.♠

자기소개서

1) 소개서의 필요성

첫째는 자기소개서를 통하여 지원자의 입사 동기와 목표의식을 알기 위해서이다. 이것은 일에 대한 성취감과도 긴밀한 관련을 가지기 때문이다.

두 번째는 자라온 성장 과정을 통하여 조직에 대한 적응력 성실성 대인관계 등을 알기 위해서이다. 이것은 직장생활에서 가장 기본적인 자세이기도 하다.

세 번째는 지원자의 문장 표현 능력을 통하여 논리적인 사고력과 문제 분석력을 파악하기 위해서이다. 이것은 문서 작성이나 문제 해결력을 평가할 수 있는 기준이 되기도 한다.

2) 소개서에 들어갈 내용

(1) 성장과정을 구체적으로 기록한다.

사람은 환경의 영향을 받기 마련이다. 그래서 그가 자라온 가정환경이나 주위환경, 또는 친구를 보면 그에 대해서 대략 짐작을 할 수 있다. 그렇기 때문에 자기소개서를 쓸 때는 먼저 자기가 자라온 가정환경에 대해서 쓴다. 부모의 직업이며, 가정의 분위기, 형제간의 우애 등을 포함하여 자기가 느끼는 우리 집의 분위기를 쓴다. 또 직접 혹은 간접으로 영향을 받은 주위 인물에 대해서도 있으면 쓴다.

(2) 학교생활에 대해서 쓴다.

학교생활은 초 중등학교는 특히 드러낼 만한 몇 가지만 쓰고, 주로 대학에서의 전공 분야나 교내 동아리, 또는 학회 활동에 대해서 쓴다. 거기서 얻은 지식이나 경험을 통하여 변화 받은 일이나 취미, 및 특기 사항 등을 쓴다.

(3) 자기의 기능과 장점을 쓴다.

취미 활동을 보고도 지원자의 관심사를 어느 정도 파악할 수 있으며 특기사항을 보면 지원자의 근면성과 능력도 알 수 있다. 요즈음은 외국 어 능력과 컴퓨터 운용 능력도 큰 비중을 차지한다. 토플이나 토익 점 수도 밝히는 것이 좋다. 취득하고 있는 자격증과 면허증도 기재한다.

(4) 입사 동기와 포부를 밝힌다.

이 부분이 기업체로서는 가장 관심의 대상이 될 수도 있다. 입사 동 기가 분명해야 한다. 왜 이 회사를 택했으며 이 회사에서 내가 하고 싶은 일은 무엇이며 이 분야에서 무엇을 어떻게 할 것인가에 대한 계 획을 구체적이고도 확실하게 제시하는 것이 좋다. 지원자는 입사를 원하는 그 기업체에 대해서 많은 정보를 얻어야 한다. 그리고 그 기업 체에서 요구하는 인재가 되어야 한다.

3) 자기소개서의 작성 요령

(1) 솔직하고 구체적으로 서술한다.

자기소개서는 무엇보다 솔직하게 기록해야 한다. 진실성이 요구되기 때문이다. 사람은 누구나 장점과 단점이 있기 마련이다. 장점은 장점대로 솔직하게 기록하고 단점은 단점대로 밝히되 고치려는 의지를 보이면 된다. 이를 기술함에 있어서는 추상적인 표현은 삼가고 구체적으로 기록해야 한다. 예를 들면 '잘 하겠다.'라든가, '노력 하겠다' 는 식으로 하지 말고 좀 더 구체적으로 '어떻게'에 중점을 두고 기술해야 한다.

(2) 논리 정연하게 객관적으로 서술한다.

자기소개서를 기술함에 있어서 처음부터 끝까지 염두에 두고 써야 할 것은 전체 문장이 논리적으로 통일을 이루어야 된다. 앞 뒤 문장의 연결이 자연스럽지 못하다든가 앞 문단과 뒤 문단의 얘기가 논리적으로 어울리지 않으면 문장 서술 능력과 진실성에서 문제가 된다.

자기소개서는 자신의 이야기지만 제3자가 본다는 사실을 의식하고 어디까지나 객관적으로 서술해야 한다.

(3) 사전에 연습을 해야 한다.

똑 같은 내용을 가지고도 작성하는 사람에 따라 엄청난 차이가 있다. 그러므로 자기소개서도 일종의 쓰기 능력이다. 곧 똑 같은 사안을 두고도 어떻게 표현하느냐에 따라 그 느낌이 다르기 때문이다.

4) 〈예문〉

저는 1978년 충주에서 1남 1녀 중 장남으로 태어났습니다. 아버님은 시청 공무원이시며 자식들의 의견을 충분히 수용해 주실 정도로 관대하신 편입니다. 어머니께서는 전업 주부로서 온순하신 편이시며 식구들을 위하여 늘 수고하시면서도 항상 웃음을 간직하신 밝은 분이십니다. 그리고 가정교육의 중심이 되시며 항상 저희들에게는 정직하고 성실하며 맡은 일에는 최선을 다하되 주인정신으로 하라고 하십니다. 그것은 아버님이

저의 남매에게 주신 가르침이기도 합니다. 그래서 저는 한 가지 일을 하더라도 확실하게 내가 주인의 입장으로 돌아가 주인 된 마음으로 정성을 다합니다.

제가 S대학 정보통신학과에 입학한 것도 공무원이신 아버지를 통하여 세계 변화의 추세를 일찍 접했기 때문이라고 생각합니다. 21세기는 지식과 정보화시대라는 것이지요. 저는 1학년을 마치고 군 입대를 하였습니다. IMF로 인한 사회적 불안도 한 몫 했지만 일찌감치 군복무를 마치고 학업에 집중하기 위해서였습니다. 저는 전방에서 군복무를 하는 동안 정신적으로 큰 변화를 갖게 되었습니다. 조직사회에서 규칙과 질서가 얼마나 중요한가를 체험하면서 그것을 통해 앞으로 개인의 가치와 사회의 가치 사이에서 조화의 중요성을 생각한 것입니다.

복학 후 꽉 짜여진 커리큘럼도 기쁜 마음으로 받아들였습니다. 그 결과 좋은 성적을 취득할 수 있었고 장학금도 받게 되었습니다. 영어 공부도 열심히 하여 토익 시험도 좋은 성적을 얻었고, 영어회화도 외국인과 충분히 대화를 나눌 수 있는 정도가 되었습니다. 또 컴퓨터 동아리에 가입하여 인터넷 분야를 상당히 익힐 수 있었습니다.

제가 이제 졸업을 앞두고 사회생활을 계획하면서 귀사의 문을 두드리게 된 것은 젊은 인력을 적극적으로 육성한다는 귀사의 방침에 호감을 갖기 때문입니다. 진취적인 귀사에 동참할 수 있기를 진심으로 기대합니다.

업무와 관련하여 특별한 부서를 원하는 것은 아니나 가능하면 정보통신과 관련된 업무를 맡고 싶습니다. 그리고 본사가 있는 서울보다는 지방의 지사에서 근무하고 싶습니다. 지방 자치 시대를 맞이하여 본사에 비해 상대적으로 낙후되어 있는 지방의 지사에서 제 능력을 발휘하여 정보 통신의 영역을 개척해 나가고 싶습니다.

- 지원자 -

찾아보기

* 참고도서

고은·유종호 외 엮음, 책 어떻게 읽을 것인가? 민음사, 1998

김영철, 현대시론, 건국대출판부, 1993.

김준오, 시론, 삼지원, 1994.

박동규, 글쓰기를 두려워 말라, 문학과 사상사, 1999.

문학사 연구회, 수필문학론, 백문사, 1991.

서정수, 문장력 향상의 길잡이, 동광출판사, 1999.

신헌재 외 편저, 독서 교육의 이론과 방법, 박이정, 2000.

오규원, 현대시작법, 문학과 지성사, 1999.

이기반·김남석, 문학개론, 교학연구사, 1995.

이기철, 시학, 일지사, 1989.

이정자, 한국시가의 아니마 연구, 백문사, 1996.

이정자, 시조문학 연구론, 국학자료원, 2003.

이정자, 글쓰기의 이론과 방법, 한올출판사, 2003.

이정자, 논술문과 논문 작성법, 새미, 2004.

조태일, 알기쉬운 시창작 강의, 나남출판, 1999.

홍윤표, 시창작 원리, 창조문학사, 2002.

그 외 다수.

* 저자 소개

*저자 李靜子는 시인으로서
이화여대와 그 교육대학원(한국어 교육학 석사)을 나왔으며
건국대 대학원 국어국문과에서 문학 석·박사 학위를 받았다.
현재) 건국대와 충주대에서 강의 교수로 있으며
저서는 『한국시가의 아니마 연구』(백문사, 96, 한결, 98)와
　　　　『시조문학 연구론』(국학자료원, 2002).
　　　　『글쓰기의 이론과 방법』(한올출판사, 2003)
　　　　『대화와 화술』(국학자료원, 2003)
　　　　『논술과 논문 작성법』(새미, 2004)
　　　　『시와 시조 창작론』(국학 자료원, 2004) 등이 있으며
시집으로는　「가을꽃 여울타고」(토방, 96)
　　　　　　「하늘의 이슬로 된 진주이고자」(한결, 96)
　　　　　　「마음의 창을 열면」(한결, 2000)
　　　　　　「영의 눈이 뜨일 때」(한결, 2001)
　　　　　　　가 있고
신앙 수상집 「풀은 마르고 꽃은 시드나」(한결, 2001)가 있으며
　　　　그 외 국문학 관련 논문이 다수 있다.

시와 시조 창작론

인쇄일 초판 1쇄   2004년 9월 30일
            2쇄   2015년 10월 20일
발행일 초판 1쇄   2004년 9월 31일
            2쇄   2015년 10월 29일

지은이 이 정 자
발행인 정 찬 용
발행처 **국학자료원**
등록일 2006.113.02 제2007-12호

서울시 강동구 성내동 447-11 현영빌딩 2층
Tel : 442-4623~4 Fax : 442-4625
www. kookhak.co.kr
E- mail : kookhak2001@hanmail.net
ISBN : 978-89-279-0243-8 *93800
가 격 13,000원